DIE ERZWUNGENE MAFIA-EHE MEINES FREUNDES

Von
Alex (MF) McAnders

McAnders Books

*****

Die Charaktere und Ereignisse in diesem Buch sind fiktiv. Jede Ähnlichkeit mit realen Personen, lebend oder tot, ist zufällig und vom Autor nicht gedacht. Die Person oder Personen auf dem Cover abgebildet sind Modelle und sind keineswegs mit der Erstellung, Inhalt oder Gegenstand dieses Buches verbunden.

Offizielle Website: www.AlexAndersBooks.com
Podcast: BisexualRealTalk
Besuche den Autor auf
Facebook: Facebook.com/AlexAndersBooks
Erhalten Sie 3 kostenlose Bücher, indem Sie sich für den Autor Newsletter: AlexAndersBooks.com

Veröffentlicht von McAnders Publishing

Bücher von Alex (MF) McAnders

Mann / Frau-Romantik

Mein Tutor; Buch 2; Buch 3; Buch 4; Buch 5; Buch 6
Buch 5
Die erzwungene Mafia-Ehe meines Freundes; Buch 2

DIE ERZWUNGENE MAFIA-EHE MEINES FREUNDES

Kapitel 1

Dillon

Zum hundertsten Mal blickte ich auf mein Handy, in der Hoffnung, dass es klingeln würde. 19:24 Uhr. Tyler war nun offiziell 24 Minuten zu spät zu unserem Date. Unruhig wippte ich mit dem Bein und kaute auf meiner Unterlippe, unfähig, das flaue Gefühl in meinem Magen zu unterdrücken.

Das war so gar nicht typisch für Tyler. Wir hatten jetzt schon seit Wochen online miteinander gechattet und er schien so süß, so aufrichtig. Ich hatte wirklich gehofft, dass dies der Anfang von etwas Echtem sein könnte. Mein Herz hatte schneller geschlagen, als ich Tylers Textnachrichten gelesen hatte, wie rücksichtsvoll er war, wie sehr er sich für mein Leben und meine Träume interessierte. Es gab mir die Hoffnung, dass ich vielleicht, nur vielleicht, eine Liebe finden könnte, wie meine beste Freundin Hil sie gefunden hatte.

Hil hatte ihren Freund Cali so mühelos kennengelernt und war sofort in eine einfache, liebevolle

Beziehung gefallen. Und da war ich, immer noch damit kämpfend, überhaupt ein erstes Date mit einem Kerl zu bekommen, mit dem ich online eine wirklich enge Verbindung gefühlt hatte. Ein Kerl, der anscheinend meine Gefühle teilte und verstand, wie es sich anfühlte, ein bisschen mehr auf den Hüften zu haben und trotzdem nach Liebe zu suchen.

Alles schien immer so viel schwieriger für mich zu sein – über die Runden zu kommen, die Schule zu beenden, jemanden zu finden, der mich so liebte, wie ich war. Jetzt saß ich hier alleine im gemütlichen Café, das Tyler und ich für unser erstes Date ausgesucht hatten.

Hatte ich die Signale von Tyler völlig falsch gedeutet? Wollte er nur ein Stelldichein und sonst nichts? Oder noch schlimmer, hatte ich meine Hoffnungen auf jemanden gesetzt, der mich nur mit leeren Versprechungen angelockt hatte?

Ich sah wieder auf mein Handy. 19:27 Uhr. Das flaue Gefühl in meinem Bauch wurde zu einem stechenden. Ich hielt meine Tränen zurück und murmelte leise: „Weine nicht, du Idiot. Es ist nur ein erstes Date.“

Aber es war mehr als das und das wusste ich. Dieses Date hatte etwas viel Größeres repräsentiert – eine Chance auf die wahre Liebe, die ich so verzweifelt wollte. Die Möglichkeit, dass mich endlich jemand wirklich sah, mich wollte, mich liebte, genau so wie ich bin.

Alles, was ich wollte, war das, was allen anderen so leicht zu fallen schien – einen liebevollen Partner an meiner Seite zu haben. Aber Enttäuschung um Enttäuschung begannen, ihren Tribut zu fordern.

Eine Träne rollte über meine Wange, als die Café-Tür klingelte. Schnell wischte ich sie weg, fühlte mich albern. Ein attraktives Paar kam herein, Arm in Arm, leise zusammen lachend. Der Knoten in meinem Bauch zog sich noch enger zusammen. Er würde nicht kommen. Und ich war es nicht einmal wert, eine Nachricht zu bekommen.

Mit einem Klumpen im Hals konnte ich den Gedanken nicht ertragen, heute Abend wieder in meine leere Wohnung zurückzukehren und mich wieder wegen einem Misserfolg endlos zu quälen. Alles, was ich wollte, war zu wissen, wie es sich anfühlte, geliebt zu werden. War das zu viel verlangt?

Aber als die Minuten vergingen, kristallisierte sich die Wahrheit heraus. Es war dumm von mir gewesen, überhaupt Hoffnungen zu haben. So nahm ich mit einem tiefen, zitternden Atemzug meine Jacke und verließ alleine das Café.

Kapitel 2

Remy

Ich stand in dem einst erhabenen Büro meines Vaters, das nun in ein behelfsmäßiges Hospizzimmer verwandelt worden war. An meiner Seite waren Hil und meine Mutter, alle sahen auf den leblosen Körper unseres Vaters hinab. Die Stille war erdrückend, unterbrochen nur durch das leise Schluchzen meiner Mutter, die versuchte, ihre Tränen zurückzuhalten.

Trauer überkam mich. Aber beim Anblick des schwach beleuchteten und von Schatten überzogenen Gesichts meines Vaters empfand ich noch mehr. Sein Erbe war gemischt. Mein ganzes Leben lang hatte ich versucht, ihm meinen Wert zu beweisen. Ich hatte Dinge getan, auf die ich nicht stolz war. Jetzt, da er weg war, fragte ich mich, ob das alles umsonst gewesen war.

Hil durchbrach die Stille. „Ich werde mich um die Beerdigung kümmern. Das möchte ich für Vater tun", sagte sie, ihre Stimme zitterte vor Emotion. Ich konnte sehen, dass sie noch immer auf die Zustimmung unseres Vaters hoffte, sogar nach seinem Tod.

Ich sah sie an, mein Herz schmerzte für meine Schwester, die so sehr versucht hatte, aus dem kriminellen Leben zu entkommen, in das unsere Familie hineingeboren worden war. Sie war dafür nicht gemacht worden, so wie ich. In den Augen unseres Vaters war meine kleine Schwester immer jemand, um den man sich kümmern musste.

Ich war anders. Ich war der erwartete Erbe seines Reiches. Ich musste nicht vor seiner rücksichtslosen Welt geschützt werden. Die anderen Bosse wollten meinen Vater tot. Angesichts der Art und Weise, wie der Vater seine Macht beansprucht hatte, konnte ich verstehen warum.

Das bedeutete, dass keiner in unserer Familie sicher war. Hil, mit ihrer sensiblen Natur, würde immer jemanden brauchen, der sicherging, dass sie am Leben blieb. Der Vater hatte kein Problem damit, das zu tun, aber es war klar, dass er ein Kind wollte, das für sich selbst sorgen konnte.

Das war ich für ihn geworden. Ich sorgte für mich selbst. Bald kümmerte ich mich auch um Hil. Ich empfand das nicht als Last. Sie war meine kleine Schwester. Es war meine Aufgabe. Aber die Last, der Mann sein zu müssen, den mein Vater in mir sehen wollte, forderte ihren Tribut.

„Danke, Hil", sagte ich, meine Stimme verriet den Schmerz, den ich empfand.

Meine Mutter reichte herüber und drückte meine Hand, ihre Berührung prickelte mit einer Mischung aus Traurigkeit und Dankbarkeit. Ich konnte die Hoffnung auf eine bessere Zukunft in ihren Augen sehen, frei von der Gewalt und Gefahr, die unsere Familie schon so lange heimgesucht hatte.

Meine Gedanken wanderten zu dem Pakt, den ich mit Armand Clément, dem erbittertsten Rivalen meines Vaters, geschlossen hatte. Ich hatte zugestimmt, ihm die illegalen Geschäfte meines Vaters zu übergeben, im Austausch für die Beibehaltung der legalen Geschäfte und dem Versprechen für die Sicherheit meiner Familie.

Wir würden aus der Mafiawelt heraus sein und unter seinem Schutz stehen. Es war ein verzweifelter Versuch, aber ich konnte den Gedanken nicht ertragen, das Ganze ohne den enormen Druck, den ich von meinem Vater verspürt hatte, weiterzuführen.

Außerdem hatte unsere Familie bereits so viel wiedergutzumachen. Irgendwann würde ich herausfinden müssen, wie ich der Gemeinschaft etwas zurückgeben konnte. Die Besessenheit meines Vaters mit der Macht hatte viel Schmerz verursacht. Das konnte nicht das einzige Geschenk meiner Familie an die Welt sein.

In diesem Moment durchflutete Dillon meine Gedanken. Sie war Hils beste Freundin. Sie besaß üppige Rundungen, leicht gebräunte Haut und lockiges Haar, durch das ich in meinen Träumen meine Finger gleiten ließ.

Sie machte aus mir einen Mann, der jede Nacht davon träumte, sie zu halten. Einen Kerl, der darüber fantasieren konnte, meine Hand unter ihr T-Shirt gleiten zu lassen und ihre vollen Brüste mit meiner großen Hand zu umschließen. Sie war mein Anker in den wirbelnden Meeren meines Vaters und nun lag das Meer, das mich von Dillon getrennt hatte, vor mir – tot, vermisst und betrauert.

Um meiner Familie das langsam auf mein Gesicht kriechende Lächeln zu ersparen, zog ich mich in mein Jugendzimmer zurück. Ich konnte keinen Moment länger warten. Ich musste ihre Stimme hören. Mein Herz schlug bei dem Gedanken wie wild. Ich musste sie anrufen.

Mit meinem Handy in der Hand suchte ich ihre Nummer. Ich nahm einen tiefen Atemzug und wählte. Mein Herz pochte vor Aufregung. Mein Handy klingelte und meine Handflächen wurden schweißnass.

„Hallo?" Dillons Stimme klang wie immer warm und beruhigend.

„Hallo, Dillon. Remy hier." Ich versuchte, einen gleichmäßigen Tonfall beizubehalten. „Ich wollte dir nur Bescheid geben, mein Vater … er ist verstorben."

„Oh, Remy, das tut mir so leid." Wie wir alle wusste sie, dass es bevorstand. Aber ihre Empathie bewegte sich wie eine tröstende Welle über mich. „Wie geht es dir?"

Mein Hals schnürte sich zu, als ich darum kämpfte, gefasst zu bleiben. „Ich … komm schon klar", gestand ich, die Wucht meiner Gefühle drohte überzuschwappen. Bedacht, die Kontrolle wiederzugewinnen, wechselte ich rasch das Thema. „Hör zu, ich habe mich gefragt, ob du mir bei etwas helfen könntest."

„Natürlich. Worum geht es?"

„Hil hat gesagt, sie möchte die Beerdigungsplanung übernehmen. Ich denke, sie könnte wirklich deine Unterstützung gebrauchen."

Auf der anderen Seite machte Dillon eine Pause, bevor sie sanft zustimmte. „Dafür hättest du nicht fragen müssen, Remy. Ich tue was ich kann, um zu helfen."

Die folgende Stille war schwer von unausgesprochenen Worten, mein Herz sehnte sich danach, ihr die Wahrheit über meine Gefühle für sie zu gestehen. Doch ich konnte mich nicht überwinden, es zu sagen, noch nicht.

„Danke. Auf dich ist immer Verlass", sagte ich mit einem Lächeln.

„Kein Problem, Remy. Ich helfe gern bei dir … und Hil", versicherte sie mir, ihre Stimme erfüllt von aufrichtiger Sorge. „Wir kommen alle gemeinsam durch diese schwere Zeit. Sag mir einfach, was du brauchst."

Ich nickte, obwohl sie mich nicht sehen konnte. „Ich weiß das zu schätzen."

„Ich weiß", sagte sie beruhigend.

Als ich auflegte, wunderte ich mich, was ich da tat. Ich musste mein Verlangen, mich auf nur zweiminütige Gespräche mit ihr zu beschränken, nicht mehr zügeln. Ich war frei. Ich wusste nicht, wie sie über mich dachte, aber ich musste meine Gefühle für sie nicht mehr verstecken. Es war an der Zeit, ihr das zu sagen.

Ein heißes Gefühl durchströmte mich bei dem Gedanken. Es war eine Mischung aus Angst und Aufregung.

„Nach der Beerdigung", sagte ich laut. „Mein neues Leben beginnt am Ende meines alten Lebens."

Ich konnte mir kaum vorstellen, ohne Geheimnisse zu leben, aber so war es nun. Ich würde die Wahrheit akzeptieren und sehen, wohin sie uns führen würde. War es wirklich so einfach, mit Dillon zusammen zu sein? Ich wusste es nicht, aber ich würde es herausfinden.

Kapitel 3

Dillon

Nachdem ich das Gespräch mit Remy beendet hatte, stand ich in meiner Wohnung, meinen Handtasche immer noch über der Schulter. Ich war gerade zurückgekommen, nachdem ich beim Date versetzt worden war, und Remys war die erste Stimme, die ich hörte. Ich konnte mein Gesicht nicht mehr fühlen.

Hatte Remy mich gerade angerufen? Ich fragte mich das, während mein Herz raste und den Herzschmerz von vor einer Stunde wegspülte. Was war der Zweck seines Anrufs?

Er hatte gesagt, es sei um Hil zu unterstützen, aber er musste gewusst haben, dass ich das sowieso getan hätte. Nein, es musste mehr dahinter stecken. Suchte er Trost wegen des Todes seines Vaters? Denn auch wenn ich es uns gewünscht hätte, Remy und ich waren nicht so eng miteinander.

Könnte der Grund für seinen Anruf etwas anderes gewesen sein? Könnte es sein, dass er heimlich in mich verliebt war und dass ich all diese Jahre nicht verrückt war, zu träumen, dass er es war?

Es war wegen Remy, dass ich heute Abend beim Date versetzt worden war. Nun, nicht direkt wegen ihm. Aber es lag daran, dass ich so viel mit Remy zu tun hatte, während Hil vermisst wurde, dass ich das klaffende Loch in meinem Leben bemerkt hatte. Könnte es ihm genauso ergangen sein?

Bei dem Gedanken daran erinnerte ich mich sofort an die vielen Gründe, warum Remy an jemandem wie mir kein Interesse haben würde. Als Erstes, auch wenn ich normalerweise kein komplettes Wrack war, war ich es in seiner Gegenwart. In zwei Monaten, nachdem Hil und ich Freunde geworden waren, hatte ich in seiner Gegenwart kaum Worte hervorbringen können.

Ich war 14 Jahre alt, nicht 10. Und ja, auch damals war er superheiß. Aber es gab keinen Grund, warum ich das Sprechen in seiner Gegenwart vergessen sollte.

Dann gab es das eine Mal, als Remy Hil und mich dabei ertappte, wie wir in Hils Zimmer Pornos schauten. Ich hatte Hil gefragt, ob sie die Tür verschlossen hatte, und sie hatte mir versichert, dass sie das getan hatte. Als Remy also hereingeplatzt kam und uns dabei fand, wie wir ein Video sahen, in dem ein Typ mit Pferdekopf einer Frau, die aussah wie ich, unglaubliche Dinge antat, hätte ich ohnmächtig werden können.

Und schließlich dürfen wir nicht das Ereignis vergessen, als ich 16 war und Hils Eltern mich bei sich wohnen ließen, während Hils Familie meine Mutter mit in den Urlaub nahm. Ich konnte wegen der Schule nicht mitfahren, aber ich dachte, ich hätte die Wohnung für mich alleine und veranstaltete eine Ein-Frau-Nackttanzparty in ihrer Penthousewohnung, komplett mit Handtuchturban und Haarbürstenmikrofon.

Genau in diesem Moment kam Remy vorbei, um nach dem Rechten zu sehen. Es wäre nicht so schlimm gewesen, wenn ich nicht so offensichtlich erregt gewesen wäre und mich selbst berührt hätte. Aber das war ich.

Meine Wangen brannten bei den Erinnerungen. Aber wie immer erinnerte ich mich daran, dass die Demütigung, die ich vor Remy erlebt hatte, unwichtig war. Denn so sehr ich es mir auch vorstellte, könnte ein Mann wie Remy, mit dem Körper eines griechischen Gottes, wunderschönen Haaren und dem Status eines Mafia-Prinzen, unmöglich an einem Mädchen interessiert sein, das so aussah wie ich.

Außerdem war dies nicht die Zeit für Fantasien. Ich musste mich darauf konzentrieren, Hil in dieser schwierigen Zeit zu helfen. Trotz ihrer komplizierten Beziehung wusste ich, wie sehr sie ihren Vater liebte. Ja, ihr Vater hatte sie in ihrer Penthousewohnung isoliert und Hil nie erlaubt, ein Sozialleben außer mir zu haben. Aber das war nicht, weil ihr Vater ein Monster war. Sie führten ein gefährliches Leben.

Und es war nicht so, dass ihr Vater unrecht hatte. Das einzige Mal, als Hil dem Schutz ihrer Familie entkommen konnte, wurde sie von einem der Rivalen ihres Vaters entführt. Remy und Hils Freund, Cali, mussten sie retten. Der Entführer schoss auf Cali im Austausch für Hils Freilassung. Cali war in Ordnung, aber dennoch. Hil und Remy lebten in einer verrückten Welt und ihr Vater musste Hil davor schützen.

Also trotz allem, war Hils Vater ein viel besserer Vater, als meiner es jemals gewesen war. Und nun war ihr Vater fort. Mein Herz schmerzte für sie.

Ich nahm einen tiefen Atemzug und versprach mir, alle Gefühle, die ich für Remy hatte, beiseite zu schieben und in den kommenden Wochen für Hil da zu sein. Und als die Schauder, die ich immer bekam, wenn ich an Remy dachte, nachließen, hob ich mein Handy wieder auf.

Ich wusste nicht genau, warum ich nervös war, aber als ich Hils Nummer wählte, pochte mein Herz. Als der Anruf durchging, war Hils Stimme zittrig.

„Hallo, Dillon."

„Hallo, Hil … Ich habe gerade von deinem Vater gehört."

Es gab eine kurze Pause. „Wirklich? Wie?"

„Remy hat es mir gerade erzählt", antwortete ich, obwohl ich so sehr den Wunsch verspürte, zu teilen, wie fantastisch es war, dass er das getan hatte.

„Oh. Ja."

„Es tut mir so leid, Hil. Wie geht es dir?“, fragte ich, dabei wünschte ich, ich könnte durch das Telefon hindurch greifen und sie umarmen.

„Es ist einfach so schwer zu akzeptieren, dass er weg ist.“

„Ich kann es mir nicht vorstellen. Aber ich bin für dich da, okay? Was auch immer du brauchst, ich werde da sein.“

Hil seufzte, ihre Stimme brach nur ganz leicht. „Ich weiß das zu schätzen. Ich habe Remy gesagt, dass ich die Beerdigung organisieren möchte.“

„Wow, das ist viel.”

„Ja, aber ich habe Cali gesagt, dass ich vorhabe das zu tun und er hat angeboten mir dabei zu helfen. Also werde ich mich größtenteils auf ihn verlassen.”

„Das ist toll.“

„Ja“, sagte sie, gefolgt von einer Pause.

„Was ist los?”

„Es gibt jedoch etwas, bei dem du mir helfen kannst.“

„Natürlich! Alles. Sag mir einfach wann und wo.“

Am nächsten Tag fanden Hil und ich uns in einem Boutique-Laden für Urnen wieder. Ich wusste bisher nicht einmal, dass es so etwas gab. Aber es gab ihn und waren wir da.

Der Ort strahlte eine ernste Eleganz aus, bei dem das sanfte Licht ein warmes Leuchten auf die polierten, handbemalten Gefäße warf. Hier zu sein, einzukaufen für die letzte Ruhestätte von Hils Vater, fühlte sich unwirklich an. Es ging nicht nur um den symbolischen Wert, es war auch wegen der Preisschilder.

Bei allem Respekt, Urnen waren nur Vasen mit Deckeln. Wie konnte eine 22.000 Dollar kosten? Sicher, sie war aus Marmor mit vergoldeter Verzierung … oder was auch immer das war. Aber ich konnte mir kaum den Bus leisten, mit dem ich hierhergekommen war.

Während wir durch die Gänge schlenderten und die Diamant-Urnenkollektion ansahen, wandte sich das Thema unseres Gesprächs von ihrem Vater zu Remy. Ich war nicht diejenige, die das Thema gewechselt hatte. Aber ich wollte die Gelegenheit nicht verpassen, Material zu meiner Fantasiekiste hinzuzufügen … wenn es wieder angemessen sein würde, an den Bruder der Freundin zu denken …

„Ich glaube, ich habe mich damit abgefunden, dass Vater Remy bevorzugt hat. Ich meine, ich verstehe es. Er hat das Bedürfnis meines Vaters, auf jeden aufzupassen. Er hatte das sogar als Kind.

„Es gab Zeiten, in denen er, als wir aufwuchsen, den schlimmsten großen Bruder-Mist mit mir gemacht hat. Aber wenn man mich fragen würde, wer mich beschützen würde, wenn etwas Schlimmes passiert, gäbe es keine Frage. Er wäre das.“

Ich nickte, ich verstand, wie viel Remy für Hil bedeutete. „Er war immer für dich da, nicht wahr?“

„Ja, aber gleichzeitig kann ich nicht anders, als mir Sorgen um ihn zu machen."

„Wieso das?", fragte ich, meine Neugier war geweckt.

Hil seufzte und fuhr mit der Hand durch ihr Haar. „Ich glaube einfach nicht, dass er jemals in der Lage sein wird, unser Familienleben hinter sich zu lassen."

„Und mit ‚deinem Familienleben' meinst du das Familienunternehmen?"

„Ja. Und ich weiß, er hat den Deal gemacht, der uns eigentlich befreien sollte, aber ich bin mir nicht sicher, ob es überhaupt einen Ausweg gibt."

„Du hast es geschafft", ich bezog mich auf Hils neues Leben in einer Kleinstadt in Tennessee mit ihrem Freund.

„Ich habe es geschafft, aber ich war nie Teil dieser Welt. Mein Vater hat Remy und mir einmal gesagt, dass der einzige Weg eine Familie zu verlassen, in einem Leichensack ist. Ich glaube nicht, dass Remy rauskommen könnte, wenn er es versuchen würde."

Ich runzelte die Stirn, ich wollte das nicht glauben. „Ich denke, mit der richtigen Person an seiner Seite könnte er definitiv dieses Leben hinter sich lassen."

Hil sah mich an, ihr Gesichtsausdruck war schwer zu deuten. „Dillon, sprichst du von dir selbst?"

Ich zögerte, realisierend wie das wohl klingen musste. „Nun, ich meine, nicht ich im Speziellen. Aber jemand, der sich um ihn kümmert und ihn glücklich sehen möchte."

Hil rutschte unbehaglich herum, offensichtlich missfiel ihr die Idee. „Kann ich dich was Ernstes fragen? Weil ich weiß, dass du gerne Witze machst."

„Natürlich kannst du. Was ist los?"

„Glaubst du wirklich, du und Remy …"

Sobald sie anfing es zu sagen, fühlte sich mein Gesicht an, als ob es brannte. Ich war mir nicht sicher, ob ich mich schämte oder einfach nur verletzt war, aber ich konnte es nicht ertragen, dass sie zu Ende sagte, was sie gerade sagen wollte. „Ich meine, warum nicht?", unterbrach ich sie. „Ist es so lächerlich zu denken, dass ich gut für ihn sein könnte?"

„Nein, Dillon, so ist es nicht." Hil seufzte, ihre Stimme angespannt. „Ich glaube, er ist nicht gut für dich. Du bist der wundervollste Mensch, den ich kenne. Was wäre, wenn zwischen euch etwas passieren würde? Das beste Szenario ist, dass er dich in seine verrückte Welt hineinzieht.

„Dillon, ich habe mein ganzes Leben damit verbracht, meine Flucht von dort zu planen. Du könntest es zutiefst bereuen, mit Remy zusammen zu sein." Hil nahm eine Urne und hielt sie zwischen uns. „Oder schlimmer", sagte sie mit Traurigkeit in ihren Augen.

Als ich auf das verzierte Gefäß hinabsah, schauderte es mich. Aber trotz dem, was Hil sagte, konnte ich meinen Glauben an Remy nicht abschütteln.

„Hil, wenn jemals etwas zwischen mir und Remy passieren würde, würde er mich beschützen, so wie er dich beschützt. Hast du nicht gesagt, das tut er? Glaubst du, er könnte aufhören, Menschen zu schützen, selbst wenn er es versuchen würde?"

Wieder sah ich die Frustration in Hils Augen. Als wir uns wieder dem Stöbern widmeten, dachte ich, das Gespräch sei vorbei.

„Weißt du überhaupt, ob Remy an Mädchen interessiert ist, die aussehen wie wir?", platzte es Hil plötzlich lauter heraus, als es jemand in einem Urnenladen sein sollte.

Anstatt zu antworten, dachte ich an all die gestohlenen Blicke und andauernden Berührungen, die meine Fantasien über die Jahre genährt hatten.

„Es gab Momente, wenn nur wir zwei da waren, die mich glauben ließen, dass es so sein könnte", gab ich ehrlich zu.

Hil hob eine Augenbraue. „Wann wart ihr zwei denn jemals alleine zusammen?"

„Es war nicht oft", gab ich zu, „aber es ist über die Jahre hinweg passiert. Und manchmal, wenn es passierte, sah er mich auf eine Art an, die nicht freundschaftlich sein konnte."

Hil schien immer noch skeptisch, doch bevor sie noch etwas sagen konnte, sah sie eine Urne, die ihre Aufmerksamkeit auf sich zog.

„Diese hier“, sagte sie und hielt eine hoch, die fürstliche Eleganz ausstrahlte. „Was denkst du?“

„Sie ist wunderschön. Ich denke, dein Vater würde sie mögen“, sagte ich aufrichtig.

„Ich nehme sie“, sagte sie entschlossen. „Und Dillon, vergiss bitte Remy. Ich weiß, wie er aussieht und wie charmant er sein kann, aber ich verspreche dir, es hat seinen Preis. Ich könnte es nicht ertragen, wenn ich dich auch verlieren würde.“

Als ich sie ansah, sah ich den Schmerz in ihren Augen. Ich zog sie in meine Arme und sagte: „Ich liebe dich, Hil. Ich werde immer für dich da sein. Egal was passiert.“

„Ich könnte es nicht ertragen, dich zu verlieren“, wiederholte sie und umarmte mich zurück.

Aber während ich meine beste Freundin in meinen Armen hielt, traf ich eine Entscheidung. So sehr ich Hil auch liebte, ich konnte meine Gefühle für Remy nicht ignorieren. Ich musste wenigstens herausfinden, wie Remy über mich dachte.

Wenn er nicht auf mich stand, dann gut. Ich würde es akzeptieren und weiterziehen. Aber wenn es eine Chance gab, dass er dasselbe fühlte, musste ich es versuchen.

Vor ein paar Monaten war Hil ein Risiko eingegangen, indem sie vor allen geflohen war, die sie liebten. Dieses Risiko führte dazu, dass sie den Mann gefunden hat, mit dem sie den Rest ihres Lebens verbringen wird. Wenn Remy das für mich war, musste ich es wissen. Und ich würde es nach der Beerdigung herausfinden.

Kapitel 4

Remy

Ich blickte mich in dem geschmackvoll dekorierten Konferenzraum des Gebäudes um, in dem ich aufgewachsen war. Ich nahm das sanfte Licht und die eleganten Blumenarrangements auf den Tischen wahr. Die Stimmung war schwer von Trauer und Nostalgie, aber es fühlte sich trotzdem an wie die Feier des Lebens, die es sein sollte.

Ich musterte die Gäste und entdeckte meine dauerberauschte, aber überraschend gesellige Mutter. Sie hatte das besser gemeistert als erwartet. Die Wunder der modernen Pharmazie, nicht wahr?

Hinter ihr war meine Schwester, Hil, und ihr Freund, Cali. Cali zu sehen, zauberte mir immer ein Lächeln aufs Gesicht. Der massige College-Football-Spieler, der erstaunlich einfach zu verunsichern war. Das machte es so lustig, ihn zu ärgern.

‚Wie werde ich ihn heute nennen?', fragte ich mich, als ich auf sie zuging. Hinterwäldler? Nein, das habe ich das letzte Mal genannt. Bauerntölpel? Überverwendet. Traktorjäger? Schlammklappen-Magnet? Wichslappen?

Ich legte meine Hand auf Hils trauernde Schulter und drückte zu.

„Du hast großartige Arbeit bei der Totenwache geleistet, Hil. Wirklich. Alle sind beeindruckt. Dad hätte es geliebt.“

Bevor Hil antworten konnte, wandte ich mich an Cali. „Und in dieser Situation bedeutet großartige Arbeit, dass sie kein einziges Bild von küssenden Cousins irgendwo in der Gegend aufgehängt hat. Ich weiß, das ist komisch für dich.“

„Remy!“, protestierte Hil.

„Was?“, fragte ich unschuldig. „Ich habe sichergestellt, dass dein Bauernprinz hier dem Gespräch folgen konnte. Ich war inklusiv.“

Cali stotterte, wollte antworten, wusste aber, dass er das aus Respekt für den Anlass nicht tun konnte. Der gequälte Blick in seinen Augen bereitete mir unendliches Vergnügen.

„Remy, das ist nicht witzig“, fuhr Hil mich an.

Ich tat so, als wäre ich verletzt. „Hil, du willst mich heute anschreien? Hier? Wir sind auf der Totenwache unseres Vaters. Hil, ich trauere“, sagte ich und hoffte, dass mein Grinsen nicht mehr zu sehen war.

Hil, sprachlos, verstummte lange genug, damit ich über ihre Schulter blicken konnte. Hinter ihr, für sich alleine stehend, war Dillon. Sie hatte uns beobachtet. Als sich unsere Blicke trafen, fühlte ich wie sich ein Schraubstock um mein Herz zusammenzog.

Als sie ihr Glas an die Lippen hob, sah sie weg. Aber es war zu spät. Ich war gefangen. Und zum ersten Mal, seitdem wir uns getroffen hatten, war ich frei, zu bekommen, was ich wollte, nämlich mehr von ihr.

„Remy, ich sage nur …“

„… dass du kein Mitgefühl für meine Trauer hast. Ja, ja, ja. Ich weiß, aber könnten wir das ein wenig später aufgreifen? Ich muss mich um die Trauergäste kümmern“, teilte ich meiner kleinen Schwester mit, mich verjüngt fühlend.

Als ich den Raum durchquerte, um zu der Frau zu gelangen, die ich so lange begehrt hatte, wurde mir klar, dass dies der Moment war. Ich würde ihr sagen, wie ich mich fühlte. Ich sollte nervös sein, aber das war ich nicht. Das Leben, von dem ich geträumt und das ich jahrelang geplant hatte, war in Reichweite. Ich konnte es kaum erwarten, dass es beginnt.

Ich ging auf Dillon zu und konnte mir ein Lächeln nicht verkneifen.

„Danke, dass du hier bist“, sagte ich aufrichtig.

„Natürlich“, antwortete Dillon, ihre braunen Augen sanft und aufrichtig. „Wenn ich irgendetwas tun kann, um zu helfen, sag es mir einfach.“

Meine Gedanken wanderten ab zu unangebrachten Vorstellungen, aber ich hielt mich zurück. „Eigentlich gibt es da etwas, das ich mit dir besprechen muss.“

Dillon sah amüsiert aus. „Das ist lustig, weil ich auch etwas mit dir besprechen muss. Aber du solltest zuerst sprechen.“

„Wirklich?“, fragte ich überrascht. „In dem Fall, bitte, du hast das Wort“, bestand ich höflich.

„Nein, du zuerst. Meins kann warten.“

„Nein, nein. Ich glaube, du solltest zuerst sprechen“, sagte ich und zeigte ihr so, welcher Freund ich für sie sein könnte.

„Remy, bitte“, sagte sie und berührte meinen Unterarm.

Hitze durchflutete mich. Jetzt konnte ich ihrer Bitte einfach nicht mehr widerstehen.

„Weißt du was? Du hast recht. Was ich zu sagen habe, könnte beeinflussen, was du zu sagen hast. Also sollte ich zuerst sprechen.“

„Oh!“, sagte Dillon, überrascht. „Okay“, stimmte sie nervös zu.

Ich richtete mich auf, Ernst auf meinem Gesicht. „Ich habe über dich nachgedacht … über uns. Und … Ich weiß nicht.“

Ihre gebräunte Haut errötete, sie legte ihre zarten Finger auf meine Brust. „Warte, bevor du das tust, muss ich dir das hier sagen.“

„Nein, wirklich, ich sollte dir das zuerst sagen.“

Dillon bestand darauf: „Du sollst es nicht sagen, bevor ich ausgesprochen habe."

„Oh, Mist!"

„Es ist nichts Schlimmes. Ich verspreche es dir", versicherte mir Dillon, bevor sie bemerkte, dass ich auf etwas hinter ihr sah. „Was ist los?"

„Ich bin gleich wieder da und ich verspreche dir, wir werden dieses Gespräch fortsetzen", sagte ich und riss mich widerwillig von ihr los.

Ich durchquerte den Raum und steuerte auf Armand Clément zu, meinen größten Konkurrenten und den Mann, mit dem ich meinen Deal abgeschlossen hatte. Im Austausch für meinen Weggang aus der Mafiawelt hatte ich zugestimmt, ihm die illegalen Geschäfte meines Vaters zu übergeben.

Dafür würde ich die Unternehmen behalten, die ich von Grund auf selbst geschaffen hatte. Darüber hinaus würde seine Organisation meiner Familie ihren Schutz anbieten. Ich hielt es für eine Win-Win-Situation. Er bekam das, um das er und mein Vater Blut vergossen hatten, und ich wäre frei, das zu haben, was ich aufgebaut hatte … und Dillon.

Hil, meine Mutter, und ich wären ihm nichts mehr schuldig. Wir müssten ihn nie wieder sehen.

Und doch war er hier, flankiert von zwei seiner Handlanger und einer atemberaubend schönen Blondine, die jung genug war, um seine Tochter zu sein. Ich kämpfte gegen den Drang an, ihn zu erwürgen, und trat

so nahe an ihn heran, dass ich seinen Atem riechen
konnte.

„Was willst du hier, Armand?", fragte ich und
gab ihm keinen Raum.

„Remy, ich bin hier, um meine Ehrerbietung zu
zollen", antwortete er mit einem Hauch von Sarkasmus.

„Quatsch. Wenn du deine Ehrerbietung erweisen
wolltest, hättest du keinen Fuß auf das Territorium
meines Vaters gesetzt."

„Aber das ist nicht mehr das Territorium deines
Vaters. Es ist meins. Alles meins. Dank dir."

„Und unser Deal war, dass du dich zurückziehen
und uns unser Leben leben lassen würdest."

„Nein", korrigierte Armand mit einem
selbstgefälligen Lächeln. „Unser Deal war, dass ich dich
wie Familie behandeln würde. Also bin ich hier ... für
die Familie."

Ich starrte auf sein selbstgefälliges Gesicht und
hatte Lust, meine Faust hineinzuschlagen. Das konnte ich
aber nicht. Nicht hier. Nicht jetzt.

„Komm zum Punkt, Armand. Warum bist du
hier?"

Der narbengesichtige Mann, dessen Körperbau
von zügellosem Genuss gekennzeichnet war, ließ ein
schlangenhaftes Lächeln aufblitzen.

„Deswegen mag ich dich. Du kommst immer
gleich zur Sache. Also gut, es ist so. Ich habe ein
bisschen recherchiert. Es stellt sich heraus, dass die

Geschäfte, die ich dir erlaubt habe zu behalten, ein wenig mehr wert sind, als ich vermutet hätte. Meine Berechnungen sagen mehr als eine Milliarde."

„Du meinst die Geschäfte, die ich von Grund auf ohne Hilfe meines Vaters aufgebaut habe."

„Nein, ich meine die, die du auf dem Rücken des Imperiums deines Vaters aufgebaut hast — einem Imperium, das jetzt mir gehört."

„So funktioniert das nicht. Mein Vater hatte nichts mit meinen Firmen zu tun."

„Aber sein Geld schon. Geld, das aus dem Blut meiner Leute kam, auf meine Kosten."

Ich ballte meine Fäuste, bemüht meine Fassung zu bewahren. „Armand, ich habe dir alles andere gegeben. Was willst du noch?", forderte ich.

Seine Augen blitzten schelmisch auf. „Tatsächlich … was ich will, ist, dir ein großzügiges Angebot zu unterbreiten. Ich werde dich nicht nach dem Anteil an deinen Geschäften fragen, den ich eigentlich verdienen würde, wie viele sagen. Stattdessen gebe ich dir eine Möglichkeit, sicherzustellen, dass deinen Lieben nie etwas geschehen wird."

„Und wie soll das gehen?"

„Indem wir unsere Familien vereinen." Er zeigte auf die junge Frau neben ihm. „Ich möchte, dass du meine Tochter, Eris, heiratest."

Ich starrte ihn geschockt an und lachte dann. „Du machst wohl Witze."

Armands Gesicht verhärtete sich. „Das ist kein Scherz, Remy. Heirate meine Tochter und unsere Familien werden durch mehr als nur Geschäfte verbunden sein. Ich mache dieses Angebot nicht leichtfertig. Wenn du es ablehnst, werde ich das als große Beleidigung auffassen."

Mein Blick wanderte von Armand zu der schönen Frau neben ihm, dann zu Dillon, die von der anderen Seite des Raumes aufmerksam zuschaute. Ich wusste, was Armand vorschlug, aber es war egal. Ich konnte es nicht tun. Ich würde es nicht.

„Hör zu, ich schätze das … Angebot, aber ich kann deine Tochter nicht heiraten."

Seine Augen verengten sich. „Ich schlage dir vor, es dir noch einmal zu überlegen, Remy. Du willst mich nicht beleidigen. Nicht in dieser Angelegenheit. Wenn du das tust, wird es … Konsequenzen geben."

Als ich seine Drohung hörte, beschleunigte sich mein Herzschlag. Schnell wog ich meine Optionen ab und sah mich wieder im Raum um. Ich war in einer unmöglichen Situation. Ich konnte die Sicherheit meiner Familie nicht riskieren, noch konnte ich Dillon in Gefahr bringen. Aber Eris zu heiraten würde bedeuten, jede Chance, die ich mit Dillon, der Frau, die ich liebte, hatte aufzugeben.

Wie könnte ich das tun? Ich konnte es nicht tun. Aber wie könnte ich es nicht tun?

Armands kräftige Hände umklammerten meinen Oberarm, zogen mich zur Seite und rissen mich zurück in die Realität. Ich war kurz davor, ihm zu sagen, er könne zum Teufel gehen und sich den Konsequenzen stellen, als er seine Stimme senkte und von Mann zu Mann sprach.

„Ich sehe, dass du hin- und hergerissen bist. Vielleicht gibt es ja jemand anderen, mit dem du lieber zusammen wärst?"

„Komm zur Sache", forderte ich, keinesfalls geneigt, meine Gefühle mit ihm zu besprechen.

„Was ich sagen will, ist, dass wir Männer sind. Und Männer wie wir lassen sich nicht eingrenzen. Das würde ich von dir auch nicht erwarten. Alles, was ich von dir erwarte, ist eine Hochzeit und einen Erben. Abgesehen davon, wer kann schon sagen, was du machst? Lebe dein Leben ohne mich zu beleidigen, und es ist mir egal, was du anstellst."

Ich starrte Armand fassungslos an. Schlug er etwa vor, dass ich seine Tochter betrügen sollte?

„In meiner Familie ist das eine Tradition", bestätigte er und machte mir ihn damit noch verhasster.

Mein Kopf raste, angetrieben von Wut und Hilflosigkeit. Wieder erwog ich eine Ablehnung, als ich seinen Handlanger und den tonnenförmigen Mann sah, der seinen Mantel zurückzog und den Griff seiner Waffe enthüllte. Armand hatte sich auf ein Blutvergießen vorbereitet. Das konnte ich in einem Raum voller

Menschen, die mir wichtig waren, ganz zu schweigen von Cali, nicht zulassen.

Angesichts drohender Panik biss ich die Zähne zusammen und sagte: „Einverstanden!" Es kam heraus, bevor ich wusste, was ich sagte.

„Was sagst du da?"

Mein Kiefer verkrampfte sich, nachdem ich einen Moment über die Situation nachgedacht hatte. Er hatte mich am Haken.

„Ich werde die e Tochter heiraten", sagte ich ihm, fassungslos über die Worte, die aus meinem Mund kamen.

Armands siegessicheres Lächeln kehrte zurück. Er ging schnell von mir weg und wandte sich an das Publikum, um die Aufmerksamkeit aller auf sich zu ziehen.

„Meine Damen und Herren, ich habe großen Respekt vor dem Mann, den wir heute ehren. Wir mögen unsere Differenzen gehabt haben, aber die Zeit der Unstimmigkeiten ist vorbei.

„Dazu möchte ich an diesem sonst so traurigen Tag eine frohe Nachricht verkünden. Es ist die Verlobung meiner Tochter Eris mit Remy Lyon, eine Verbindung, die Frieden und Wohlstand für alle ermöglicht. Lasst unseren einst bitteren Zwist hier enden und lasst unsere großartigen Familien nun eins werden.

„Ein Hoch auf das neue Paar", forderte er, von einem Ohr zum anderen grinsend.

Verwirrter, höflicher Applaus erfüllte den Raum. Ungläubigkeit stand in den Gesichtern meiner Familie. Es war surreal. Was hatte ich getan? Die Wirklichkeit meiner Entscheidung traf mich erst, als eine geschockte Dillon mir ins Auge fiel. Ihre Enttäuschung und ihr Schmerz waren unübersehbar.

Die aufregende Vorfreude, die ich verspürt hatte, mit ihr zu sprechen, war verflogen. An ihrer Stelle war eine hohle, schmerzende Leere. Ich hatte meine Chance auf Liebe aufgegeben. Und wofür?

Aber als ich sie anblickte, wurde mir klar, dass ich, nachdem ich ihr so nahe gekommen war, sie nicht einfach aufgeben konnte. Auch wenn ich nicht bei ihr sein konnte, musste ich sie in meiner Nähe haben. Ich wusste, ich musste ihr etwas anbieten.

„Dillon", rief ich, als sie sich Richtung Hintertür bewegte, so als wäre sie kurz davor zu weinen. Sie hielt inne. Ich eilte ihr hinterher und legte meine Hand um ihren Arm. Sie war so klein. Ich zog sie nahe zu mir, doch sie weigerte sich, mich anzusehen.

„Ist das das, was du mir sagen wolltest? Dass du diese Frau heiraten wirst?", spie sie aus, getrieben von Eifersucht.

„Nein. Das war es ganz und gar nicht."

„Also wolltest du gar nichts dazu sagen?", fragte sie, während sie mich endlich direkt ansah.

„Das meinte ich nicht."

„Was dann?"

Sie hatte ja recht. Was sollte ich ihr sagen? Sollte ich ihr sagen, dass ich gerade meine Seele für das Leben aller hier verkauft hatte? Es war die Wahrheit. Aber nicht einmal ich hatte einen so starken Märtyrerkomplex.

Nein, ich hatte andere Optionen gehabt und ich hatte meine Wahl getroffen. Jetzt musste ich damit leben. Aber das hieß nicht, dass ich Dillon gehen lassen würde. Laut Armand musste ich das nicht einmal. Auch wenn ich meinen Vorschlag. dass sie meine Freundin würde, wahrscheinlich ändern musste.

„Würdest du in Betracht ziehen, für mich zu arbeiten? Ich könnte jemanden, dem ich vertraue, in meinen Geschäften gebrauchen."

Sie zögerte, ihr Blick in meinen gefangen. Sie war überrascht von dem Vorschlag und schien verwirrt.

„Remy, du weißt, dass ich noch studiere, oder? Ich habe mindestens noch ein Jahr, bis ich meinen Abschluss habe."

„Aber bald sind doch Sommerferien, oder? Und wenn du deinen Abschluss hast, wirst du Arbeitserfahrung brauchen. In diesem Sinne würde ich dich gerne einstellen als meine …"

„… deine Sekretärin?", unterbrach Dillon.

Ich schaute sie überrascht von ihrer bescheidenen Annahme an. Ich war spontan auf die Idee gekommen und wusste eigentlich nicht, was ich vorschlagen wollte. Aber es half zu wissen, was sie erwartete.

„Nein", erwiderte ich. „Meine Assistentin. Du würdest mir täglich helfen und ich hätte jederzeit Zugang zu dir, wenn ich dich brauche."

„Klingt für mich nach einer Sekretärin", stellte Dillon fest.

Ich schüttelte den Kopf, „Das ist es nicht."

„Würde ich an einem Schreibtisch vor deinem Büro sitzen?"

Der Gedanke, jederzeit aufblicken und sie sehen zu können, ließ meine Erregung schlagartig steigen. „Absolut, das ist nicht verhandelbar."

„Das nennt man Sekretärin", schloss sie, ohne zu verraten, wie sie zu der Idee stand.

„Nenne es, wie du willst. Das Einzige, was für mich zählt, ist: nimmst du an?"

Kapitel 5

Dillon

Ich saß in dem schicken Coffee Shop in Soho, rieb meine schwitzenden Handflächen an meinen Jeans und wartete auf Hil. Mein Herz raste bei dem Gedanken, was sie wohl dazu sagen würde, dass ich Remys Jobangebot angenommen hatte. Sie hatte recht gehabt, dass Remy sein Dasein in der Mafiawelt nicht aufgegeben hatte. Und jetzt wollte ich freiwillig in sie eintreten.

Das Café war eine Mischung aus Modernem und Vintage, mit freiliegenden Backsteinwänden, schlanken Ledersitzen und einer warmen, einladenden Atmosphäre. Es war ein Ort, den wir schon als Kinder oft besucht hatten. Hier hatten wir viele unserer Sommernachmittage bei einer Tasse Kaffee verbracht, uns vorgestellt, wir wären erwachsener, als wir es waren, während Hils Leibwächter eine Kabine entfernt saß.

Ich sah dieselbe Erinnerung in Hils Augen, als sie hereinkam. Mit einem nervösen Lächeln auf den Lippen, als ihr Blick auf mich fiel, bahnte sie sich ihren Weg zu mir.

„Ich habe uns dieses Lokal ausgesucht, weil ich dachte, es würde uns einige Erinnerungen zurückbringen", gestand ich ihr, als sie sich setzte.

Hil sah sich um, nahm die vertraute Umgebung in sich auf.

„Wenn du nicht wärst, wüsste ich nichts über New York", gestand sie. „Wir sind hierhergekommen und taten so, als wären wir bereits erwachsen. Nun lebe ich mit meinem Freund zusammen und du bist ein Jahr vom Collegeabschluss entfernt. Es ist seltsam."

„Ja. Seltsam", stimmte ich mit einem Lachen zu, die Nostalgie wärmte mich trotz meiner Angst.

Mit einem tiefen Atemzug sog ich den Rest unserer alten Dynamik auf und sagte: „Hil, Remy hat mir einen Job angeboten."

Ihr Gesichtsausdruck blieb undurchschaubar. „Du solltest es nicht annehmen, Dillon", sagte sie bestimmt.

Meine Augen füllten sich mit Tränen. Den Blick auf meinen Schoß gerichtet, murmelte ich kleinlaut: „Okay."

Eine Träne kullerte meine Wange hinab und Hils Hand streckte sich aus, um mich zu trösten.

„Warum weinst du?", fragte sie sanft.

Ich schniefte und blickte ihr in die Augen. „Warum glaubst du, dass ich nicht gut genug für deine Familie bin?"

Hil seufzte, ihre Augen füllten sich mit Sorge.

„Das ist es doch gar nicht, Dillon. Das ist es überhaupt nicht. Mein ganzes Leben lang habe ich mich in meinem verrückten Familiendasein gefangen gefühlt. Ich will nicht, dass du dich mir in dieser Zelle anschließt." Sie machte eine Pause und schwelgte in Erinnerungen. „Du weißt nicht, wie es war, in diesem Penthousekäfig aufzuwachsen, wo die einzige Freundin, die ich hatte, sich nur aus Mitleid mit mir angefreundet hat."

Ich schüttelte den Kopf und bestritt ihre Behauptung. „Das ist nicht der Grund, warum wir Freunde sind, Hil. Wir sind Freunde, weil ich dich liebe." Meine Stimme zitterte, als ich weitersprach. „Und ich habe wirklich genug davon, der Wohltätigkeitsfall deiner Familie zu sein. Ich bin dankbar dafür. Denke nicht, dass ich es nicht bin. Aber ich möchte auf eigenen Beinen stehen.

„Wenn ich Remys Angebot annehmen würde, könnte ich das vielleicht tun. Und vielleicht könnte ich dich einladen, statt immer von deiner Großzügigkeit abhängig zu sein."

Nachdem sie gehört hatte, was ich sagte, wischte sich Hil über ihre Augen und schniefte.

„Ich möchte nicht, dass du dich mit Remy einlässt, Dillon. Und es liegt nicht daran, dass du nicht gut genug für unsere Familie bist. Ich betrachte dich schon als eine Schwester."

„Dann verstehe ich nicht, warum du nicht willst, dass wir zusammen sind."

„Weil ich dich brauche, Dillon. Und ich weiß, wenn du dich auf ihn einlässt, wird er irgendetwas tun, das dich verletzt. Sobald das passiert, wirst du merken, dass du zu gut für Leute wie uns bist, und dann … wirst du nicht mehr mit mir befreundet sein wollen", gestand sie während ihre Tränen weiterhin flossen.

„Ich weiß, es ist egoistisch, aber ich könnte es nicht ertragen, wieder allein zu sein, Dillon", fügte Hil hinzu und ihre Stimme brach. „Und du bist alles, was ich habe. Ich möchte dich nicht verlieren."

Ich streckte meine Hand aus und drückte ihre. „Hil, nichts wird unsere Freundschaft je kaputtmachen. Und du wirst nie wieder alleine sein. Nicht nur, dass du Cali hast, ich werde auch nirgendwo hingehen. Versprochen."

Hil lächelte durch ihre Tränen hindurch und nickte. „Ich habe so ein Glück, euch beide zu haben. Aber bitte, versprich mir, dass du dich nicht mit Remy einlässt. Ich würde alles tun. Wenn du mehr Geld brauchst, könnte ich das Stipendienkomitee dazu bringen, deine Beihilfe zu erhöhen."

Ich schüttelte den Kopf. „Das will ich nicht, Hil. Ich will anfangen, mein eigenes Geld zu verdienen. Und ich möchte Remys Jobangebot mit deinem Segen annehmen."

Hil zögerte für einen Moment, gab aber schließlich nach. „In Ordnung, Dillon. Du hast meinen Segen. Aber versprich mir eins – verfalle nicht dem Charme meines Bruders."

Ich lächelte. „Ich verspreche es."

„Danke", sagte sie und lehnte sich zu mir, um mich zu umarmen.

Während ich sie hielt, sah ich mich in dem Lokal um, in dem wir einmal so getan hatten, als wären wir erwachsen, und fragte mich, ob ich ein Versprechen gegeben hatte, das ich halten könnte.

Eine Woche nachdem ich Remys Jobangebot angenommen hatte, betrat ich zum ersten Mal seinen stilvollen Brooklyn Brownstone. Ich wusste nicht, was mich erwarten würde, aber als Remy aus seinem Büro kam, um mich zu begrüßen, konnte mein Spitzen-BH meine Aufregung nicht verbergen.

Remys 1,88 Meter großer, muskulöser Körper füllte ein gestärktes weißes Hemd aus, als wäre es auf ihn aufgemalt worden. Da er seine Ärmel hochgekrempelt hatte, waren seine Unterarmtattoos voll zur Schau gestellt. Ich konnte kaum sprechen, eine Welle der Begierde überkam mich. Es war, als wäre ich wieder 14.

„Dillon, ich freue mich so, dich endlich zu haben …"

„… hier?", stotterte ich.

„Wo immer du möchtest“, antwortete er mit einem Lächeln und genug Zweideutigkeit, um meine Knie weich werden zu lassen. „Nun zum ersten Punkt auf unserer Agenda, komm mit mir“, sagte er schnell und wechselte zu einem ernsten Ton.

„Wo gehen wir hin?“, fragte ich, meine Stimme klang schwach und ich hatte kaum Zeit, meine Sachen abzustellen.

„Wir machen ein Lauf-Meeting. Das klingt professionell, oder? Ja, wir machen ein professionelles Lauf-Meeting“, sagte er und führte mich wieder nach draußen.

„Soll ich Notizen machen?“, antwortete ich und griff nach meinem Handy, um einem Hauch von Professionalität auszustrahlen.

Als ich es hervorzog und zu meiner Notizen-App navigierte, sah er auf mein altes Gerät und seufzte.

„Nein, das geht gar nicht. Das Erste auf deiner Tagesordnung ist: Besorge dir ein neues Handy. Wir nennen es Firmenhandy, aber es ist deins. Hol dir, welches du möchtest“, sagte er selbstbewusst.

„In Ordnung“, erwiderte ich, überrascht von seiner Großzügigkeit.

„Das Nächste auf unserer Tagesordnung, es gibt einen japanischen Crêpe-Laden in der Nähe, von dem ich unbedingt will, dass du ihn ausprobierst“, verkündete Remy.

„Den ich ausprobieren soll?", fragte ich und versuchte meine Fassung zu bewahren, obwohl ich kaum klar sehen konnte.

„Ja. Ich habe sie in Japan, dann wieder in Taipei gegessen. Als ich entdeckte, dass es einen solchen Laden gleich um die Ecke gibt, dachte ich, ‚Weißt du, wer das lieben würde? Dillon. Dillon würde das definitiv lieben.' Und jetzt bist du hier."

„Du warst dir sicher, dass ich es lieben würde?", fragte ich, überwältigt von seinem knisternden Charme.

„Und jetzt bist du hier", wiederholte er.

„Und jetzt bin ich hier", bestätigte ich, versuchte mich auf irgendetwas zu konzentrieren außer darauf, wie Remys Hemd über seinen Muskeln spannte.

Als ich mich dem Laden näherte, bemerkte ich eine lange Schlange, die sich bis vor die Tür zog. Remy grinste, zog sein Handy heraus.

„Haben die eine App?", fragte ich und zog eine Augenbraue hoch.

„Eigentlich nicht", gestand Remy. „Aber dann probierte ich einen ihrer Crêpes, kaufte das Unternehmen und ließ eine App für sie entwickeln."

Ich kicherte. „Trotzdem gibt es noch eine Schlange."

„Die App ist noch in der Beta-Phase. Ich wollte sie gründlich testen, bevor wir sie öffentlich machten", erklärte er schelmisch.

„Also ist das deine persönliche App, um japanische Crêpes zu bekomme, wann immer du willst?", fragte ich, mein Herz pochte wegen der Intensität seines Blicks.

Remy grinste. „Du musst zusehen, wie sie es machen. Es ist sehr cool."

Als wir beobachten, wie der Crêpe-Teig auf einer runden heißen Platte geglättet und gewendet wurde, war ich fasziniert. Nach dem Backen wurden Bananenscheiben darauf gelegt und aufgerollt. Gefüllt mit Eis und Toppings wie Schlagsahne, wurde es zu einer Crème brûlée flambiert. Es sah umwerfend aus! Aber nichts konnte mich auf meinen ersten Bissen vorbereiten.

„Oh mein Gott!", rief ich aus, meine Augen wollten mir aus dem Kopf springen.

„Nicht wahr? Die beste Million, die ich je ausgegeben habe", sagte Remy mit einem zufriedenen Grinsen.

Ich hustete, als ich den Preis hörte. Aber dann nahm ich einen weiteren Bissen.

„Ja, wahrscheinlich", stimmte ich zu und verschlang ihn weiter.

Als ich an einem kleinen Tisch gegenüber dem Mann saß, in den ich schon mein ganzes Leben lang verliebt war, und das köstlichste Dessert aß, das ich je gegessen hatte, fühlte ich mich wie im Himmel. Ich wollte diesen Moment nie enden lassen. Als es dann doch so weit war und ich mich in seinen Augen verlor, sprach ich das Offensichtliche an.

„Also, ich bin hier. Du hast mich. Du kannst mit mir machen, was du willst. Was wird meine Aufgabe sein? Und falls du mir sagst, dass ich App-Testerin für japanische Crêpes sein soll, musst du wissen, dass ich sie auf Herz und Nieren prüfen werde.“

Remy lachte. „Wenn das dein Traum ist, verfolge ihn. Mir persönlich ist es egal, was du machst, solange du jeden Tag wunderhübsch aussiehst. Und übrigens, du machst bisher einen hervorragenden Job.“

Ich rollte spielerisch die Augen, versteckte aber, dass meine Bluse erneut dem Kampf gegen meine Brustwarzen verloren hatte. Schlussendlich standen wir auf und gingen zurück zum Büro.

„Was macht dein Geschäft eigentlich?“, fragte ich, als das Blut langsam wieder in mein Gehirn zurückkehrte.

„Während der letzten wirtschaftlichen Flaute hatten viele Unternehmen Liquiditätsschwierigkeiten. Ich habe das Kapital bereitgestellt, damit sie ihre Ausgaben decken konnten, im Austausch für Firmenanteile und hohe Zinsen.“

„Halt, bist du etwa ein Kredithai?“, platzte es aus mir heraus.

Remy brach in schallendes Gelächter aus. „Wenn man reich ist, nennt man das ‘Series D’ Investor.“

Wir näherten uns der Bürotür des Stadthauses und traten ein. „Steht das 'D' für Dödel? Denn das sind Kredithaie", warf ich ein.

„Offiziell nicht. Aber seien wir ehrlich. Manchmal sind kleine Dödel genau das, wonach die Leute suchen", erwiderte Remy, grinsend.

Ich errötete. „Davon weiß ich nichts."

„Ach, du kennst dich also eher mit größeren … Dödeln aus? Das hätte ich nie von dir gedacht. Aber keine Sorge, Miss Harris, meine Firma kann liefern."

Wissend, dass ich knallrot wurde, strich ich subtil über die Vorderseite meiner Hose und fragte mich, wie viel man sehen konnte. Aber als sich jemand räusperte, blickten wir beide auf. Als ich sah, wer vor uns stand, erstarrte ich vor Panik.

Kapitel 6

Remy

Als ich Eris Clément im Wartebereich meines Büros sah, riss es mich aus meiner Fantasiewelt, die ich mir kurzzeitig erlaubt hatte, und warf mich zurück in die Realität. Armands verwöhnte Prinzessin saß auf meiner Le Corbusier Liege. Ihre perfekt geformten blonden Locken und eiskalten blauen Augen zeigten klar ihre Verachtung für alles, was sich ihr in den Weg stellte.

Instinktiv wandte ich mich Dillon zu, die neben mir stand. Sie war sichtlich verunsichert. Ich hasste es, wie Eris sie beeinflusste.

„Was machst du hier?", fragte ich genervt.

Eris bot ein kokettes Lächeln dar. „Kann ein Mädchen nicht einfach ihren zukünftigen Ehemann bei der Arbeit besuchen?", fragte sie und ließ mir dabei die Haare zu Berge stehen. Die Zähne zusammenbeißend fügte sie hinzu: „Ich habe dir ein Verlobungsgeschenk mitgebracht, Dummkopf."

„Was?“, fragte ich, verunsichert durch ihre Geste. Was hatte sie vor?

„Die Dinge zwischen uns haben vielleicht nicht so angefangen, wie wir es uns gewünscht hätten, aber wir können das Beste daraus machen, oder?“, fragte sie und deutete auf eine kleine Box auf dem Tisch. „Öffne es.“

Erneut zögerte ich, suchte die Reaktion von Dillon. Sie war genauso verwirrt wie ich. Ich wandte meinen Blick zurück auf die hellblaue Schachtel mit dem weißen Band, hob sie auf und betrachtete sie.

„Es ist keine Bombe, Remy. Ich sitze hier bei dir“, sagte sie sarkastisch.

Ich wollte diesen Austausch schnell hinter mich bringen, zog das Band ab und hob den Deckel ab. Im Inneren befand sich eine Uhr, die mir den Atem raubte.

„Woher wusstest du, dass ich Uhren sammle?“, stammelte ich und sah Eris an.

„Remy, du bist ein Mann mit Klasse und Geschmack. Natürlich sammelst du Uhren“, erwiderte sie mit einem zufriedenen Lächeln.

Dillon trat näher, ihre Neugier zog sie zu uns. „Was ist das?“

„Es ist eine Richard Mille RM 56-02 Tourbillon Sapphire. Sie ist sehr selten“, sagte ich und versuchte mich daran zu erinnern, wann ich sie das letzte Mal in Person gesehen hatte.

Dillon beugte sich für einen näheren Blick vor. „Du kannst hindurchsehen. Es ist, als ob die Teile, die

die Zeiger halten, zwischen Glas schweben. Es ist unglaublich", gab sie zu.

Ich schaute zu ihr und dann wieder zu Eris. „Sie ist zwei Millionen Dollar unglaublich", sagte ich und suchte nach den richtigen Worten. „Ich kann das nicht annehmen. Es ist zu viel."

Eris verschränkte die Arme. „Ich werde deine Frau sein, Remy. Nichts ist zu viel für meinen zukünftigen Ehemann."

Als ich Dillons erschüttertes Gesicht sah, riss ich mich zusammen. „Ja, ich habe versucht, eine davon zu finden", sagte ich beiläufig.

Eris Augen funkelten, als sie fragte, „Kann ich sie dir anlegen?"

Ich kämpfte gegen den Drang an, sie abzuweisen, gab dann aber doch nach, als sie die Uhr um mein Handgelenk legte. Noch immer vom Anblick überwältigt, sagte ich: „Eris, ich weiß wirklich nicht, wie ich dir danken soll."

„Ich schon", antwortete sie mit einem hinterlistigen Lächeln. „Nimm sie nie ab."

„Das hatte ich auch nicht vor", erwiderte ich scherzhaft.

„Und entlasse sie", fuhr Eris fort und nickte in Richtung Dillon.

„Was?", fragte ich erneut von ihr überrumpelt.

„Ich denke, du hast mich verstanden", sagte sie selbstgefällig.

„Das kann ich nicht", entgegnete ich und sah zu Dillon hinüber, deren Gesicht aschfahl geworden war.

Eris schnaubte abschätzig. „Warum nicht? Sekretärinnen gibt es doch wie Sand am Meer, oder? Und es ist eine einfache Möglichkeit, deine zukünftige Ehefrau glücklich zu machen."

Ich funkelte sie an, In mir loderte ein Feuer, das Stahl schmelzen konnte. „Dillon ist nicht meine Sekretärin", sagte ich und kämpfte gegen den Impuls anzuschreien.

„Ach, wirklich?", fragte Eris, ihre Augen verengten sich. „Was ist sie dann – deine Geliebte? Denn ob Zwangsheirat oder nicht, ich werde mich nicht demütigen lassen, wie es meiner Mutter widerfahren ist", sagte sie und verlor die Fassung. Schnell fing sie sich wieder, hielt inne, straffte ihren Rücken und fügte hinzu: „Ich werde deinen Kopf auf einem Silbertablett serviert haben, bevor ich das zulasse." Und dann lächelte sie, als hätte sie gerade ihre Vorliebe für Schokolade preisgegeben.

Ich starrte sie fassungslos an. Es bestand kein Zweifel, dass Eris Armands Brut war. Nachdem sie ihre Drohung einen Moment in der Luft hatte hängen lassen, lachte sie. Die Frau war verrückt. Ich war mir sicher, sie war genauso mordlüstern wie ihr Vater.

Wissend, dass ich etwas tun musste, bevor die Situation außer Kontrolle geriet, stellte ich mich zwischen Eris und Dillon.

„So schmackhaft dieses Mahl auch sein würde, das passiert hier nicht."

Eris hob eine Augenbraue. „Nein? Was passiert dann?"

Ich zögerte nur einen Moment, bevor ich sagte: „Ich habe Dillon angeheuert, um ein besonderes Projekt zu leiten, für das sie einzigartig qualifiziert ist."

Eris sah nicht überzeugt aus. „Welches wäre das?"

Ich versuchte schnell zu denken und antwortete: „Sie ist hier, um ein Gemeindezentrum zu gründen."

„Ist sie das?", fragte Eris plötzlich verwirrt.

„Bin ich das?", fragte Dillon ebenso überrascht.

„Ja", bekräftigte ich. „Ich hätte dich eine Probezeit in der Firma machen lassen, um sicherzustellen, dass wir gut miteinander arbeiten können, bevor ich es dir angeboten hätte, aber da ist der Zug wohl abgefahren."

Eris verschränkte die Arme, immer noch misstrauisch. „Ein Gemeindezentrum."

Ich nickte. „Genau. Was du nicht weißt, ist, dass Dillon Empfängerin unseres Familienstipendiums ist. Und nicht nur das, sie kommt aus genau der Art von Gemeinschaft, an die ich mich zu wenden hoffe. Ihre Mutter ist unsere Haushälterin. Dillon ist praktisch ein Familienmitglied."

Eris dachte darüber nach. „Also ist sie so was wie deine Schwester?"

„Sie ist die beste Freundin meiner Schwester, um die sich unsere Familie seit ihrem vierzehnten Lebensjahr gekümmert hat", erklärte ich.

Eris lächelte spöttisch. „Oh, sie ist also euer Wohltätigkeitsprojekt. Ich verstehe."

„Ich würde es nicht so formulieren, aber du hast den Punkt verstanden."

„Natürlich", sagte Eris, ihre Stimme heller. „Für einen Moment dachte ich, sie würde uns Probleme bereiten."

„Machst du Witze? Du dachtest, ich stünde auf jemanden wie sie?", fragte ich und bedauerte es sofort, als ich es aussprach.

Eris entspannte sich und kicherte. „Ja, ich denke, das wäre albern gewesen. Männer wie du stehen nicht auf … ähm … du weißt schon. Mollige Mädchen", sagte sie und schlängelte sich zu mir, legte ihre Hände auf meine Brust und ihre Lippen nahe an meine.

Ich nahm ihre Handgelenke sanft und schob sie weg. „Aber nur weil ich nicht auf sie stehe, heißt das nicht, dass ich jemals auf dich stehen werde, Eris. Es gibt kein uns. Ich denke, wir sollten das jetzt klären. Ich habe zugestimmt, dich zu heiraten und irgendwann, wenn es notwendig ist, bekommen wir vielleicht Kinder. Aber das war's dann auch. Mehr wird da niemals sein."

Eris sah nicht überzeugt aus. „Für mich klingt das so, als ob du eine Herausforderung aussprichst."

„So würde ich es nicht interpretieren“, sagte ich und fokussierte sie mit verengten Augen.

„Tomahto, tomayto“, zuckte sie gleichgültig mit den Schultern.

„Muss ich noch deutlicher werden?“, fragte ich wider Willen belustigt.

Eris hob eine Augenbraue. „Muss ich? Denn letztendlich wirst du dich in mich verlieben.“

„Eris …“

„Ehemann“, sagte sie und unterbrach mich, ihre Stimme triefte vor Sarkasmus. Wir lächelten beide wissend.

„Und ich hatte schon Angst, unsere Ehe würde langweilig werden“, sagte sie. „Genieße das Geschenk. Und du“, fügte sie hinzu und zeigte auf eine geschockte Dillon, „denk daran, dass auf dem Silbertablett noch Platz ist.“

„Eris!“, rief ich aus, sofort zum Kochen gebracht.

„Ich mache nur Spaß“, sagte sie und rollte mit den Augen. „Es war schön, dich kennenzulernen, Dillon. Mach uns stolz.“

Bevor ich noch etwas sagen konnte, drehte Eris auf dem Absatz um, ihre blonden Haare wirbelten, als sie den Raum verließ. Als die Tür sich hinter ihr schloss, packte mich meine Angst vor dem, was Dillon sagen würde, direkt in der Brust.

Kapitel 7

Dillon

Mein Herz raste, während ich versuchte zu verarbeiten, was gerade passiert war. Die Demütigung, die ich durch Remys Worte und Eris' Anwesenheit empfand, hatte mich zerrissen. Sie nagte an meinem Selbstbewusstsein wie sonst nichts.

Nicht nur, dass er mich dazu brachte, meinen Platz in ihrer glamourösen Welt zu hinterfragen, er lachte auch noch über die Idee, dass er sich zu mir hingezogen fühlen könnte. Ich war so ein Narr zu denken, dass jemand wie Remy an jemandem wie mir interessiert sein könnte. Ich war nur das Wohltätigkeitsprojekt seiner Familie, das nun ‚eindeutig qualifiziert‘ war, Remy das zu geben, was er wollte.

„Ist das alles, was ich für dich bin?", sagte ich und drehte mich zu ihm, meine Stimme brach. „Ein Wohltätigkeitsfall? Jemand, der eine Lücke in deiner perfekten kleinen Welt füllen kann, indem er arm und von gemischter Herkunft ist?"

Remy wirkte von meinem Ausbruch überrascht.

„Dillon, das habe ich nicht so gemeint—"

„Es hat sich aber verdammt nochmal so angehört!", schoss ich zurück, meine Unsicherheiten kamen mit voller Wucht zum Vorschein.

Für einen Moment blieb Remy still. Als er sprach, war seine lässige Sicherheit verschwunden. Gut so, er verdiente es, sich so zu fühlen wie ich.

„Bitte, hilf mir zu verstehen, was ich gesagt habe, was dich verletzt hat?", sagte Remy schmerzerfüllt.

So sehr ich auch auf ihn wütend sein wollte, seine Verletzlichkeit erlosch schnell mein Feuer. In all den Jahren, die ich ihn kannte, hatte ich diese Seite von ihm noch nie gesehen. Sie brachte mich dazu, mich noch mehr in ihn zu verlieben. Ich hasste mich dafür.

Mit schmelzendem Widerstand blickte ich in seine Augen. Ein Kloß rutschte mir in den Hals, als mir klar wurde, dass ich dabei war, ihm etwas zu erzählen, was ich noch nie jemandem anvertraut hatte.

„Das weißt du nicht über mich, weil ich es noch nie laut gesagt habe, aber ich weiß, dass ich quasi Hils Schoßhund bin. Sie war einsam und brauchte einen Freund, also ging deine Familie zum Armenviertel und hat mich gefunden."

„Was?", sagte Remy geschockt.

„Streite es nicht ab. Ich weiß, was andere Leute denken, wenn sie mich mit Hil oder dir sehen. Ich kleide mich nicht wie deine Familie. Ich sehe nicht aus wie du. Ich passe nicht dazu", gab ich zu, meine Stimme zitterte.

„Gelegentlich lasse ich mich selbst glauben, dass ich wirklich einen Platz in deiner Welt haben könnte, dass ich jemand sein könnte, um den du dich wirklich kümmerst. Aber jedes Mal komme ich zurück in die Realität, fühle mich wie nichts weiter als ein armer, schwarzer Freund, den ihr alle nur zum Spaß um euch habt."

Remy hörte zu, seine Augen verließen die meinen nicht. Als ich fertig war, wusste er nicht, was er sagen sollte. Ich glaubte nicht, dass es etwas gab, was er sagen konnte. Ich wusste, dass ich recht hatte.

Aber als sein Blick auf den Boden fiel, fand er seinen Mut und seine ruhige Zuversicht.

„Dillon, ich muss dir etwas erzählen, was mein Vater mir einmal gesagt hat. Er sagte: ‚Wenn du dein wahres Selbst anerkennst, wirst du belohnt werden.'"

Ich sah ihn an, ein kleiner Teil von mir wagte zu hoffen, dass er vielleicht nicht nur über Lebensphilosophien sprach. Dass er vielleicht von uns sprach.

„Sich selbst anzuerkennen ist nie einfach, und es kann erschreckend sein", fuhr Remy fort. „Aber … vielleicht sind deine Herkunft und Erfahrungen nicht deine Schwächen, sondern deine Stärken. Ich versichere dir, dass niemand in meiner Familie dich je so gesehen hat, wie du es beschreibst. Und ich denke, du hast viel mehr zu bieten, als du dir selbst zugestehst. Deshalb bricht es mir das Herz, wie du von mir und dir selbst denkst", sagte er fast unter Tränen.

Verloren in den Worten des Mannes, in den ich mich seit so langer Zeit verliebt hatte, streifte ich eine Idee, die verlockend und doch außer Reichweite war. Mein Herz schlug bei dem Gedanken. Könnte in den Dingen, vor denen ich so lange geflohen war, Stärke liegen? Ich glaubte es nicht. Aber was wäre, wenn doch? Was würde das für mich bedeuten? Wie würde das aussehen?

„Ich …"

„Was?", fragte er, als ich nicht weiter sprach.

Nein, das konnte ich nicht. „Remy, ich …"

Als er meine Tonlage hörte, unterbrach er mich.

„Dillon, schau, ich kann nicht so tun, als wüsste ich, wie es ist, in deinen Schuhen zu stecken. Ich bin weiß. Ich bin reich. Ich bin unglaublich gutaussehend", sagte er und lenkte meine Aufmerksamkeit auf sein kurz zurückgekehrtes, eingebildetes Grinsen. „Mein Punkt ist, ich weiß nicht, wie es ist, du zu sein, aber ich würde es gerne. Und ich meinte es ernst, als ich sagte, dass du ein gemeinnütziges Zentrum für mich und meine Familie gründen sollst.

„Ich gebe zu, dass ich erst an den Gedanken gedacht habe, als ich dazu gezwungen wurde. Es hätte mich völlig zufriedengestellt, dich jeden Tag einfach nur zu sehen", sagte er mit einem Lächeln.

„Remy", fing ich an, unfähig, seine Flirterei zu ertragen, jetzt, wo ich wusste, dass er nichts für mich empfand.

„Überleg es dir", sagte er und nahm sanft meinen Oberarm in seine große Hand. „Denk darüber nach, wie viel Gutes du tun könntest. Bitte, mach nur das. Wirst du das tun?"

Ich überlegte sein Angebot für einen Moment. Es war kein schlechtes. Und wenn jemand wie ich es ins Leben rufen würde, wäre es um einiges besser, als wenn er oder Hil sich wie die großen weißen Retter aufspielten.

„Ich werde es in Erwägung ziehen", sagte ich ihm, fragte mich dabei aber, ob ich nicht schon dadurch einen Fehler machte.

Remys Lächeln erstrahlte. „Super. Überlege auch, wo du den Ort einrichten würdest. Es könnte dir bei deiner Entscheidung helfen."

„Meinst du, es könnte mir helfen, zu beschließen, das zu tun, was du willst, dass ich es tue?", fragte ich spöttisch.

„Natürlich", erwiderte er mit gleicher Intensität. Er ließ sein Grinsen verschwinden und fügte hinzu: „Aber ernsthaft Dillon, ich möchte, dass du das tust, was sich für dich richtig anfühlt. Ich kümmere mich wirklich um dich, entgegen dem, was du denkst. Ich würde alles tun, um dich glücklich zu machen."

‚Alles, außer mich zu lieben', dachte ich. „Okay“, sagte ich ihm, bevor ich meinen Tag früh beendete und nach Hause ging.

Während der Zug zurück zu meiner Wohnung in New Jersey unter mir rumpelte, fühlte sich die Fantasie, dass ich und Remy zusammen sein könnten, wie ein ferner Traum an. Ich konnte den Stich von dem, was er zu Eris über mich gesagt hatte, nicht abschütteln. Sein Lachen bei dem Gedanken, mich zu mögen, hallte in meinen Ohren. Das Gewicht davon war eine grausame Erinnerung daran, dass er nicht so fühlen konnte wie ich.

Mein Kopf lehnte gegen das kalte Glas des Zugfensters, die Szene mit Eris spielte sich wieder in meinem Kopf ab. Die beiden sahen aus wie perfekte Puppen, die dazu bestimmt waren, zusammen zu sein. Warum hatte ich geglaubt, Remy würde mit mir zusammen sein wollen?

Es war nicht schwer, sich zu erinnern. Ich konnte den genauen Moment, in dem ich mir ein Leben mit ihm vorstellte, in Erinnerung rufen. Es war der Tag nach dieser peinlichen nackten Tanzepisode bei Remys Eltern, welche mich immer noch innerlich zusammenzucken ließ.

Als er in der zweiten Nacht ankam, sagte er, er sei da, weil er eine Alarmmeldung von ihrer Sicherheitsanlage erhalten habe. Er erzählte mir, er wäre gekommen, um sicherzugehen, dass ich nicht wieder eine unautorisierte Tanzparty veranstaltete. Es muss ein

Scherz gewesen sein. Aber wenn er keinen Alarm bekommen hatte, warum war er dann dort?

„Nein, heute Abend keine Party", hatte ich gesagt, und nahm dabei einen mir unbekannten Rot-Ton an.

„Das ist aber schade. Ich war gelangweilt und war auf der Suche nach einer Show", sagte er mit seinem allzu charmanten Grinsen.

„Nicht hier", versicherte ich ihm damals, in dem Glauben, dass ich mich nie wieder in ihrer Wohnung ausziehen würde.

Sein Blick verweilte schweigend auf mir. So unsicher, wie ich war, wäre ich unter seinem stählernen Blick geschmolzen, hätte er nicht schnell gefragt: „Hast du schon gegessen?"

Die einfache Frage überraschte mich. Mein Herz klopfte unerwartet bei dieser kleinen Geste der Aufmerksamkeit.

„Noch nicht. Und du?"

„Nein. Ich dachte, ich schnappe mir eine Pizza. Möchtest du mitkommen?"

Ich wusste, dass es eine harmlose Einladung vom Bruder meiner besten Freundin sein sollte, aber ich konnte nicht anders. Mein dummer Hintern wollte, dass es ein Date war. Und es fühlte sich definitiv wie ein Date an.

Remy öffnete mir Türen, bezahlte alles und der Glanz in seinen Augen, wenn er lachte, brachte meine

Knie zum Zittern. Beim Pizzaverzehr erzählte er mir Geschichten darüber, wie Hil aufwuchs. Als ich ihn jedoch nach sich selbst fragte, war er nicht so offen. Stattdessen sah ich einen Schmerz in seinen Augen aufflackern. Das ließ mich mich noch mehr in ihn verlieben.

Nachdem wir die Pizza fertig hatten, erwartete ich, dass er sich verabschieden würde. Aber das tat er nicht. Stattdessen gingen wir schweigend in Richtung seines Elternhauses. Da ich aber nicht wollte, dass die Nacht endet, sammelte ich mich und fragte mit zitterndem jungen Körper:

„Magst du Eis?"

„Ob ich Eis mag? Verdammt, ja!", antwortete er, sein Gesicht erleuchtete sich.

Ich erzählte ihm von einem Ort, von dem ich gehört habe, nur ein paar Blocks weiter, der wirklich gut sein sollte. Begeistert führte er mich dorthin. Nachdem wir einige Sorten probiert hatten, erwähnte er einen anderen Eisladen, der noch besser sein sollte.

„Besser als dieser hier?", fragte ich und aß das beste Eis meines Lebens.

„Es gibt nur einen Weg, es herauszufinden," sagte er strahlend.

Nachdem wir das nächste Lokal ausprobiert hatten, fühlte es sich an, als wären wir auf einer Mission, das beste Eis in New York zu finden. Ich zückte mein Handy und suchte den am besten bewerteten Eisladen

der Stadt. Er wettete mit mir, dass nichts so gut sein
könnte wie das, was wir gerade probiert hatten. Also
ging es weiter zum nächsten Ort.

Nachdem wir diesen probiert hatten und
feststellten, dass er nicht so gut war, durchsuchte ich eine
Karte der Gegend in der Hoffnung, unser Abenteuer
verlängern zu können.

„Ich bin sicher, es gibt einen besseren", sagte ich
zu ihm, während ich Reviews scannte, um zu
entscheiden, welcher es sein würde.

„Warum probieren wir nicht einfach alle aus?",
schlug Remy begeistert vor.

„Alle?"

„Warum nicht? Musst du irgendwohin?"

„Ich wollte heute Abend einfach nur Fernsehen
schauen."

„Und, was sagst du? Willst du herausfinden, was
das beste Eis in New York City ist?"

Wir liefen die ganze Nacht lachend herum und
absolut aufgekratzt vom Zucker. Als der letzte Laden
schloss und wir unser letztes Eis probierten, lehnten wir
uns gegen das Geländer und blickten auf den Fluss. Das
Mondlicht funkelte auf dem sich bewegenden Wasser
und ich wollte, dass er mich küsst.

Die Stille hatte uns umhüllt. Mein
sechzehnjähriger Körper brauchte ihn. Ich zitterte vor
Sehnsucht nach seiner Umarmung. Doch das tat er nicht.
Stattdessen brachte er mich zurück. Als ich im Eingang

des Hauses seiner Eltern stand und er nicht hereinkam, hätte ich vor Sehnsucht nach ihm weinen können.

„Es ist spät", sagte ich ihm, „Warum schläfst du nicht in deinem Zimmer?… Oder wo auch immer", sagte ich, wobei ich ihn in mein Bett einlud.

„Ich sollte nicht", sagte er, seine Augen gequält.

„Warum nicht?", wagte ich es, seinen Unterarm zu streifen, in der Hoffnung, ihn näher zu mir zu ziehen.

„Weil ich mir selbst nicht traue", sagte er mit einem gequälten Lächeln.

„Weil er sich selbst nicht traute", sagte ich laut und erinnerte mich an seine Worte.

Was bedeutete das? In den letzten vier Jahren hatte ich mich entschieden zu glauben, dass das bedeutete, dass er mich wollte. Dass er mich mochte.

Nachdem ich es monatelang in meinem Kopf abgespielt hatte, kam ich zu dem Entschluss, dass er es nur wegen unseres Altersunterschieds gesagt hatte. Er war einfach respektvoll gewesen. Also versuchte ich ihm das nächste Mal, als ich ihn sah, zu sagen, dass mir so etwas egal war. Aber entweder verstand er es nicht, oder er wollte es nicht verstehen, denn es änderte nichts.

Jetzt, wo der Schmerz mit jedem Herzschlag droht, mich in die Knie zu zwingen, verstand ich, dass ich den romantischsten Abend meines Lebens völlig falsch interpretiert hatte. Remy war an diesem Abend nur wegen einer Sicherheitswarnung gekommen. Und unsere stadtweite Eistour hatte nur mit seiner Liebe zu dem Dessert zu tun.

Nachdem er eine Million Dollar für einen eigenen Laden ausgegeben hatte, liebte er das Zeug wirklich sehr. Es war nie um seine Gefühle für mich gegangen. Ich war immer nur der Wohltätigkeitsfall seiner Familie gewesen.

Als die Stadt durch das Fenster des Zuges wieder ins Blickfeld rückte, überlegte ich, wie viele andere Dinge in meinem Leben ich so falsch verstanden hatte. Es mussten viele gewesen sein. Im Blick auf die weitläufige Stadt, die im untergehenden Sonnenlicht badete, fragte ich mich, ob ich die einzige Person war, die etwas so schlecht missinterpretiert hatte. Das konnte ich doch nicht sein, oder?

Denn das Einzige, was an mir besonders war, war, dass eine reiche Familie mich als bequeme Spielkameradin für ihre Tochter sah. Das Einzige, was mich von allen anderen unterschied, war Glück. Meine Mutter wurde glücklicherweise den Lyons als Haushälterin zugeteilt. Und deren Tochter war zufälligerweise in meinem Alter und einsam.

Es waren nur diese beiden Dinge, die uns von den Sozialbauten in Brownsville zu dem Haus meiner Mutter und mir ein Jahr vor meinem Universitätsabschluss brachten. So unglücklich, wie ich war, war ich dennoch gesegnet. Es gab Millionen von Kindern wie mir, die nie das bekommen würden, was ich bekommen hatte.

Und war nicht genau das Remys Vorschlag –
dass ich ihm dabei helfen sollte, die Wohltätigkeit seiner
Familie zu verbreiten? Das war doch etwas Gutes, oder
nicht? Also, so sehr es auch schmerzte, dass ich
anscheinend nichts mehr für ihn war, hatte ich nicht eine
gewisse Verantwortung gegenüber denen, die nicht so
viel Glück hatten?

In den nächsten Tagen ging ich nicht ins Büro.
Stattdessen tat ich das, was Remy vorgeschlagen hatte.
Ich wanderte durch die Stadtviertel und überlegte, wo
sein Gemeinschaftszentrum am besten platziert wäre.

Letztendlich führte mich meine Wanderschaft
zurück zu den Sozialbauten in Brownsville. Dort, wo ich
geboren wurde und wo meine Mutter und ich lebten,
bevor sie ihren Job bei den Lyons bekam.

Als ich durch das Viertel schlenderte, traf ich auf
eine Gruppe von Jungs, die ich seit der Grundschule
nicht mehr gesehen hatte. Sie hingen vor dem Gebäude
herum und tranken Bier. Mitten am Wochentag. Mein
Herz zog sich zusammen bei dem Gedanken, dass ich
unter anderen Umständen genau da hätte stehen können,
wo sie jetzt standen.

Im weiteren Verlauf meines Spaziergangs durch
die alte Nachbarschaft wurde ich von den harten
Realitäten des Viertels überwältigt. Die verblassten
Schilder, das Echo der Motoren in den engen Straßen,
der Geruch der vollen Mülltonnen. Es war wie Tag und
Nacht im Vergleich zu dem, wo ich jetzt in New Jersey

lebte, ganz zu schweigen von Remys Viertel in Brooklyn.

Weiter die Pitkin Avenue entlang wandernd, wurde ich von Erinnerungen an die Herausforderungen übermannt, denen meine Mutter gegenüberstand, als sie mich alleine großzog. Jedes Mal, wenn ich daran dachte, kochte die Wut in mir hoch. Es hätte nicht so sein müssen. Ich hätte nicht ohne einen Vater aufwachsen müssen. Und während ich weiter darüber nachdachte, wurde mir klar, wo Remy sein Gemeinschaftszentrum einrichten sollte.

Eine Welle der Angst überrollte mich, als ich die Entscheidung traf. Ich würde nicht nur Remy erklären müssen, wo und warum, sondern er würde auch erwarten, dass ich mit ihm zusammenarbeite, um es aufzubauen. Nur an den Gedanken, jeden Tag so eng mit ihm zusammenzuarbeiten, seinen männlichen Ledergeruch einzuatmen, wurde ich schwach. Es war, als ob sich eine Schraubzwinge um mein Herz legte.

Aber ich musste meine Gefühle beiseiteschieben. Dieses Gemeindezentrum war wichtiger als alles, was ich gerade durchmachte. Ich schuldete es Kindern wie mir. Sie lebten in dieser rauen Umgebung und verdienten die gleichen Chancen, die die Lyons mir gegeben hatten. Also beschloss ich mit neuer Entschlossenheit, meinen egoistischen Schmerz zu bekämpfen und Remy meinen Vorschlag für sein Zentrum vorzutragen.

Am nächsten Tag stürmte ich, getrieben von Angst und Entschlossenheit, in Remys Büro. Entschlossen, mich nicht von Gefühlen ablenken zu lassen, wurde ich sofort abgelenkt. Für einen Moment hatte ich vergessen, wie er in einem gestärkten weißen Hemd mit hochgekrempelten Ärmeln aussah. Musste dieser Mann wirklich seine tätowierten Unterarme so zur Schau stellen? Niemand verdiente es, so sexy zu sein. Das war nicht fair.

Er hob den Kopf vom seinem großen Mahagonischreibtisch und ein strahlendes Lächeln breitete sich auf seinem Gesicht aus.

„Dillon! Es ist schön, dich zu sehen. Bist du hier, weil du meinen Vorschlag in Betracht gezogen hast?"

War das der Grund, warum ich hier war? Genau, das war es. Ich nickte. „Ja. Bist du heute mit dem Auto zur Arbeit gefahren?"

Remy sah verwirrt aus. „Ja, warum?"

„Könntest du uns irgendwo hinfahren? Es gibt einen Ort, den ich dir zeigen möchte."

Remy stimmte zu, Neugier in seinen Augen. Wir gingen zu seinem teuren schwarzen Auto und ich dirigierte ihn zur Pitkin Avenue in Brownsville. Als wir vor einem verlassenen zweistöckigen Gebäude mit zerbrochenen Fenstern und Unkraut, das die Ziegelmauern emporrankte, hielten, starrte Remy es verwirrt an.

„Das hier ist das Gebäude?", fragte er und schaute durch die Windschutzscheibe hinauf.

Kalter Schweiß bedeckte meine heiße Haut. Ich zwang mich zu sprechen.

„Ja, in diesem Gebäude hat mein Vater gelebt, bevor er starb. Er lebte hier mit seiner Familie."

Remy runzelte die Stirn und blickte abwechselnd auf das heruntergekommene Gebäude und mich.

„Aber ich verstehe nicht. Warum ein Gemeindezentrum hier errichten, statt in einem alten YMCA oder so? Wäre irgendwo mit mehr Platz nicht besser?"

Ich ballte die Fäuste in meinem Schoß, um den Mut zum Weiterreden zu finden. Tränen strömten über meine Wangen, trotz aller Anstrengungen. Remys gebrochener Blick war kaum zu ertragen. Als er sich streckte, um mich zu trösten, wehrte ich seine Berührung ab und riss mich zusammen.

„Nein, Remy, hör mir zu." Meine Stimme versagte, zwang mich zu schlucken und mich wieder zu sammeln. „Ich war das Produkt einer Affäre. Mein Vater hatte seine Familie mit meiner schwarzen Mutter betrogen. Er wollte mich nie und ich habe immer geglaubt, dass er mich nicht akzeptieren konnte, weil …" Ich hielt meine karamellfarbenen Arme hoch. „Weil ich zu dunkel war."

Meine Stimme bebte, als eine demütigende Erinnerung hochkam.

„Wie oft kam ich hierher, als mein Vater noch lebte, und stand auf der anderen Straßenseite, starrte hoch in die beleuchteten Fenster seines Wohnzimmers. Während ich zusah, wie die Menschen, die er liebte, ihrem Alltag nachgingen, fragte ich mich, wie es sein konnte, dass er seine richtige Familie so gut behandelte, während er so tat, als existierte ich nicht.

„Ich habe sogar einmal versucht, ihn darauf anzusprechen. Ich wartete dort, wo ich immer stand, und sah ihn heraufkommen und rief seinen Namen. Als er mich sah, rannte er praktisch ins Gebäude und schloss die Tür hinter sich.

„Es war nicht so, dass er nicht wusste, wer ich war. Jeder wusste, dass er mein Vater war. Ich wurde vier Straßenblocks entfernt geboren. Doch er wollte nichts mit mir zu tun haben. Also, wenn es irgendwo in der Stadt einen Ort gibt, der von schmerzhaft zu hilfreich umdefiniert werden muss, dann ist es dieser Ort."

Remys Fäuste umklammerten das Lenkrad in einem Versuch, seine kochende Wut auf meinen verstorbenen Vater zu unterdrücken. Seine Stimme war ruhig, aber angespannt, als er endlich sprach. „Soll ich diesen Ort niederbrennen, damit du ihn nie wieder sehen musst?"

Ich schüttelte den Kopf, flehend in den Augen. „Nein! Ich möchte, dass dieser Ort anderen die Unterstützung gibt, die ich nicht von ihm bekommen konnte."

Remy nickte, scheinbar durch meine Worte besänftigt. Seine aggressive Haltung wich einer Entschlossenheit. „Ich verstehe. Ich kaufe es, und wir verwandeln diesen Ort in etwas Besseres. Hast du dir weiter Gedanken darüber gemacht, ob du mir helfen möchtest, es zu schaffen?"

Während ich seine Frage bedachte, breitete sich ein Lächeln auf meinem Gesicht aus. „Ja, habe ich."

Kapitel 8

Remy

Allein im Bett liegend starrte ich die Decke an und konnte Dillons Geschichte nicht aus meinem Kopf bekommen. Immer wieder spielte ich die Verzweiflung und den Schmerz in ihrer Stimme ab, als sie ihre Kindheitserfahrungen schilderte. Es brach mir das Herz.

Das brachte mich auch dazu, über meinen eigenen Vater nachzudenken – einen Mann, der immer für mich da war und der mich bedingungslos liebte. Er war das totale Gegenteil von Dillons Vater. Unsere Erfahrungen beim Aufwachsen könnten nicht unterschiedlicher sein. Und doch fand sich in mir ein Teil, der Dillons Schmerz nachempfinden konnte.

Wie konnte das aber sein? Ich hatte alles, von dem die Welt meinte, dass man es brauchte – Reichtum, Macht, Privilegien. Ich brauchte nichts. Dillon hatte nichts. Zu sagen, dass ich ihren Schmerz nachempfinden könnte, war mehr als lächerlich; es war beleidigend. Und jedes Mal, wenn dieser Gedanke mir durch den Kopf ging, folgte eine Welle der Schuld.

Trotzdem, da war es: dieses Gefühl, dass ich, ein attraktiver, reicher, weißer Mann, der mit einem liebenden Vater und allem, was ich mir wünschen könnte, aufwuchs, ebenso viel Schmerz empfand wie Dillon, ein Mädchen, das arm, schwarz und von ihrem Vater zurückgewiesen aufwuchs. Es war nicht richtig, aber es fühlte sich wahr an. Wie konnte das sein?

Ein Gedanke arbeitete in meinem Hinterkopf, der meine Gedanken immer wieder zu den Erwartungen meines Vaters an mein Leben brachte. Ja, ich weiß, heul heul, mein reicher, liebevoller Vater forderte viel. Ich wusste, dass ich kein Recht hatte, meinen Schmerz mit dem von Dillon zu vergleichen, aber …

Ich drehte mich herum und vergrub mein Gesicht im Kissen, in der Hoffnung, meine Gedanken ersticken zu können. Als ich das tat, geisterte mir das Bild von Dillons verletztem Ausdruck im Kopf herum. Ich war mir sicher, dass ich ihren Schmerz kannte. Aber wie? Ich war kurz davor, meine Gefühle auszuschalten, wie so oft als Kind, als mir eine Idee kam.

Als ich am nächsten Tag ins Büro kam und Dillon schon da war, schlug mein Herz schneller. Trotz unserer schmerzhaften Unterhaltung konnte ich meine Blicke nicht von ihrer wunderschönen Karamellhaut und ihren ungezähmten Locken lassen. Doch ich schluckte hart und setzte meine Idee in die Tat um.

„Ich möchte dir etwas zeigen“, sagte ich und versuchte, die Flut an Gefühlen, die kurz davor war, über die Ufer zu treten, zurückzuhalten.

Dillon sah mich verwirrt an und nickte dann. Wir verließen das Büro und fuhren schweigend in einen heruntergekommenen Teil der Stadt, in den ich normalerweise keinen Fuß gesetzt hätte. Nachdem wir geparkt hatten, betraten wir einen kleinen griechischen Lebensmittelladen. Als wir das taten, lugte ein Kopf über die niedrigen Regale hervor.

„Leo!“, sagte ich zu einem schlanken Teenager, der die pure Rebellion verkörperte.

„Mr. Lyon“, antwortete er mit einer Mischung aus Ärger und Angst.

„Leo, ich möchte dich jemandem vorstellen. Das ist Dillon. Sie war die erste Stipendiatin meiner Familie. Dillon, das ist Leo. Ich habe Leo vorgeschlagen, dass er vielleicht der nächste Stipendiat sein könnte. Aber er sagt, er braucht es nicht.“

„Ich brauche es nicht“, sagte Leo kalt.

„Ja, schon klar“, antwortete ich, ohne meine Verärgerung zu verbergen. Ich wandte mich an Dillon. „Du weißt, was ich ihm anbiete. Glaubst du, du könntest ihm etwas Vernunft einreden?“

Dillons Stirn runzelte sich bei meiner Anfrage. Es war, als würde sie mich beurteilen. Doch ohne ein Wort zu sagen, wendete sie sich an Leo.

„Warum glaubst du, dass du es nicht brauchst?“

Leo schnaufte, kreuzte die Arme und sah abweisend aus. „Ich brauche seine Hilfe nicht, um für meine Familie zu sorgen", erklärte er und sah weg.

Dillon starrte ihn an. „Wie alt bist du?"

„17."

„Sein Vater ist gestorben", fügte ich hinzu.

Dillon wandte sich mit einem zynischen Unterton an mich. „Also, du willst, dass ich ihm meine traurige Geschichte erzähle, wie ich ohne einen Vater aufgewachsen bin?"

Ich verkrampfte mich bei ihrem Tonfall, beruhigte mich aber und antwortete: „Was auch immer du für das Beste hältst."

Dillon dachte einen Moment nach, bevor ihr Gesichtsausdruck weicher wurde. Sie konzentrierte sich wieder auf den Jungen und sagte: „Dein Name ist Leo, richtig?"

„Ja", antwortete er abweisend.

„Nun, Leo, was ist dein Traum?"

Leo spie seine Antwort aus. „Ich weiß nicht."

Dillons Blick funkelte mit etwas Sympathie, als sie wieder sprach.

„Als ich aufwuchs, war mein Traum, nach Paris zu gehen. Ich bin nicht sicher, warum, aber ich hatte es in Filmen gesehen, und ich hatte einen Freund, der ständig dorthin ging, also bedeutete es für mich etwas Besonderes. Croissants am Fluss essen, Abendessen auf dem Eiffelturm … für ein Kind aus meiner Gegend bedeutet die Möglichkeit, diese Dinge tun zu können, dass das Schlimmste in meinem Leben vielleicht hinter mir liegt. Was wäre für dich das Signal, dass der schlimmste Teil deines Lebens vorbei ist?"

Leo dachte einen Moment nach, bevor ein Funke kurz seine Augen erhellte.

„Was ist es?", fragte Dillon, die es auch gesehen hatte.

„Ich weiß nicht", sagte Leo erneut und machte dicht.

„Nein, bitte, Leo, erzähl es mir", bat Dillon mit ihrer typischen Empathie.

Leos Blick senkte sich. „Tiere."

„Was?", fragte Dillon verwirrt.

Leo brauchte einen Moment, um seine Gedanken zu ordnen. „Ich mag Tiere, weißt du. Und hier gibt es viele Streuner. Wenn ich einen Ort hätte, wo sie leben könnten, dann …", sagte er mit weicheren Augen.

„Wie eine Tierschutzstation?", fragte Dillon nach.

„Ja, so etwas in der Art. Das wäre doch cool, oder?", fragte er mit einem Lächeln.

„Das wäre es. Hast du jemals darüber nachgedacht, Tierarzt zu werden? Die haben solche Tierheime und sie helfen den Tieren. Sie halten sie gesund."

„Das könnte ich nicht machen."

„Warum nicht?"

„Man muss dafür zur Schule gehen, und ich muss für meine Familie sorgen, weißt du."

Dillon ließ Leos Worte einen Moment sacken, bevor sie antwortete.

„Ich mag deinen Plan. Und es ist ein schöner Traum, Leo", sagte sie aufrichtig. „Ich weiß, es ist gerade schwierig, über den Tag hinaus zu blicken, wenn jeder neue Tag wieder eine Herausforderung darstellt.

„Aber die Sache ist die, die Zukunft zu ignorieren wird sie nicht davon abhalten, zu kommen. Und wenn sie kommt, kannst du immer noch da sein, wo du jetzt bist – voller Kampf und Wut – oder es könnte einfacher, heller sein. Du musst nur die Entscheidung treffen."

Dillon kam einen Schritt näher, ihre Stimme klang entschlossener.

„Remy hat dir die Option gegeben, deine Zukunft besser zu machen. Deinen Traum, Tieren zu helfen, Wirklichkeit werden zu lassen. Vielleicht kann jemand wie er nicht wirklich verstehen, wie hart dein Leben ist, aber ich kann es, genau wie ich weiß, dass du es schaffen kannst.

„Glaub mir, wenn ich sage, dass das Letzte, was du tun willst, ist, auf diesen Moment zurückzublicken und dann in die Augen deiner Mutter schauen zu müssen, im Wissen, dass du etwas hättest tun können, um ihr Leben leichter zu machen, und du es nicht getan hast."

Als sie aufhörte zu sprechen, wurde Dillons Ausdruck noch direkter. „Verstehst du, was ich sage, Leo?"

Der Teenager blickte sie für einen langen Moment an, wog Dillons Worte ab. Schließlich, nachdem es sich wie eine Ewigkeit angefühlt hatte, nickte er langsam. „Ja, ich verstehe."

Die Spannung löste sich nach und nach auf, als Leo davonging, um alles zu verarbeiten. Ich konnte nicht anders, als über den Verlauf der Dinge zu lächeln. Ich wandte mich an Dillon, unfähig, meine Begeisterung zu verbergen.

„Das lief gut, oder? Wie wäre es, wenn wir zu mir fahren und ich dir eine japanische Crêpe mache? Ich habe gelernt, wie man sie zubereitet, und ich kann es nicht abwarten, dir eine zu machen. Du kannst mir dann sagen, was du davon hältst."

Dillon zögerte, stimmte aber schließlich zu, anscheinend in Gedanken versunken, während wir uns auf den Weg zu meiner Stadtwohnung machten. Als wir drinnen waren, verlor ich keine Zeit und machte mich daran, den Crêpe-Teig zuzubereiten. Meine Hände bewegten sich mit einer energischen Präzision, von der ich nicht wusste, dass ich sie besaß.

Als ich den Teig fertig hatte, goss ich ihn auf eine runde Heizplatte, die ich extra dafür gekauft hatte. Ich verteilte ihn gleichmäßig mit meinem Glättwerkzeug und ließ eine Seite backen, bevor ich ihn umdrehte.

Als ich damit fertig war, holte ich das Eis, die Bananen, die Schlagsahne und die Schokoladensoße. Ich arrangierte sie auf dem Crêpe und rollte ihn zu einem Kegel. Ich bestreute ihn mit Zucker und flambierte ihn bis zu einer karamellisierten Braunfärbung. Er sah genau so aus, wie ich es mir erhofft hatte.

„Hier, bitte", sagte ich und versuchte, so beiläufig wie möglich zu klingen.

Aber während ich stolz auf meine kulinarische Kreation war, kochte Dillon vor Wut. Sie starrte mein Meisterwerk an, ihre Augen waren hart wie Granit und ich war nicht sicher, warum.

„Du kannst mich als nichts anderes, als dein wohltätiges Projekt sehen, das du gerettet hast, oder?", spie Dillon aus, ihre Stimme von Groll durchzogen.

„Was? Nein! Natürlich kann ich das. Warum sagst du das?", erwiderte ich, von ihrer Anschuldigung überrumpelt.

„Weil du mich ausgenutzt hast", klagte sie an, ihre Augen flehten um Verständnis.

Mein Kopf raste durch unsere letzten Begegnungen. „Wann? Wie?"

„Gerade eben. Du hast ausgenutzt, was ich dir erzählt habe, um das zu bekommen, was du wolltest", klärte Dillon auf, der Schmerz war in ihrer Stimme hörbar.

„Das ist doch gar nicht passiert."

„Wirklich? Hast du jemals darüber nachgedacht, dass meine Vergangenheit nicht dazu da ist, dass du sie benutzt, wie es dir passt?" drängte sie.

„Ich …", stotterte ich, von Dillons Anschuldigung überrumpelt.

„Das dachte ich mir", sagte sie, ihre Emotionen brodelten knapp unter der Oberfläche. „Du kannst mich nicht sehen. Alles, was du siehst, ist das bemitleidenswerte Mädchen, das niemand liebt."

„Das stimmt nicht. Ich verstehe nicht, wo das herkommt", argumentierte ich, mein Herz schmerzte von der Grausamkeit ihrer Worte.

„Remy, du kannst meinen Schmerz nicht ausnutzen", forderte Dillon, ihre Stimme bebte.

„Ich habe das nicht getan. Das ist so weit entfernt von dem, was ich versucht habe zu tun", sagte ich defensiv.

„Wirklich?", fragte sie zweifelnd.

„Ja. Siehst du es nicht? Es ist wegen meines Vaters, dass sein Vater tot ist. Sein Vater hat für meinen gearbeitet. Mein Vater hat ihn umbringen lassen. Jede Nacht liege ich im Bett und denke an Leo und all das, was mein Vater getan hat. Es erstickt mich.

„Mein ganzes Leben ist aufgebaut auf dem Schmerz anderer. Es blendet mich. Ich brauche Hilfe. Ich habe dich um Hilfe gebeten, Dillon. Siehst du das nicht?", sagte ich, während Tränen über meine Wangen rollten. „Ich wollte nur, dass du mir hilfst."

Mein tiefempfundenes Flehen traf Dillon hart. Die Wut verschwand aus ihrem Gesicht. Wortlos nahm sie mich in die Arme und hielt mich fest, bis ihre Augen vor Tränen glänzten.

„Ich wollte nur, dass du mir hilfst", wiederholte ich, meine Stimme voller Emotionen.

„Ich werde es tun", flüsterte Dillon in mein Ohr. „Du kannst auf mich zählen."

Langsam löste ich mich aus Dillons Umarmung, meine Wangen nass von Tränen. Ich fühlte mich verwundbar und bloßgestellt wie noch nie.

„Tut mir leid", murmelte ich, verlegen wegen meines Gefühlsausbruchs.

Ich konnte ihr nicht mehr in die Augen schauen und versuchte, wegzuschauen. Bevor ich es konnte, hielt Dillon mein Kinn fest und zog meinen Blick wieder auf sie. Unsere Blicke trafen sich, und ich fand mich ertrinkend in ihrer reinen, unerschütterlichen Mitgefühl.

Während wir dort standen, baute sich die Intensität unserer Verbindung auf und die verletzliche Luft zwischen uns stieg an. Weg waren meine Verteidigung und Sarkasmus. An ihrer Stelle war ein unkontrollierbares Verlangen nach ihr.

Dillons Daumen streifte sanft die Spur meiner Tränen auf meiner Wange und ließ Schauer über meinen Rücken laufen. Und dann, verloren in der emotionalen Anziehung, neigten wir uns beide vor und unsere Lippen kamen sich näher.

Es war ein Klopfen an der Tür, das unseren zerbrechlichen Moment zerstörte. Es zog uns zurück vom Rand einer leidenschaftlichen Umarmung. Unsere intime Verbindung erlosch, als jemand erneut an die Tür klopfte.

„Ich sollte wohl aufmachen", sagte ich, als klar wurde, dass derjenige nicht weggehen würde.

„Vermutlich", stimmte Dillon zu, genauso aufgewühlt von unserem Beinahekuss wie ich.

Ich sammelte mich, ging ins Wohnzimmer und durchquerte es zur Tür. Ich war bereit, dem Störenfriedes den Kopf abzureißen, als ich die Tür öffnete und sah:

„Eris, was machst du hier?"

„Ich versuche seit Tagen, dich zu erreichen. Du hast meine Textnachrichten und Anrufe nicht beantwortet. Ich war sogar in deinem Büro, aber du warst nicht da", antwortete sie, während sie sich in die Wohnung drängte.

„Warum bist du hier?", fragte ich mit wechselnder Sorge und Verärgerung.

Sie öffnete den Mund, um zu antworten, als Dillon in die Küchentür trat. Als Eris sie erblickte, erstarrte sie und sah sie mit einem giftigen Blick an. Doch so schnell das passiert war, wischte sie es beiseite und sagte fröhlich:

„Wir haben eine Hochzeit zu planen. Auf keinen Fall mache ich das alleine."

Mein Herz wurde schwer bei der Erinnerung an das chaotische Durcheinander, das unser Leben geworden war.

„Ich kann daran gerade nicht teilnehmen", antwortete ich, meine Stimme war angespannt.

Unbeeindruckt richtete Eris ihre Aufmerksamkeit wieder auf Dillon.

„Hättest du etwas dagegen, mir etwas zu trinken zu holen, Liebes?", fragte sie herablassend.

Dillon zögerte und fragte: „Was denn genau?"

Eris seufzte, sie täuschte Desinteresse vor. „Ist mir egal. Champagner, wenn ihr welchen habt." Dann fügte sie mit einem gezwungenen Lachen hinzu: „Irgendwo ist es schließlich fünf Uhr."

Als Dillon in die Küche verschwand, bereitete ich mich auf die verbale Auslassung vor, die Eris gleich von sich geben würde. Während ich zuschaute, verschwand ihr selbstsicheres, ungezwungenes Lächeln. An seine Stelle trat ein tödlich ernster Blick.

„Remy, lass mich das klarstellen. Wenn du nicht anfängst, dich wie der Mann zu benehmen, den ich verdiene, könnte mein Vater anfangen zu denken, dass du seinen Deal nicht erfüllst. Und wen glaubst du, würde er dafür verantwortlich machen?", fragte sie, bevor sie ihre Augen in Richtung Küche wandern ließ.

„Drohst du jemandem?", verlangte ich zu wissen, mein Blut kochte und stand kurz vor dem Überlaufen.

Eris, unbeeindruckt, trat näher.

„Remy, stell dir diese Frage über mich, bin ich hier, weil ich es möchte? Glaubst du, mein Lebensziel war es, irgendeinen Mafiaprinz in eine Ehe zu zwingen, die keiner von uns eingehen will? Denkst du, das ist das Leben, von dem ich als kleines Mädchen geträumt habe?", fragte sie sarkastisch.

„Das ist es nicht. Und jetzt kämpfe ich für das Leben, das ich will, genau wie du. Der einzige Unterschied ist, dass hinter mir ein verrückter Mann steht, der die Welt in Brand setzen würde, um zu bekommen, was er will. Dein verrückter Mann ist tot. Also, wenn du nicht bei dem Programm mitmachst und mir hierbei halbwegs entgegenkommst, wird Blut fließen. Nicht meines. Nicht deines. Aber das aller, die dir wichtig sind.

„Willst du das? Nach der Art, wie du mich ansiehst, gehe ich davon aus, dass du das nicht willst. Also, hör auf, alle, die dir wichtig sind, zu gefährden, und hilf mir, unsere Hochzeit zu planen", fuhr sie mit beunruhigender Ruhe fort.

„Es gibt Millionen von arrangierten Ehen, die gut ausgehen. Hilf mir, unsere zu einer von ihnen zu machen … damit deine Freundin dort drüben nicht sterben muss."

Als Dillon aus der Küche mit Eris' Getränk zurückkam, bemerkte sie, dass sich meine ganze Haltung verändert hatte. Es war, als ob ein Schatten sich über mich gelegt hätte, das Gewicht von Eris' Worten erdrückte meinen Geist.

Ich sah Dillon an, denn ich wusste, dass das, was Eris gesagt hatte, wahr war. Die Männer, die unsere Väter verärgerten, endeten tot. Genauso wie meiner war ihr Vater ein Hurrikan, eine Naturgewalt, die nicht gestoppt, sondern nur überstanden werden konnte.

Ich musste Dillon vor diesem Sturm schützen. Ich war bereit, alles dafür zu tun. Also löschte ich jede Spur der Zuneigung, die ich für sie empfand, sah sie kühl an und sagte: „Dillon, du solltest gehen."

Ihr Körper zerfloss bei meinem abrupten Wandel. Schmerz sprühte aus ihren Augen. Es zu sehen, zerstörte mich. Aber ich musste distanziert bleiben – ich konnte Eris nicht wissen lassen, wie wichtig sie mir war. Ich konnte ihr keinen weiteren Hebel geben.

„Dillon", wiederholte ich, spürte einen scharfen Stich in meiner Brust, als ich sprach. „Geh einfach. Wir können später reden."

Als sie zögerte, fügte ich mit eiserner Kante hinzu: „Jetzt!"

Das war der Moment, in dem sie ihre Augen senkte, sich zur Tür drehte und fortging. Sie ließ mich in Scherben zurück.

Kapitel 9

Dillon

Die Sonne ging über Brooklyn unter, als ich Remys Stadthaus weit hinter mir ließ. Auf dem Weg zur Zugstation waren meine Schritte von dem quälenden Schmerz in meiner Brust gelähmt. Die Luft war ungewöhnlich frisch für den späten Frühling, doch die Kälte vermochte nicht, die Hitze zu lindern, die durch mich floss.

Warum hatte ich Remy erlaubt, mir dies wieder anzutun? Ich war in dieselbe Falle getappt, hatte mein verwundbares Herz der gleichen Person preisgegeben, die es schon einmal in Stücke gerissen hatte. Welcher gebrochene Teil von mir ließ mich immer wieder diese Situation eingehen?

Hil hatte mich vor Remy gewarnt. Sie hatte gesagt, dass Remy in seine Mafiawelt zurückkehren würde, und das hatte er getan. Verdammt, er würde sogar dort hineinheiraten.

Hil hatte auch gesagt, dass Remy mich verletzen würde. Nicht nur, dass Hil damit Recht gehabt hatte, nachdem Remy es das erste Mal getan hatte, hatte ich ihn gewähren lassen und es wieder tun lassen. Ich war eine Idiotin und verdiente alles, was mir widerfuhr.

Es war kein Wunder, dass mein eigener Vater vor mir geflüchtet war. Selbst er konnte sehen, was für ein Desaster ich war. Ich verdiente nichts Besseres.

Aber so dumm ich auch war, ich hatte meine Lektion endlich gelernt. Nie wieder würde ich Remy eine weitere Gelegenheit geben, mich so zu behandeln. Ich hatte es verstanden; das Beratungszentrum war wichtig. Es konnte echte Leben beeinflussen.

Das Gespräch mit Leo hatte mir das gezeigt. Und die Möglichkeit, Wiedergutmachung zu leisten, bedeutete Remy mehr, als ich mir je hätte vorstellen können. Also würde ich ihm helfen. Aber das war es. Ich war mit dem emotionalen Spiel, das Remy spielte, fertig.

Ab jetzt wären wir Kollegen. Nichts mehr. Wenn er dachte, er könnte mich verletzen und ungeschoren davonkommen, dann würde er bald lernen, dass ich es ihm gleich tun konnte.

Ich weigerte mich, ihn zu brauchen. Zumindest nicht mehr. Ich war fertig. Wirklich. Und als die Endgültigkeit langsam bei mir ankam, rollten Tränen meine Wangen hinunter.

Im selben Zug, in dem ich entschieden hatte, mit Remy zu arbeiten, beendete ich meine törichte

Kindheitsfantasie. Remy und ich waren nicht dazu geschaffen, zusammen zu sein. Wir waren nicht einmal dazu bestimmt, Freunde zu sein.

Ich war dazu verdammt, allein zu sein. War es schon immer. Und als das Glühen der verbrannten Orangetöne hinter den hoch aufragenden Gebäuden der Innenstadt verschwand, sank ich in den Sitz des Zuges und weinte.

Am nächsten Morgen wachte ich mit neuem Entschluss auf. Die ganze Nacht hatte ich mich mental darauf vorbereitet, Remy gegenüberzutreten, ihm zu zeigen, dass ich genauso kalt und distanziert sein konnte, wie er es am Tag zuvor gewesen war. Während ich duschte und mich anzog, stärkte sich mein Entschluss. Ich begann, mich auf die Konfrontation zu freuen.

Als ich bei der Arbeit ankam, betrat ich mit erhobenem Haupt den Raum, bereit für den Tag. Überraschenderweise war die Tür zu Remys Büro geschlossen. Der Raum lag still und schweigsam da. Es gab keine Spur von ihm.

Ich schüttelte meine Enttäuschung ab und konzentrierte mich auf die anstehenden Aufgaben. Während ich die Pflanzen goss und die Regale abstaubte, sah ich alle paar Minuten auf die Uhr. Sicherlich würde Remy bald eintreffen, und dann könnte ich meinen Plan in die Tat umsetzen.

Aber als die Stunden vergingen, wuchs die nagende Angst in meiner Magengrube. Könnte es sein, dass Remy mich mied, so wie es mein Vater all die Jahre zuvor getan hatte? Ein Donnerschlag voller Schmerz durchzuckte meine Brust. Es tat mehr weh als der Moment, in dem Remy mich gebeten hatte zu gehen.

Langsam bröckelte die kalte Fassade, die ich geübt hatte. Mein einst fester Entschluss erschien nun töricht und hohl. Ich war einfach nicht in der Lage, Remy so sehr zu verletzen, wie er mich verletzt hatte.

Mit der wachsenden Leere in mir konnte ich mich nicht mehr konzentrieren. Als der Nachmittag verging, ohne dass Remy auftauchte, verschlang mich die Leere. Ich ertrank darin.

In den folgenden zwei Tagen blieb Remy dem Büro fern. Mein Herz schlug immer etwas schneller, jedes Mal, wenn die Tür klapperte, aber jedes Mal war es nicht er. Ich blieb alleine zurück, mit nichts anderem zu tun, als auf sein leeres Büro zu starren. Es war eine Qual.

Das Bild von Remys leerem Schreibtisch verfolgte mich sogar, während ich im Bett lag und versuchte einzuschlafen. Der Schmerz war wie ein physisches Gewicht auf meiner Brust, ein allumfassendes Leiden, vor dem es kein Entrinnen gab.

Ich war bereit gewesen, ihm alles zu geben, was ich hatte, aber er wollte es nicht. Ich hatte mich selbst dazu gebracht zu glauben, dass seine Verlobung nicht echt war, aber sie war es. Und nachdem er mich glauben gemacht hatte, dass ich etwas Besonderes für ihn war, ließ er mich im Stich. Nun kam er nicht wieder zurück.

Das war nicht die Art, wie man jemanden behandelte, den man liebte. Also blieb nur eine Schlussfolgerung. Der Mann, in den ich mich verliebt hatte, seit ich 14 Jahre alt war, liebte mich nicht. Und warum sollte er auch, wenn niemand sonst es tat?

Jeden Tag danach kehrte ich zur Arbeit zurück, in der Erwartung, dass er nicht auftauchen würde, und wurde jedes Mal aufs Neue verletzt, wenn er nicht da war. Niemand war da. Es dauerte zwei Wochen, bis die klappernde Tür jemand anderes als die Putzfrau war. Als ein stämmiger, formell gekleideter Mann die Treppe hinaufstieg, stand ich auf und begrüßte ihn verwirrt.

„Kann ich Ihnen helfen?", ich fragte mich, ob er sich in der Adresse geirrt hatte.

„Mein Name ist Robert Wendel. Ich bin Mr. Lyons Anwalt", sagte er nervös.

„Mr. Lyon ist nicht hier", informierte ich ihn.

„Ja. Ich habe Papiere, die Sie unterschreiben müssen."

„Ich?"

„Sie sind Dillon Harris, nicht wahr?"

„Ja."

„Dann sind sie für Sie."

Ich starrte den Anwalt an und dachte zurück an die Zeit, als meine Mutter anfing bei den Lyons zu arbeiten. Damals hatte es einen Mann wie diesen gegeben, der an unserer Tür aufgetaucht war. Er machte deutlich, dass wir nie über das sprechen sollten, was meine Mutter bei den Lyons hörte oder sah. Die Papiere, die sie unterschrieb, waren für eine Verschwiegenheitsvereinbarung, aber die Bedrohung unseres Lebens, falls wir über das, was wir sahen, sprachen, musste nicht niedergeschrieben werden.

„Oh", sagte ich, als mir klar wurde, wie sehr Remy mir nicht vertraute.

Ich stellte keine Fragen und unterschrieb schnell meinen Namen dort, wo der Anwalt es mir sagte. Jedes Mal zog sich mein Herz ein bisschen mehr zusammen. Als die letzte Seite unterschrieben war, reichte er mir einen großen Manila-Umschlag.

„Das gehört Ihnen."

„Was ist das?", fragte ich, in der Annahme, dass es meine Kopie der Unterlagen war.

„Das ist die Urkunde für das Gebäude des Gemeindezentrums."

Ich erstarrte. „Entschuldigen Sie, was ist das?"

„Die Urkunde des Gebäudes", wiederholte er und suchte diesmal in meinem Gesicht, ob ich es verstand. Ich tat es nicht. „Was Sie unterschrieben haben, waren die Papiere für einen Treuhandfonds, der das Gebäude besitzt. Sie haben jetzt eine kontrollierende Beteiligung von 51% daran."

Mein Kopf wirbelte. „Entschuldigen Sie, ich bin verwirrt. Was bedeutet das?"

„Das bedeutet, dass das Gebäude größtenteils Ihnen gehört. Ein Teil der Vereinbarung ist, dass die Gebäudesteuern von der Lyon-Familie für die nächsten 10 Jahre bezahlt werden. Also müssen Sie sich darum keine Sorgen machen. Und sie können damit machen, was Sie wollen. Was, wie ich annehme, die Gründung des von Ihnen vorgeschlagenen Gemeindezentrums ist, nicht wahr?"

„Stimmt", bestätigte ich, immer noch unsicher, was vor sich ging. Hatte Remy das für Steuerzwecke getan? War das zwielichtiger Mafiakram? „Also ich kann damit machen, was ich will?"

„Alles."

„Wenn ich es verkaufen wollte?"

„Könnten Sie."

„Und nur damit ich Bescheid weiß, wie viel ist es wert?"

„Ich kann Ihnen das nicht aus dem Stegreif sagen. Aber ich habe die Schätzung des Grundstücks in Ihrer Mappe beigefügt", sagte er und zeigte auf meinen Umschlag.

Ich sah auf das, was ich in der Hand hielt, als wäre es eine Schlange, die bereit war zuzubeißen. Mein Herz raste bei dem Gedanken daran, was darin stecken könnte. Langsam öffnete ich es, griff hinein und zog es heraus. Ich blätterte durch die Seiten und fand eine mit Zahlen drauf. Die Schätzung war nicht schwer zu finden.

Dort stand, das Gebäude, das Remy mir gerade geschenkt hatte, sei 1,5 Millionen Dollar wert.

„Ahh", stieß ich aus, unfähig zu atmen.

„Mr. Lyon hat mir außerdem aufgetragen, Ihnen dies zu geben", sagte sein Anwalt und zog kaum meine Aufmerksamkeit auf sich.

Er hielt eine Visitenkarte in der Hand. „Er sagte mir, dass Sie einen Termin mit dieser Person haben", meinte der Anwalt kryptisch.

„Wann?", fragte ich, fast zu benommen, um die Karte entgegenzunehmen.

„Ich denke, er meinte jetzt."

Nach dem Verlassen des Büros eilte ich zur Adresse auf der Visitenkarte, unsicher, was mich dort erwarten würde. Als ich ankam, stellte sich eine schicke Frau vor.

„Hallo, ich bin Melanie. Ich werde Ihre persönliche Einkaufsberaterin sein. Mr. Lyon hat mich darum gebeten, Sie so einzukleiden, als wären Sie eine Vertreterin der Lyon Familie", erklärte sie, als versuchte sie, meine Gefühle nicht zu verletzen.

Ich dachte einen Moment nach und sah dann auf das, was ich an hatte. Wissend, dass ich mich für Remy professionell kleiden würde, war ich zu einem Discounter gefahren. Die Kleidung, die ich dort gekauft hatte, war die richtige Größe und passte, wie sie sollte.

Meine Kleidung war immer eine der Sachen gewesen, die mich wie Hils Haustier hatten wirken lassen, wenn wir ausgingen. Sie kleidete sich wie die Tochter eines milliardenschweren Mafiabosses, und ich kleidete mich wie Waldo. Es war nicht zu leugnen, wie groß der Graben zwischen uns war.

„Stört es Sie?", fragte Melanie, als sie sah, dass ich zögerte.

„Ganz und gar nicht", antwortete ich, als eine Lebenszeit voller Unsicherheit von meinen Schultern fiel.

Sich vermessen zu lassen und teure Kleidung anzuprobieren, war anfangs ein wenig einschüchternd. Schließlich kosteten die meisten der Anzüge so viel wie ein kleines Auto. Was, wenn ich sie an etwas hängen blieb? Ich würde den Rest meines Lebens in Schulden stecken.

Aber nach ein paar Stunden musste ich zugeben, dass es Spaß machte. Eine Lebenszeit der Unsicherheit schmolz dahin, als ich mich im Spiegel ansah. Und mit Designer-Anzügen im Wert von 20.000 Dollar, konnte ich nicht anders, als das Gefühl zu haben, dass Remy mir etwas sagen wollte … Aber was?

Am nächsten Tag im Büro in einem 3.000-Dollar-Outfit anzukommen, war zugegebenermaßen ziemlich gut. Ich hatte erwartet, dass niemand anderes es sehen würde, bis ich meinen Computer eingeschaltet und eine Flut von Kalenderbenachrichtigungen erhielt.

Während des Tages zogen Architekten, Designer und Bauexperten durch das Büro. Jeder behandelte mich wie eine Königin. Es war surreal. Schließlich, als ich es nicht mehr aushielt, fragte ich einen, warum sie so agierten.

„Mr. Lyon hat uns gesagt, er würde für alles bezahlen, was Sie auswählen, und es sei von entscheidender Bedeutung, dass wir Sie glücklich machen", erklärte der Architekt leise. „In diesem Sinne haben wir Ihnen eine Auswahl an Gebäck von Dominique mitgebracht. Möchten Sie eines, während wir die Pläne für das neue Design besprechen?"

„Sicher", antwortete ich, unfähig zu begreifen, was vor sich ging.

Das Gebäude, die Kleidung, jeder, der mir in den Hintern kroch – warum tat Remy das? Er hatte deutlich gemacht, dass er nicht mit mir zusammen sein wollte. War das sein Versuch, mir all die Gründe dafür zu zeigen? War es, um mir zu zeigen, dass er all das für mich tun könnte, während ich nichts davon für ihn tun könnte? Ich verstand nicht.

Die nächste Woche verging in einem Wirrwarr von Terminen und Entscheidungen. Müde und unsicher über Remys Endziel, entschied ich weiterhin für das Gemeindezentrum, als wäre es mein Eigentum. Es schien kein Ende der Leute zu geben, mit denen ich sprechen musste. Und obwohl meine Termine pünktlich um 6 Uhr endeten, ob wir fertig waren oder nicht, verbrachte ich den Rest der Nacht immer noch im Büro, um all die

Worte nachzuschlagen, die ich nicht verstand. Ich war wie abwesend, als ich mit dem Zug nach Hause fuhr.

All das setzte sich fort, bis zu dem Tag, an dem ich ins Büro zurückkehrte und sah, dass mein erster Termin nach Arbeitszeit war. Etwas sagte mir, dass es das war. Als ich dort eintrat, würde ich Remy finden. Er würde auf mich warten, bewaffnet mit seinem teuflischen Grinsen und so charmant wie immer.

Wie würde ich darauf reagieren? Ja, die Kleidung und das Gebäude waren großartig. Es fühlte sich lebensverändernd an. Aber ich hatte ihn nicht darum gebeten.

Alles, was ich jemals gewollt hatte, war, dass er mich liebte. Dass er mich in den Arm nahm und mir sagte, dass er für mich da sein würde. Ich konnte ihm nicht einfach für all die Dinge entgegenkommen, die er getan hatte, nur weil er mir ein paar Geschenke gemacht hatte. Ich konnte es nicht. Und das würde er heute Abend herausfinden.

Als mein Arbeitstag zu Ende ging, machte ich mich bereit, Remy zum ersten Mal seit Wochen zu sehen. Ich stählte meinen Willen. Was ich zu sagen hatte, würde ihm nicht gefallen. Es könnte tatsächlich das Ende von uns bedeuteten. Das endgültige Ende. Von dem wir nicht zurückkommen könnten.

Und so sehr ich wusste, dass das der Fall sein könnte, konnte ich nicht leugnen, wie gut es sich anfühlen würde, ihn wiederzusehen. Er war ein völliger

Idiot gewesen, das zu tun, was er mir angetan hatte.
Aber, ich vermisste ihn. Die Art, wie er mich ansah, ließ
mich mich gesehen fühlen. Remy hatte eine Art, mich
wie die wichtigste Person auf der Welt fühlen zu lassen.
Es war wie eine Droge, von der es schwer war,
loszukommen.

Als ich die Adresse erreichte, stellte sie sich als
schicker Apartmentkomplex in Downtown Brooklyn
heraus. Hatte er mich in sein Liebesnest eingeladen? War
alles, was er mir gekauft hatte, seine Art, mich zu
verführen? War das alles, was ich für ihn war – eine
Affäre?

Vom Aufzug aus trat ich in eines der
extravagantesten Apartments ein, die ich je gesehen
hatte, und schaute mich um nach demjenigen, von dem
ich sicher war, dass er auf mich wartete.

„Remy?“, fragte ich in den leeren Raum.

Langsam ging ich die Wohnung ab, beeindruckt
von ihrer Schönheit, und es dauerte nicht lange, bis ich
den mit Treibholz gemeißelten Esstisch und die Notiz
erblickte, die darauf aufgestützt wurde. Darauf stand
mein Name. Als ich es aufnahm und öffnete, erkannte
ich die Handschrift.

‚Betrachte dies als einen zusätzlichen Vorzug
deiner Arbeit. Keine nächtlichen Zugfahrten mehr.
Genieße dein neues Zuhause. Remy.‘

Als ich meine Tour fortsetzte und das
Schlafzimmer betrat, war der Blick auf die Stadt

atemberaubend. Im Kleiderschrank fand ich eine Garderobe voller neuer Kleidung. Es waren nicht nur Anzüge. Es gab etwas für jeden Anlass.

Das war es. Es gab keine weiteren Überraschungen. Er kam nicht. Nicht heute Nacht. Niemals wieder. Zwischen uns war es wirklich vorbei. Dies realisierend, trat ich auf den Balkon, ließ die letzte Hoffnung los und weinte.

In dem wohl bequemsten Bett der Welt zu schlafen, war seltsam. Man sollte meinen, dass es einem schneller zum Einschlafen brachte. Aber wer könnte das schon, abgelenkt von Gedanken, wie bequem es war?

Dank einem entspannten Morgenprogramm, beschloss ich, länger zu schlafen. Ich war nun nur noch ein paar Blocks von der Arbeit entfernt anstatt der 88 Kilometer Pendelstrecke aus New Jersey. Es war wie eine neue Welt. Ebenso veränderte sich meine Einstellung zum Leben. In den letzten Wochen hatte ich ein ganzes Leben voll Tränen vergossen. Ich war bereit weiterzuziehen.

Aus irgendeinem Grund hatte Remy mir ein Gebäude geschenkt. Aber nicht irgendein Gebäude. Es war das, in dem mein Vater mit seiner Familie gelebt hatte. Remy verstand vielleicht nicht, wie man ein idealer Fantasiefreund sein konnte, aber er wusste ein oder zwei Dinge über poetische Gerechtigkeit.

„Remy hat mir ein Gebäude geschenkt“, sagte ich, als ich es mir erneut vor Augen hielt.

Ich nahm etwas aus meinem vollbestückten Kühlschrank und beschloss, vor der Arbeit einen kleinen Umweg zu machen. Ich wollte mein neues Zuhause unter die Lupe nehmen. Als ich den Zug verließ und um die Ecke ging, kam das Gebäude in Sicht. Ich schaute den Handwerkern zu, wie sie ein- und ausgingen und erinnerte mich daran, dass ich dort das Sagen hatte. Das war unglaublich.

Wie so oft als Kind, blieb ich auf der gegenüberliegenden Straßenseite stehen und beobachtete das Gebäude. Mit diesem Ort waren so viele schmerzhafte Erinnerungen verbunden, dass ich sie gar nicht alle zählen konnte. Vielleicht hätte ich es anstelle eines Hilfszentrums verkaufen sollen. Ich weiß nicht, was ich mir dabei gedacht habe, es als Ort vorzuschlagen, an den ich möglicherweise jeden Tag gehen müsste.

Das erinnerte mich an eine andere Aufgabe: Ich musste damit anfangen, Menschen einzustellen. Letztendlich hatte Remy mich nicht wegen meinen Führungsqualitäten um Hilfe gebeten. Es war, weil ich die arme, schwarze beste Freundin seiner kleinen Schwester war.

Ich dachte darüber nach. Remy hatte mich nicht trotz meiner Umstände um Hilfe gebeten. Er hatte mich deswegen gefragt. In diesem Fall war mein Vorteil, arm und schwarz zu sein.

Remy hatte mir einmal gesagt, dass man belohnt würde, wenn man sein wahres Ich akzeptierte. Könnte er recht gehabt haben?

Sicherlich hätte er mir seine Geschenke nicht gegeben, wenn ich nicht die wäre, die ich bin. Und je mehr Entscheidungen ich für das Design des Gemeindezentrums treffen musste, desto wichtiger fühlte sich meine Meinung an. Ich nehme an, es ist nicht speziell meine Meinung. Es wäre die Meinung jeder Person, die nicht mit einem silbernen Löffel im Mund aufgewachsen war.

Ernsthaft, was dachten sich diese Designer? Ein Paintball-Zentrum? Ja, genau das brauchten die Einwohner von Brownsville, eine Möglichkeit, sich zum Spaß zu beschießen. Daraus würde sicher niemals etwas Schlimmes resultieren.

Nein, das Zentrum sollte für Kinder sein. Im Erdgeschoss würden ruhige Zimmer sein, in denen die Kinder einfach nur sitzen und entspannen könnten, denn so sah ein echter sicherer Ort aus. Im ersten Stock würden Tutoren und Berater arbeiten. Und im zweiten Stock wären die LGBT-Ressourcen.

Dafür könnten wir Mentoren einladen, die Vorträge halten. Jeder Abend der Woche könnte einer anderen Gruppe gewidmet sein, ob es sich nun um

LGBT-Themen handelt oder um Frauen in missbräuchlichen Beziehungen.

„Dillon?", fragte jemand und lenkte meine Aufmerksamkeit auf sich. „Bist du das, Dillon?"

„Ja", antwortete ich, den jungen, dunkelhäutigen Mann vor mir mit leerem Blick anstarrend.

Nachdem ich so lange aus der Nachbarschaft weg gewesen war, machte es mich nervös, meinen Namen zu hören. Mein Leben hatte sich seit meinem 13. Lebensjahr enorm verändert.

„Ich bin James. Oder besser gesagt Jimmy. Wir waren zusammen in der Schule", sagte der etwas ältere Mann.

„Jimmy! Klar!", sagte ich überschwänglich.
Er lächelte.

„Du hast keine Ahnung, wer ich bin, oder?"
Ich lachte verlegen. „Entschuldigung."

„Nein. Mach dir keine Gedanken. Damals kannten wir uns nicht wirklich."

„Oh, okay", antwortete ich verwirrt. „Aber wir waren gemeinsam in der Schule?"

„Definitiv", sagte er mit einem Lächeln, das mehr verhieß.

Ich sah ihn wieder an. Nein, ich erinnerte mich nicht an ihn. Aber er war süß und sein Lächeln bedeutete etwas. Ich ließ meine Vorsicht fallen und wurde lockerer.

„Waren wir in denselben Kursen oder so etwas?“, fragte ich mit einem flirtenden Lächeln, in der Hoffnung, dass er es bemerken würde.

„Nein. Ich war zwei Jahre älter. Aber ich erinnere mich an dich.“

„Wieso das?“

„Nun, erstens warst du niedlich. Sehr niedlich. Bist du immer noch“, sagte er und bestätigte meine Vermutung. „Und zweitens warst du das erste Mädchen, mit dem ich je … zu flirten wagte.“

„Ernsthaft“, fragte ich, ohne das erwartet zu haben.

Er errötete. „Ja, du warst immer so … ich weiß nicht, selbstbewusst. Du schienst immer zu wissen, wer du warst. Damals war ich deutlich schwerer als jetzt und fühlte mich sehr unsicher. Du warst einfach du selbst.“

Ich lachte. „Das freut mich, dass es so aussah. Aber ich kann dir versichern, dass das nicht der Fall war.“

„Vielleicht. Aber ich muss sagen, die Vorstellung, dass du es warst, gab mir Hoffnung, weißt du? Ich habe viele Entscheidungen aufgrund des Mädchens getroffen, für das ich dich hielt.“

„Wow“, sagte ich, ohne weiter mit ihm zu flirten. „Danke.“

„Nein, danke dir“, sagte er anerkennend. „Also, was machst du jetzt? Du bist aus der Nachbarschaft weggezogen, oder? Es war vor ein paar Jahren.“

„Ja. Meine Mutter hat einen Job bekommen. Wir sind näher dahin gezogen. Und du? Lebst du noch hier?"

„Nein. Ich ging auf ein Community College in Virginia. Daher war ich eine Weile dort."

„Virginia? Warum dort?"

„Es liegt nah am FBI-Hauptquartier. Ich wollte ein paar spezielle Programme besuchen, die eine einfache Einschreibung ermöglichten."

Ich erstarrte. „Zum FBI? Und hast du dich … eingeschrieben, meine ich?"

Jimmy lächelte stolz. „Das habe ich."

„Oh, herzlichen Glückwunsch. Welche Abteilung?", fragte ich zögernd.

Er lehnte sich näher zu mir und senkte seine Stimme. „Organisiertes Verbrechen."

„Oh!", erwiderte ich und dachte sofort an Remy. „Toll", sagte ich, bemüht nicht in Panik zu geraten.

„Ja. Ich dachte, was gibt es Besseres, um der Gemeinschaft etwas zurückzugeben, als zu versuchen, einige der Banden von den Straßen zu bekommen? Und du? Was machst du jetzt? Immobilien?"

Ich starrte ihn nervös an. „Wie kommst du darauf?"

„Ich habe bemerkt, wie du das Gebäude betrachtet hast. Es sah so aus, als würdest du es auskundschaften. Wenn ich dich nicht kennen würde, wäre ich besorgt", scherzte er.

„Oh", lachte ich. „Ich meine, ja, so ähnlich." Ich zögerte, um meine Worte sorgfältig zu wählen. „Ich arbeite mit der Person zusammen, die das Gebäude in ein Gemeindezentrum umwandelt."

„Echt? Das ist fantastisch. Weißt du, wenn du jemals über irgendetwas reden möchtest, wie zum Beispiel, wie du sicherstellen kannst, dass die Banden dich hier nicht stören, wirklich alles, solltest du mich anrufen", sagte er flirtend, bevor er eine Karte herauszog.

Ich musste jegliche Gedanken, die er über uns hatte, schnell abschalten. Das Letzte, was ich tun durfte, war, jemanden im FBI zu daten, während ich für den Sohn eines der größten Mafia-Bosse in der Stadt arbeitete.

„Ganz ehrlich, ich erhole mich gerade von einer … ich weiß nicht, wie würdest du es nennen, einer Freundschaft Plus? Also bin ich für so etwas im Moment nicht offen. Aber es wäre vielleicht hilfreich, ein paar Sicherheitsstrategien für das Zentrum zu besprechen."

„Natürlich. Alles, was du brauchst. Sag es mir einfach. Es war übrigens schön, dich wieder zu sehen, Dillon", sagte er, klar machend, dass er Interesse hatte.

„Dito, Jimmy. Ich meine, James. Ich werde Bescheid sagen", sagte ich, als ich seine Karte hochhielt, während er wegging.

Als ich die Nachbarschaft verließ, dachte ich über mein Gespräch mit Jimmy nach. Es war erstaunlich zu denken, dass ich einen solchen Einfluss auf ihn gehabt haben könnte. Damals fühlte ich mich dauernd miserabel, weil ich dick war und nicht dazu passte. Doch Jimmy schöpfte durch mich Selbstvertrauen.

„Wie?", fragte ich laut, in dem Versuch, alles zu verstehen.

Ich kehrte ins Büro zurück und fügte etwas Neues zu meinem Kalender hinzu. Ich musste mit dem Einstellungsprozess beginnen. Die Programme, die ich mir für das Zentrum vorstellte, mussten konzipiert werden und ich hatte keine Ahnung, wo ich anfangen sollte.

Da ich wusste, dass Remy Zugang zu meinem Kalender hatte, beschloss ich, ihn auf die Probe zu stellen. Ich blockierte Zeit und betitelte sie 'Einstellungsprozess beginnen'. Als ich auf Speichern klickte, starrte ich auf den Bildschirm und wartete auf eine Reaktion. Als nichts geschah, lachte ich über meine unrealistischen Erwartungen und widmete mich meinem Tag voller Meetings.

Nachdem ich unzählige Entwürfe überprüft und dann alle neuen Wörter nachgeschlagen hatte, die ich gehört hatte, war ich fertig. Auf dem Weg zu meiner neuen Wohnung dachte ich erneut an meine Begegnung mit Jimmy. Ich konnte einfach das Gefühl nicht loswerden, dass ich etwas Wichtiges übersehen hatte. Während ich das Abendessen aus den schicken Dips zubereitete, die meinen Kühlschrank füllten, spielte ich unser Gespräch noch einmal ab.

Erst als ich im Bett lag und einschlief, traf es mich endlich. Remy hatte gesagt, dass das Annehmen des wahren Selbst Belohnungen bringt. Und trotz meiner persönlichen Kämpfe war Jimmy von meinem wahren Selbst inspiriert worden.

Bei dem Gedanken zog ein Lächeln über meinen Lippen. Remy hatte recht. Das Annehmen deines wahren Selbst bringt Belohnungen. Mit einem Gefühl der Weisheit drehte ich mich um, kuschelte mich in ein Kissen und schlief schnell ein.

Als ich am nächsten Morgen ins Büro kam, stellte ich fest, dass neue Meetings in meinem Kalender eingetragen waren. Eine Flut von Headhuntern, Jobvermittlern und Vertretern von Stellenanzeigen-Webseiten füllten die Agenda. Wie war Remy in der Lage, all das in einer Nacht zu erledigen? Es gab keine Chance, dass ich jemals wieder etwas für Remy empfinden könnte, aber ich musste zugeben, dass er nicht ganz schlecht war.

In den folgenden Wochen kamen Remy und ich in einen Rhythmus aus indirekter Kommunikation. Ich würde Anfragen in meinen Kalender eintragen und er würde sie erfüllen, meistens am nächsten Tag. Ich war mir nicht sicher, warum, aber unser Austausch war seltsam beruhigend. Ich fing fast an zu glauben, dass ich alles schaffen könnte.

Bei einem Mittagessen mit Hil, als sie in die Stadt geflogen war, um ihre Mutter zu besuchen, erzählte ich ihr von meiner Arbeit und all den Vorteilen, die damit einhergingen.

„Remy sagt, du machst einen fantastischen Job", sagte Hil stolz.

Vielleicht stimmte das. Aber ich konnte nicht anders, als Remys Vergütungen als eine Art Schuldzahlung zu sehen.

„Danke. Das ist schön zu hören", sagte ich bescheiden.

„Nein, wirklich! Was du tust, ist so großartig. Weißt du überhaupt, welche Auswirkungen du auf die Menschen haben wirst? Ich liebte meinen Vater. Wirklich. Aber er hat so viel falsch gemacht.

„Es war, als ob er kein Gewissen hätte. Die Geschichten, die Remy mir erzählte …", sagte sie abschweifend und kämpfte gegen die Tränen. „Ich sage nur, dass das, was du tust, viel bedeutet … für die gesamte Familie", schloss Hil mit einem tränenreichen Lächeln.

Ich starrte Hil an und erkannte, dass das, was ich tat, für ihre Familie mehr bedeutete, als ich in Erwägung gezogen hatte. Ich dachte immer noch, dass es ein reines Prestigeprojekt einer wohlhabenden Familie war. Doch sowohl Remy als auch Hil waren in Tränen ausgebrochen, als sie vom Vermächtnis ihres Vaters sprachen.

Was hatte er getan, das eine Gemeinschaftseinrichtung als Buße verlangte? Und warum war ich diejenige, die ihnen helfen konnte? Ich war niemand, kam aus dem Nichts.

Ich war alles, was niemand sein wollte. Ich war dick, schwarz und arm. Dass ich solch einen Einfluss auf eine Familie haben konnte, die alles hatte, ergab keinen Sinn.

„Du hattest recht, weißt du", sagte ich zu Hil und wechselte das Thema.

„Womit?", fragte sie und wischte sich die Tränen aus den Augen.

„Mit allem. Als ich dich gefragt habe, ob ich diesen Job annehmen soll, war ich mir so sicher, dass Remy mit der Welt, in der ihr alle aufgewachsen seid, abgeschlossen hatte und doch war er innerhalb von Tagen mit der Tochter eures Familienrivalen verlobt."

Hil sah traurig weg, „Ja, stimmt."

„Und du hast gesagt, wenn ich zulasse, Gefühle für ihn zu haben, würde er mein Herz brechen."

Jetzt war meine Zeit zu weinen.

„Oh, Dillon!", sagte Hil schnell und nahm meine Hand, um mich zu trösten. „Ich wollte nicht recht haben. Du wirst mich nicht verlassen, oder?"

Ich setzte ein selbstbewusstes Lächeln auf. „Niemals. Ich werde dich nie verlassen“, sagte ich aufrichtig.

Hil drückte meine Hand und lächelte. „Lass mich das hier bezahlen, damit wir anschauen können, woran du so hart gearbeitet hast.“

„Nein, ich habe es schon bezahlt“, sagte ich stolz.

Hil sah besorgt aus. „Dillon, das musstest du nicht.“

„Ich weiß. Aber ich wollte es. Ich verdiene jetzt Geld. Und wenn ich meine Komplexe loswerden will, muss ich mal diejenige sein, die spendiert. Lass mich das für dich tun.“

Hil zögerte noch.

„Bitte. Ich brauche das.“

Endlich lächelte Hil und gab nach. „Natürlich. Danke“, sagte sie und sah mich in einem neuen Licht an.

Monate später, einen Tag vor der Eröffnung des renovierten Gemeindezentrums, fand ich mich spät in dem Büro wieder, das früher Remys war. Allein und in meine Gedanken versunken, wurde ich durch das Quietschen der Tür überrascht.

Um den Schreibtisch herumgehend, erstarrte ich vor Unglauben. Remy kam auf mich zu und sah mir in die Augen. Ich war sprachlos. Als er eine Armeslänge entfernt stand, überrollte mich eine Flut von Emotionen.

Als ich wieder sprechen konnte, waren meine Worte flach. „Ich bin wütend auf dich.“

„Ja? Ich kann mir nicht vorstellen warum. Deine neue Position im Leben scheint dir gut zu tun", erwiderte Remy und sein Blick wanderte zu meiner Kleidung.

Ein wenig errötend schaute ich auf meine teure Kleidung und dann wieder finster auf ihn. „Glaubst du, dass ich das wichtig finde?"

„Ich denke schon. Zumindest ein wenig", gestand er.

Ich wollte es abstreiten. Aber tief im Inneren wusste ich, dass er recht hatte.

„Erwartest du, dass ich vor Dankbarkeit für das, was du getan hast, dir um den Hals falle?", fragte ich angespannt.

„Ich werde nicht lügen, ein bisschen hatte ich es gehofft", erwiderte Remy, sein Charme kehrte langsam zurück.

Ich ging einen Schritt auf ihn zu. „Nun, das werde ich nicht. Ich bin wütend auf dich."

„Okay, lass es raus. Was habe ich getan?"

Ich verzog das Gesicht. „Behandle meine Gefühle nicht so, als ob sie unwichtig wären."

„Das mache ich nicht. Ich weiß, dass sie wichtig sind. Und es tut mir leid."

„Du hast mich verlassen. Du hast mich glauben lassen, dass sich etwas zwischen uns entwickelt und dann hast du mich … für Monate ignoriert. Du hast mein Herz gebrochen."

Remy hielt inne, während der Schmerz über ihn hereinbrach. „Das habe ich getan. Würdest du mir vergeben, wenn ich dir sagen würde, dass es dafür einen sehr guten Grund gab?"

„Weil du deine Hochzeit planen musstest?", spuckte ich hervor.

Remy sah weg, um meinen Dolchstoß aus seinem Herzen zu ziehen. „Das musste ich wohl."

„Und weißt du, was mich noch wütender macht?"

Remy, nun nur noch wenige Zentimeter vor mir stehend, fragte: „Was denn?"

„Was für ein Heuchler du bist."

„Ich bin ein Heuchler? Ich muss zugeben, dass ich in den tausenden von Malen, in denen ich mir diesen Moment vorgestellt habe, nicht damit gerechnet hatte, als Heuchler bezeichnet zu werden."

„Nun, das bist du."

„Dann kläre mich auf. Wie bin ich auch ein Heuchler?"

„Du bist ein Heuchler, weil du dieses Riesentheater darum machst, belohnt zu werden, wenn man sich selbst treu bleibt und dann, in dem Moment, in dem du die gleiche Wahl hast, genau das Gegenteil tust."

„Du denkst, dass ich mich zurückziehe, bedeutet, dass ich mich selbst verleugne?"

„Ich denke es nicht. Ich weiß es."

„Das ist interessant, denn ich denke, dass mein wahres Ich jemand ist, der alles tut, um die zu schützen, die er liebt. Zu leiden, zu ertragen, um sicherzustellen, dass denen, die ich liebe, nichts passiert. Sagst du, dass ich das nicht wirklich bin?"

„Die, die du liebst?", fragte ich unsicher.

„Die, die ich liebe", klärte Remy auf.

Meine Härte wich bei seinen Worten, doch ich hielt meine Entschlossenheit aufrecht. „Aber du bist nicht herzlos."

„Wer sagt, dass ich herzlos bin?"

„Du hast es gesagt. Mit deinen Handlungen."

„Bitte kläre mich auf."

„Du denkst, du könntest dein Leben leben mit deinem Herzen verschlossen, alles, was du brauchst und begehrst, verleugnend, aber das kannst du nicht. Du bist sanft und verletzlich. Du bist freundlich und wundervoll. Ich weiß, du glaubst, du solltest so sein, aber du bist nicht wie dein Vater. Das ist eine gute Sache. Und wie ein weiser Mann mir einmal gesagt hat, wenn du seinem wahren Ich folgst, wird man belohnt."

Mit diesen Worten beugte sich Remy herunter. Dabei hielt er meinen Blick fest und schloss langsam die Lücke zwischen uns. Als sein warmer Atem meine Wange streifte, konnte ich den dezenten Duft seines Parfüms wahrnehmen, eine Mischung aus Sandelholz und Zitrus, die mir einen Schauer über den Rücken jagte. Mein Herz raste, während meine Lippen vor Erwartung kribbelten.

Als hätten wir eine Ewigkeit darauf gewartet, trafen unsere Lippen aufeinander – sanft, zärtlich, wie das gedämpfte Streicheln von Samt. Es war alles, wovon ich geträumt hatte. Meine Augen schlossen sich, als ich mich dem Augenblick hingab. Jede Faser meines Körpers erwachte, als ich ihm entgegenkam.

Seine Finger streiften meine Wange, bevor sie zart durch meine Locken strichen und den Hinterkopf umfassten. Seine Berührung fühlend, schlangen sich meine Arme um seinen Hals. Als sein warmer Körper sich behaglich an den meinen schmiegte, wiegten unsere Körper sich sanft.

Als unser Kuss intensiver wurde, blieb sein Geschmack auf meiner Zunge zurück. Er war süß wie die saftigste Kirsche und ich prickelte wie Minze. Mit einem Kloß im Hals schwoll meine Brust voller Emotionen an. In seinen Armen begriff ich endlich die Wahrheit – hier gehörte ich hin.

„Warte", sagte ich und löste mich.

„Du hast mich gebeten, ich selbst zu sein. Das bin ich und ich will dich küssen. Ich habe dich schon immer küssen wollen. Wenn ich gesehen habe, wie du früher mit Hil gespielt hast, wollte ich dich küssen. Ich war nie jemand anderes."

„Ich kann nicht die Andere sein", bestand ich.

„Das bist du nicht. Du bist die Einzige. Du warst es immer schon."

„Und was ist mit Eris?"

„Was ist mit ihr? Sie ist die Frau, die ich heiraten muss, um alle um mich herum am Leben zu halten. Sie ist nicht die, mit der ich zusammen sein will. Sie ist sicherlich nicht die, mit der ich schlafen will.“

„Aber du tust es?“

„Was tun? Schlafen? Mit ihr? Es wäre, als würde ich meinen Schwanz in eine Bärenfalle stecken. Das wird nicht passieren. Das wird nie passieren. Sie denkt, es könnte. Aber ich sage dir, das wird es nicht.“

„Was, du wirst nie wieder Sex haben?“, fragte ich zweifelnd.

„Es ist schon ewig her“, sagte Remy mit einem frustrierten Lächeln.

„Wie lange ist es her?“

„Seit ich Sex hatte?“

„Ja.“

„Von dem Moment an, als ich merkte, dass du die Eine bist.“

„Und wann war das?“

Remy dachte nach. „Nun, ich würde sagen, von dem Moment an, als wir uns trafen. Aber offiziell … erinnerst du dich, als Hil entführt wurde und ich zu deiner Wohnung kam, um nach ihr zu suchen?“

„Ja.“

„Von dem Moment an, als du die Tür geöffnet hast und ich in deine Augen gesehen habe. Da wusste ich, dass ich es nicht mehr leugnen konnte. Ich gehörte dir und ich würde alles tun, um dich zu der Meinen zu machen."

„Oh", sagte ich, als die Hitze durch mich hindurchschoss.

Unsicher, was ich tun sollte, fragte ich: „Kommst du zur Eröffnung des Gemeindezentrums morgen?"

„Das war mein Plan."

„Gut."

„Würde es dir etwas ausmachen, wenn wir danach etwas zur Feier des Tages unternehmen würden?"

Ich erstarrte. Was meinte er mit feiern? Nicht dass ich nicht wollte, dass er da war oder dass ich mit ihm feierte. Es gab niemanden, mit dem ich lieber zusammen wäre. Dieser Erfolg war genauso seiner wie meiner. Selbst als er mich verlassen hatte, war er für mich da gewesen. Jetzt wollte ich bei ihm sein.

„Nichts Aufwändiges", gab ich nach.

„Keine Garantien."

„Alles, was du gesagt hast, war schön. Aber ich will dir nicht den Eindruck vermitteln, dass ich dir vergeben habe, dass du mich so verlassen hast."

Remy nickte, meine Zurückhaltung verstehend. „Verstanden."

„Also, nichts Aufwändiges?"

Remy lächelte. „Keine Garantien."

Kapitel 10

Dillon

Hil und Cali kam die Treppe herunter und winkten enthusiastisch, um meine Aufmerksamkeit zu erregen. Ich schaute auf und sah Hils strahlendes Gesicht, ihre Augen glitzerten vor unvergossenen Tränen.

„Gerade war ich oben im Betreuungszentrum", sagte Hil, deutlich bewegt. „Du hast fantastische Arbeit geleistet, Dillon."

„Nun, ich war es nicht allein", antwortete ich, berührt von ihrer Reaktion. „Einige Menschen haben dazu beigetragen. Es ist verrückt, wie viel Arbeit und Zusammenarbeit für so etwas nötig ist."

Dann fügte ich widerwillig hinzu: „Remy verdient auch viel Anerkennung."

Hil unterbrach mich sofort. „Gib meinem Bruder bloß keinen Lob für etwas, womit er nichts zu tun hatte. Nicht nach der Art und Weise, wie er dich behandelt hat."

Ich gab nach, wissend, dass Hil seit dem Kuss von gestern Nacht kein Update mehr bekommen hatte. Aber selbst ohne das konnte ich die Rolle, die Remy bei der Verwirklichung des Zentrums spielte, nicht ignorieren.

Es war nicht nur seine Idee, sondern ich war ein 21-jähriges Mädchen, das nichts über irgendwas wusste. Er fand die Designer, die Architekten, die Vermittler, alle. Und nachdem er die Schaffung des Zentrums in ein Multiple-Choice-Quiz verwandelt hatte, stellte er mir Leute zur Seite, die auf die richtigen Antworten zeigten.

Ohne ihn wäre ich verloren gewesen. Eigentlich, stimmt das nicht. Ich hätte es überhaupt nicht versucht. Ich hätte nicht das Selbstbewusstsein oder den Anstoß gehabt, über meine eigenen Unsicherheiten hinauszuschauen. Ohne dass er monatelang ein Wort zu mir gesagt hatte, hatte Remy die Richtung meines Lebens verändert.

„Apropos Kredithaie“, murmelte Hil leise.

„Scheiße!“, rief Cali, als er ihn als Nächstes sah.

Als ich mich zu Remy umdrehte, überflutete Verlangen meinen Körper. Ich hasste mich dafür, aber ich hatte aufgehört, gegen meine Gefühle für ihn anzukämpfen. Egal, was Remy tat, ich würde ihm vergeben. Denn trotz allem, Remy war ein guter Mann, und nichts würde mich davon abhalten, ihn zu lieben.

„Scheiße in der Tat!“, stimmte ich zu, doch aus einem ganz anderen Grund.

Ich winkte Remy herüber, hielt meine Emotionen in Schach. Als er sich uns näherte, begrüßte er uns mit einem schelmischen Lächeln. „Schwester", sagte er zu Hil, nickend. „Bauer Rambo", fügte er sich an Cali wendend hinzu.

Cali rollte mit den Augen, seine Kiefer zusammengepresst. „Ich geh mal was zu trinken holen. Will sonst noch jemand was? Nein? Gut", sagte er, bevor er weglief.

„Warum behandelst du ihn immer so? Du bist so ein Arschloch", schnappte Hil, bevor sie hinter ihrem Freund herlief.

„Warum behandelst du ihn immer so? Du weißt, dass er gut zu Hil ist, oder?", fragte ich Remy.

„Er ist der beste Mensch, den ich kenne. Er hat eine Kugel für meine Schwester in Kauf genommen. Ich meine, Herrgott."

„Warum sagst du ihm dann solche Sachen?"

„Findest du nicht, dass es etwas nervig ist, wie perfekt er ist?", entgegnete Remy mit einem Anflug von Schalk. „Ich meine, entweder sei ein toller Mensch oder habe tolles Haar. Entscheide dich."

„Wir wissen, was du gewählt hast", sagte ich und strich ihm durch seine glänzenden, schwarzen Locken.

„Ja. Danke!", antwortete er entschlossen.

„Dillon", sagte Jimmy und kam auf uns zu.

Da mir bewusst war, wer er war und was Remy war, spannte ich mich an. „Oh, Jimmy. Ich meine, James.

Das ist Remy, der Eigentümer des Gebäudes und derjenige, der das Gemeindezentrum finanziert.“

Remy runzelte die Stirn, während er mich verwirrt ansah. „Ich besitze das Zentrum nicht. Ich dachte, du wüsstest das…“

Ich unterbrach ihn. „James und ich waren zusammen auf der Mittelschule. Er arbeitet jetzt beim FBI.“

Remys Augenbrauen sprangen hinauf zu seinem perfekten Haaransatz. „Wirklich?“

„In welcher Abteilung noch einmal?“, fragte ich ihn.

„Hauptsächlich in der Abteilung für organisiertes Verbrechen“, antwortete er vergnügt.

„Wirklich?“, fragte Remy, sich überrascht zu mir umdrehend.

„In der Gegend gibt es viele Gangaktivitäten“, erklärte ich. „Die Kinder, die hierherkommen, müssen wissen, dass sie sicher sind. Als ich also hörte, was James vorhatte, fragte ich ihn, ob er daran interessiert wäre, mit uns zusammenzuarbeiten, um den Kindern einen sicheren Raum zu bieten. Und glücklicherweise war er es.“

„Ich bin in dieser Gegend aufgewachsen. Ich weiß, wie sehr ein Ort wie dieser gebraucht wird.“

„Gut so!“, sagte Remy und versteckte die Panik in seinen Augen. „Du hast ihn also zum offiziellen Partner des Zentrums gemacht?“

„Ja", sagte ich, Remy in die Augen starrend.

„Ausgezeichnet! Halte deine Freunde nah. Habe ich recht?"

„Das hast du", sagte Jimmy zum ersten Mal, so als ob er wüsste, wer Remy war.

Remy presste seine Lippen zusammen, versuchte zu lächeln. „Wo bleibt denn Cali mit den Getränken?"

„Entschuldigt uns einen Moment", sagte ich und folgte Remy, der sich abwandte.

Als wir außer Hörweite von Jimmy waren, flüsterte Remy: „Du hast dich mit der Abteilung für das organisierte Verbrechen des FBI verbündet?"

„Nicht mit der Abteilung. Mit James."

„Natürlich. Denn alles, was er entdeckt, während er dies als seinen Operationsstützpunkt nutzt, wird sicherlich nicht diese Räume verlassen", schnappte Remy sarkastisch, sichtlich aufgeregt.

„Remy, du wolltest ein Gemeindezentrum an einem Ort, wo es den Menschen hilft. Dies ist es. Und eine Partnerschaft mit jemandem wie Jimmy ist ein notwendiges Übel. Hättest du lieber einen Drogendealer von einer der lokalen Gangs bevorzugt? Denn das waren meine beiden Optionen."

Remy beruhigte sich. „Ich stelle nicht deine Entscheidungen in Frage, Dillon."

„Das klingt aber so."

„Ich tue es nicht. Glaub mir, ich denke, du hast einen großartigen Job gemacht. Dieser Ort würde ohne deine harte Arbeit und alles, was du getan hast, nicht existieren. Danke, Dillon. Du bist unglaublich."

Sein Kompliment ließ mich innerlich strahlen, während sich ein Lächeln auf meinem Gesicht ausbreitete.

„Ich schätze es, dass du das sagst." Ich blickte in seine schönen, dankbaren Augen. „Und ich erkenne, wie hart auch du daran gearbeitet hast. Niemand sonst sieht es, aber ich tue es."

Remy wollte seine Arme um mich legen. Ich konnte es fühlen. Stattdessen tippte seine Hand meine Schulter.

„Das schätze ich", sagte er aufrichtig. „Und, ich scheine nicht der Einzige zu sein, der gern mit dem Feuer spielt", sagte er lächelnd.

Ich lächelte, wissend, dass es wahr war. „Das scheint so."

„Als der Tag voranschritt, stellte ich Remy allen dort vor. Mit jedem Mal fühlte es sich immer mehr so an, als würde ich meinen Freund vorstellen. Ich wusste, dass er es nicht war und es nie sein würde. Aber so war die Energie zwischen uns.

Die Art, wie Remy mich ansah, half nicht. Es war, als ob er sich vorstellte, mich auf ein Bett zu werfen, mich umzudrehen und sich zu nehmen, was er wollte.

Zudem nutzte der Mann jede Ausrede, um mich zu berühren. Ich meine, ich machte es genauso, aber ich war nicht derjenige, der seine Hochzeit plante; das war er. So war es mir gestattet.

Als ich vor allen stand, nachdem Hil darauf bestanden hatte, dass ich eine Rede hielt, überlegte ich, was ich sagen sollte. Als ich meine Mutter ansah, die mit der Mutter von Remy sprach, wusste ich es.

„Ich möchte allen danken, die heute hier sind", begann ich. „Außerdem möchte ich allen danken, die zugestimmt haben, im Zentrum zu arbeiten oder sich ehrenamtlich zu engagieren. Ich bin ganz in der Nähe geboren. Ich habe dieses Gebäude früher fast täglich gesehen. Ich hätte mir nie vorstellen können, dass es einmal ein Ort werden würde, der das Leben von Kindern verbessern könnte."

Ich pausierte und senkte meinen Kopf, erinnerte mich daran, wie ich zu den Lichtern hochgesehen hatte, in der Hoffnung, dass mein Vater mich akzeptieren würde.

„Ich denke, es ist wichtig, dass jeder hier weiß, dass ich schon immer unsicher wegen meines Aussehens war, besonders wegen meines Gewichts. Ich wollte das einfach mal sagen. Aufgewachsen in dieser Nachbarschaft, hatte ich nicht immer das Gefühl, ich würde für das akzeptiert, was ich bin.

„Ich möchte, dass dieser Raum der erste von vielen Orten in dieser Gemeinde ist, wo sich Menschen wohl fühlen, so wie sie sind. Jemand hat mir einmal gesagt, dass man belohnt wird, wenn man sein wahres

Ich akzeptiert. Nun, ich bin unsicher und ich bin gemischt, mit einer schwarzen Mutter und einem weißen Vater, der nichts mit mir zu tun haben wollte. Ich weiß nicht warum. Aber so war es.

„Diese Dinge haben mich geprägt. Oft bin ich vor ihnen weggelaufen. Aber das ist mein wahres Ich. Ich möchte, dass dieses Zentrum ein Ort ist, an dem sich jeder sicher fühlt, er selbst zu sein. Denn ich glaube, dass, wenn man sein wahres Selbst lebt, das Leben einem etwas zurückgibt", sagte ich und blickte Remy an.

Ich ging inmitten des Beifalls davon und wurde von allen beglückwünscht, angefangen bei Hil.

„Du hast mir nie von deinem Vater erzählt", sagte sie.

„Du hast nie gefragt", antwortete ich lächelnd.

„Es schien mir immer ein Thema zu sein, über das du nicht sprechen wolltest."

„Das stimmt wohl." Ich seufzte. „Weil es schwer war."

„Oh, Dillon", sagte sie und zog mich in eine Umarmung. „War ich eine gute Freundin für dich?"

„Hil, du warst die beste Freundin, die ich mir je hätte wünschen können. Danke für alles, was du für mich getan hast."

„Ich glaube nicht, dass ich mein Leben ohne dich überlebt hätte", erwiderte Hil, ihre Stimme brach.

„Bitte weine nicht. Wenn du weinst, bin ich die Nächste, und ich schaffe den heutigen Tag nie", witzelte ich.

Hil löste ihre Umarmung und lachte. „Mach, was du tun musst. Du schaffst das", sagte sie und schickte mich fort.

Als der Tag sich dem Ende neigte, war die einzige Person, mit der ich noch nicht gesprochen hatte, Remy. Ich hatte ihn den ganzen Tag im Blick gehabt. Er war der charmante Verführer, wie immer. Die meisten der älteren Damen und alle schwulen Männer, mit denen er sprach, verliebten sich in ihn, weil sie natürlich nicht anders konnten. Wer könnte es ihnen verdenken? Und nachdem alle bis auf die Reinigungskräfte gegangen waren, kam Remy strahlend auf mich zu.

„Du warst heute großartig", sagte er und schenkte mir diesen Blick.

„Danke."

„Weißt du, als ich vorschlug, dass du das machst, dachte ich eigentlich nicht, dass du es wirklich tun würdest."

Ich sah ihn geschockt an. „Du hast nicht an mich geglaubt?" fragte ich und schlug ihm auf den Arm.

„Nein, ich meinte, ich wusste, dass du es kannst. Ich dachte einfach nicht, dass du es wirklich tun würdest. Der einzige Grund, warum ich das vorgeschlagen habe, war, dass ich eine Ausrede haben wollte, dich jeden Tag zu sehen."

„Nun, das ist nicht passiert", sagte ich, spöttisch.

„Nein, ist es nicht."

„Nein."

Ich konnte sehen, wie seine Gedanken wirbelten. Ich war gerade dabei zu fragen, worüber er nachdachte, als er fragte,

„Bist du jetzt bereit für deine Überraschung?"

Ein Funke der Aufregung durchzuckte mich.

„Was ist es? Hast du für mich ein edles Dinner auf dem Dach vorbereitet?", fragte ich, auf der Suche nach Spoilern.

„Nein. Aber das wäre eine großartige Idee gewesen", sagte er ernst. „Ich, äh, wollte eigentlich nur eine Schokolade mit dir in meinem Auto teilen."

Mein Mund klappte auf.

„Du sagtest, du wünschst dir nichts Besonderes, oder?"

„Nein, du hast recht. Das habe ich gesagt", stimmte ich zu, nicht sicher, ob er scherzte.

„Also, willst du jetzt diese Schokolade haben?"

Ich sah mich um, fragte mich, ob ich hereingelegt wurde. Als ich keine Fernsehcrew aus dem Hinterhalt sah, richtete ich meinen Blick wieder auf Remy.

„Äh, sicher?"

„Toll", erwiderte Remy und führte mich hinaus. „Versteh mich nicht falsch, es ist eine leckere Schokolade. Ich habe sie in einem Spezialladen gefunden. Ich glaube, sie wird dir gefallen."

„In Ordnung", sagte ich und folgte ihm über die Straße zu seinem eleganten Auto.

Als wir einstiegen, fragte er: „Bist du bereit dafür?"

„Ich denke", antwortete ich und versuchte, meine Enttäuschung zu verbergen.

Remy griff über meinen Schoß und öffnete das Handschuhfach. Als er hineinsah, war es leer.

„Oh verdammt!", rief er aus mit geschlossenen Augen. „Ich habe sie auf die Theke gelegt. Ich kann nicht glauben, dass ich sie vergessen habe. Es tut mir wirklich leid", sagte Remy ernst. „Würdest du es sehr schlimm finden, wenn wir sie holen gehen? Wenn du dich unbehaglich fühlst, zurück zu meiner Wohnung zu gehen, könnte ich sie dir morgen bringen."

Remy scherzte nicht. Er meinte es ernst. Nach all seinem Gerede über Feierlichkeiten, war das alles, was ihm eingefallen war. Wenn ich das gewusst hätte, hätte ich etwas mit Hil unternommen. Wie oft würde Remy mich enttäuschen müssen, bevor ich es lernte?

„Ich meine, wir könnten sie jetzt holen", sagte ich und verbarg meine Enttäuschung nicht mehr.

„Wir müssen nicht", sagte er, dem Blick in meinem Gesicht folgend.

„Nein, ich habe nichts anderes vor", sagte ich absichtlich.

„Toll", sagte er mit einem sanften Lächeln. „Ich verspreche dir, es wird sich lohnen."

„Das muss dann aber eine sagenhaft leckere Schokolade sein", murmelte ich und sah ihn nicht mehr an.

„Das ist sie", sagte er, startete sein Auto und fuhr los.

Während wir fuhren, starrte ich aus dem Beifahrerfenster, in Gedanken versunken. Wie konnte ich es zulassen, mich wieder in ihn zu verlieben? Er war nichts als Herzschmerz. Es war meine eigene Schuld. Ich war wirklich erbärmlich.

„Wir sind da", sagte Remy und riss mich aus meiner Trance.

Als ich aufblickte, waren wir nicht bei ihm daheim. Wir waren am Flughafen. Aber nicht in LaGuardia oder JFK, sondern an einem für Privatflugzeuge. Das Auto stand etwa 10 Meter von einem Flugzeug entfernt.

„Was ist los?", fragte ich verwirrt.

Remy sah mich genauso verwirrt an. „Oh! Du dachtest, ich meinte meine Wohnung in New York. Nein." Da ließ er zum ersten Mal ein Lächeln erkennen. „Bist du immer noch bereit zu gehen?"

Ich wusste nicht, was ich denken sollte. „Ich …"

„Sag einfach Ja oder Nein", sagte er und sah mir tief in die Augen.

„Ja."

Das Wort war heraus, bevor ich darüber nachdenken konnte.

„Gut", sagte er, stieg aus dem Auto und übergab die Schlüssel an einen Angestellten.

Als er stehen blieb, um mir seine Hand am Fuß der Treppe anzubieten, sah ich auf das Flugzeug. Es war nicht klein.

„Remy, was ist los?"

„Wir holen jetzt diese Schokolade. Du hast mir gesagt, dass du nichts Besonderes willst. Also halte ich es einfach", sagte er ohne sein teuflisches Grinsen zu verbergen.

Wärme durchströmte mich in der Erkenntnis, dass Remy derjenige war, für den ich ihn gehalten hatte. Lächelnd nahm ich seine Hand und stieg die Stufen hoch. Im Inneren war eine luxuriöse Kabine mit eleganten beige Lederstühlen und stimmungsvoller Beleuchtung. Trotz seiner Größe wirkte es intim und gemütlich. Als ich mich in einen der weichen Sessel fallen ließ, flüsterte Remy mir ins Ohr.

„Mach es dir gemütlich."

„Ich nehme an, du wirst mir nicht erzählen, wohin wir gehen", fragte ich ihn, als er sich auf den Sitz gegenüber von mir anschnallte.

„Wir holen die Schokolade", antwortete er, ärgerlich stolz auf sich.

Als wir in der Luft waren, sah ich hinunter. Wir waren schnell von Wasser umgeben. Ich wusste nicht, was ich denken sollte. Glücklicherweise hatte ich nicht viel Zeit dazu. Als das Flugzeug seine Reiseflughöhe erreichte, stellte eine Flugbegleiterin einen Tisch vor mir auf. Sobald er stabil war, nahm Remy den Stuhl auf der anderen Seite ein.

„Ich bin sicher, du hast mittlerweile ziemlich Hunger. Ich hoffe, du hast nichts dagegen, dass ich ein Abendessen arrangiert habe."

„Überhaupt nicht", versicherte ich ihm, bevor er den Steward rief.

Ich war noch nicht oft geflogen, also hatte ich nicht viel Erfahrung mit dem Essen in Flugzeugen. Aber ich hatte keine Ahnung, dass es so gut sein könnte. Wir hatten einen Salat, der nach einem Kaiser benannt war, ein Steak, das nach einem Basketballspieler benannt war, und zum Nachtisch ein Eis, das nach einem Bundesstaat benannt war. War alles, was im Flugzeug serviert wurde, nach irgendetwas benannt?

„Ich weiß nicht, du kommst gefährlich nahe daran, die 'extravagant'-Regel zu brechen."

„Was, das hier? Nein, das war nur das, was sie hinten hatten. Glaub mir, wenn sie Hot Dogs hätten, hätten wir die gegessen. Wenn schon, denn schon, ich bin ein Mann, der immer die Regeln befolgt", sagte er charmant.

Ich lachte. „Ja, klar. Nenne mir eine Zeit in deinem Leben, in der du dich für die Regeln entschieden hast."

Remy musste überlegen, aber er fand eine Antwort. Er nannte sogar mehrere. Und es folgte das längste Gespräch, das ich je mit ihm geführt hatte. Wenn ich ihn so ansah, hätte ich nie vermutet, wie tiefgründig er dachte.

„Also, wie war es, so aufzuwachsen, wie du es getan hast?", fragte ich.

„Welche Facette? Meinst du den endlosen Geldzugang, weil es in fast jedem Behälter in unserem Haus versteckt war? Meinst du, für meinen Vater zu arbeiten, der auch der gefürchtetste Mafiaboss New Yorks war? Oder meinst du, mich jeden Tag gegenüber Haifischen beweisen zu müssen, die Blut riechen konnten?"

„Erzähl mir von den Mädchen", forderte ich ihn auf, wohl wissend, dass er in all den Jahren, in denen ich ihn kannte, nie einmal eines erwähnt hatte.

„Warum möchtest du darüber sprechen?"

„Ich weiß nicht. Vielleicht macht es mich an", schlug ich kokett vor.

„Warum erzählst du mir nicht von deinen Typen?", sagte er und lehnte sich interessiert vor.

„Weiche nicht der Frage aus, Mister Schlaukopf. Ich habe nach deinen Mädchen gefragt. Ich weiß, es gab viele."

Remy schien es schwerzufallen, über sie zu sprechen.

„Was möchtest du, dass ich sage?"

„Gab es jemand Besonderen?", fragte ich und verbarg meine Angst vor seiner Antwort.

„Nein.“

„Niemanden?“

„Nicht wirklich.“

„Warum nicht?“

Remy nahm tief Luft.

„Es gibt viele Gründe. Einer war, dass ich mich nie wohl dabei fühlte, jemanden in meine Welt hineinzuziehen. Das ist eine große Bitte an jemanden. Also habe ich keiner von ihnen erlaubt, zu nahe zu kommen.“

„Daher also die Charme-Offensive.“

„Wie meinst du das?“

„Du bist sehr charmant, Remy. Tu nicht so, als wüsstest du das nicht. Aber es ist wie deine ständigen Neckereien gegenüber Cali, nicht wahr? Du möchtest nicht offenbaren, wer du wirklich bist, nämlich ein sensibler, fürsorglicher Kerl.“

„Was versuchst du zu tun, mich umbringen zu lassen? Denn in der Welt, in der ich aufgewachsen bin, wäre das dem Typen, den du beschrieben hast, passiert.“

Mein Herz brach für Remy.

„Wie war es, so aufzuwachsen, zu denken? Es muss Qual gewesen sein.“

Remys Augen wanderten von meinen weg. Zum ersten Mal sah ich sein wahres Ich, das sich aus Selbstschutz versteckt hielt und hasste es. Sein Charme war verschwunden. Seine Verteidigung war aufgegeben.

Es war nur er, der Kerl, den ich seit meinem 14.
Lebensjahr immer wieder erahnt hatte.

„Es macht keinen Spaß“, gab er zu und deutete
an, wie sehr ihn die Last bedrückte.

„Das tut mir leid“, sagte ich und streckte über den
Tisch hinweg meine Hand aus.

Er starrte auf meine Hände, und ich dachte nicht,
dass er sie nehmen würde. Aber widerstrebend tat er es
doch. Und für einen Moment saß ich mit dem Mann, den
ich immer gekannt hatte und den ich liebte.

Wir saßen eine Weile schweigend da, bis die
Stewardess uns Getränke anbot und damit die Stimmung
unterbrach. Das war in Ordnung, denn damit konnte
unsere Unterhaltung weitergehen. Als es weiterging,
erzählte Remy mir von seinen Hobbys und seinen
bevorzugten Fernsehshows. Wir sprachen sogar über
unsere Lieblingsunterwäsche. Er mochte Boxershorts.
Lecker! Ich bevorzugte Bikinis.

„Ausgezeichnet“, sagte er mit einem Unterton,
der mich erröten ließ. „Du wirst sie mir mal zeigen
müssen. Vielleicht bringst du mich zum Wechseln.“

„Vielleicht werde ich das“, sagte ich, lockerte
mich dank des Alkohols und sehnte mich danach, seine
großen Hände überall auf meinem Körper zu spüren.

Als das Flugzeug landete, war es draußen dunkel.
Wie spät war es eigentlich?

„Wo sind wir?“, fragte ich, als ich die Stadtlichter unter uns sah. Ich blickte auf die Landschaft und wusste plötzlich, wo wir waren. „Paris! Wir sind in Paris!“

„Sind wir das?“, fragte Remy unschuldig.

„Das ist der Eiffelturm!“, rief ich aus.

„Bist du sicher, dass es nicht Vegas ist?“, fragte er und neckte mein Herz.

Ich drehte mich schnell wieder zum Fenster. Als ich das tat, drehte das Flugzeug sich, sodass ich einen besseren Blick bekam.

„Das ist der Arc de Triomphe … und der Louvre“, sagte ich und drehte mich aufgeregt zu ihm um.

„Dann sind wir wohl wirklich in Paris“, sagte er gelassen.

Ich starrte ihn an wie ein Kind zu Weihnachten. Ich war sprachlos. Er saß dort, zufrieden mit sich selbst. Ich konnte mich nicht entscheiden, ob ich ihm eine Ohrfeige geben oder seine Kleider zerreißen und ihn hemmungslos nehmen wollte.

Nach der Landung wartete ein Auto am Flughafen auf uns. Auf dem Weg zu unserem unbekannten Ziel konnte ich nicht aufhören, alle Sehenswürdigkeiten anzustarren, die an uns vorbeizogen.

„Wie spät ist es?“ fragte ich und bemerkte die leeren Straßen.

Remy sah auf seine Uhr.

„5:30 Uhr morgens.“

Ich wandte mich wieder dem Fenster zu. Ich konnte kaum fassen, was ich sah. Das war nicht mein erster Auslandsaufenthalt. Vor ein paar Jahren war ich mit Hil und ihrer Familie auf die Bahamas gereist. Aber weil es so nah war, fühlte es sich nicht fremd an. Jetzt schon. Ich war geradezu überwältigt von dem Wunder, das ich erlebte.

Bis wir an einem unglaublichen Steingebäude ankamen und in eine Tiefgarage fuhren, war die Sonne aufgegangen. Wir fuhren mit dem Aufzug zu einer Wohnung mit einer Deckenhöhe von vier Metern, wandgroßen Fenstern und einem baumumrandeten Balkon, der Platz für 20 Personen bot. Wir traten ein.

„Da ist er!", sagte Remy und lenkte meine Aufmerksamkeit auf den Schokoriegel auf dem Couchtisch. Der Tisch stand zwischen den beiden größten Chaiselongue-Sofas, die ich je gesehen hatte.

Er nahm ihn und zeigte mir die rote Verpackung.

„Er heißt Côte d'Or. Möchtest du ein Stück?", fragte er mit einem teuflischen Lächeln.

„Na ja, wir sind extra hergekommen", antwortete ich lächelnd.

Remy packte es aus und brach ein Stück der Schokolade ab.

„Schließe deine Augen", sagte er und kam auf mich zu.

Das tat ich.

„Jetzt öffne deinen Mund. Ich möchte nur, dass du dich auf den Geruch und Geschmack konzentrierst. Nichts anderes.“

Als er es zu meinen Lippen hob, war die Schokolade das Letzte, worauf ich mich konzentrierte. Stattdessen verlor ich mich in dem Gefühl von Remys warmem Atem auf meiner Haut und dem Duft seines dezenten Parfüms in meiner Nase. Die geweckte Erwartung ließ mich fast wahnsinnig werden.

Als die Schokolade meine Zunge berührte, schmolz ihre reiche, samtige Glätte. Eine Fülle von Aromen tanzte in meinem Mund, perfekt ausbalanciert zwischen Süße und Bitterkeit. Es war eine Symphonie der Sinne.

„Wow“, flüsterte ich, die Augen immer noch geschlossen.

„Gefällt es dir?“, fragte Remy leise.

„Es ist unglaublich.“

„Du kannst deine Augen öffnen.“

Als ich es tat, fand ich Remy vor mir, brennend vor Verlangen. Die Intensität seines Blicks ließ mich erschaudern. Ich konnte ihn nur ansehen.

„Wir können jetzt zurückgehen, wenn du möchtest.“

„Nach New York?“, fragte ich, belustigt.

„Wenn du möchtest.“

„Na ja, wir sind hier. Es wäre schade, nicht ein bisschen von Paris zu sehen.“

„Es wäre mir eine Freude, dich herumzuführen“, sagte er mit einem raunenden Unterton in seiner Stimme, der mich bis ins Mark erschütterte.

„Das würde mir gefallen“, antwortete ich, unfähig, irgendetwas abzulehnen, was er vorschlug.

„Ich zeige dir dein Zimmer. Du solltest dich ausruhen. Es gibt viel zu sehen.“

Als ich eine Tür in der Mitte des Flurs öffnete, betrat ich ein elegantes Schlafzimmer mit bodentiefen Fenstern und sanftem Licht, das den Raum in einen warmen Schimmer tauchte.

„Und wo wirst du sein?“, fragte ich in der Hoffnung, er würde hier sagen.

„Mein Zimmer ist am Ende“, sagte er und raubte mir den Atem. „Du findest etwas zum Anziehen im Schrank. Du solltest alles haben, was du brauchst.“

„Und wenn ich dich brauche?“, fragte ich und blickte tief in seine sinnlichen Augen.

„Du weißt, wo du mich finden kannst“, sagte er und ließ mich schmelzen, als er fortging.

Ich fühlte mich bereit zu explodieren, als ich ihm nachschaute. Ich hatte noch nie jemanden mehr begehrt. Ein Teil von mir wollte ihm nachlaufen und auf ihm reiten wie auf einem Hengst. Hätte er mich gestoppt? Könnte ich mich stoppen?

Zum Glück musste ich es nicht herausfinden. Als er in sein Zimmer verschwand und die Tür hinter sich schloss, zerbrach der Sog, den er über mich hatte. Als er weg war, zog ich mich in mein Zimmer zurück.

„Wie bin ich nur hier gelandet?", fragte ich mich, während mein Herz pochte.

Als ich den Raum musterte, um wieder zu mir zu kommen, fiel mein Blick auf den Luxus: der üppige Teppich, die massiven Möbel und der Blick auf den umschlossenen Balkon. Mir stockte der Atem, als ich alles in mich aufnahm.

Ich näherte mich vorsichtig dem Schrank und öffnete langsam die Türen. Kaum hatte ich sie geöffnet, wurde ich vom Duft von Zedernholz eingehüllt, der meine Sinne überwältigte. Mit geschlossenen Augen und völlig entspannt, verlor ich mich darin.

Mit beruhigten Augen erkundete ich die Kleidung vor mir. Es gab etwas für jeden Anlass. Ich strich mit den Fingern darüber, alles fühlte sich teuer an. Die Wollanzüge, die Seidenhemden, selbst die lässigen Hosen fühlten sich unerwartet weich an. Und alles war genau in meiner Größe.

Als ich mich vom Schrank zum Bett wandte, war ich gleichermaßen beeindruckt. Es war nicht nur so groß, dass ich hinaufklettern musste, sondern das Laken schwebte über der Matratze, als würde es einen Marshmallow umhüllen. Es sah unglaublich gemütlich aus. Und ich konnte nicht widerstehen, sprang darauf und fühlte, wie der Wind um meine Ohren strich, während sich die Bettdecke um mich legte.

Ich glaubte nicht, dass es möglich wäre, bei all der Aufregung zu schlafen, aber ich schien mich geirrt zu haben. Als meine Muskeln sich entspannten und mein Geist losließ, übermannte mich die Erschöpfung von der großen Eröffnung, dem Flug und der Zeitumstellung. Als meine Lider schwer wurden, wehrte ich mich nicht. Ich hatte es an den Ort geschafft, den ich immer hatte erreichen wollen. Und mit einem immer voller werdenden Herzen ließ ich meine Gedanken los und gab mich dem Schlaf hin.

Als ich aufwachte, war das Erste, was ich spürte, eine Welle von Panik. Wie viel Zeit war vergangen? In einer Wirbelbewegung sprang ich aus dem Bett, verließ mein Zimmer und lief zu Remys. Dem Geräusch eines Löffels in einer Kaffeetasse folgend, änderte ich die Richtung. Als ich das Wohnzimmer wieder betrat, sah ich Remy auf dem Sofa nahe dem Balkon in ein Buch vertieft sitzen. Er blickte auf und sah mich besorgt an.

„Dillon, was ist los?", fragte er, bereit zu mir zu eilen.

„Ich habe den ganzen Tag verschlafen", sagte ich verzweifelt. „Ich habe alles verpasst!"

Remy lächelte mich mit einer Wärme in den Augen an, die meine Sorge schmelzen ließ.

„Beruhige dich, Dillon. In Paris passiert vor Mittag nichts Wichtiges", beruhigte er mich und mein Herz. „Wir haben den ganzen Tag noch vor uns."

Ich atmete tief aus und fühlte eine leichte Verlegenheit wegen meiner Überreaktion. Remy lachte.

„Lach nicht. Ich war besorgt", sagte ich ernst.

„Ich weiß, dass du das warst. Das macht es lustig", antwortete Remy teuflisch.

Ich schnaubte wegen seiner Neckerei, und im Gegenzug streckte er seine Arme aus.

„Ahh! Komm her", sagte er und bat mich zu ihm.

Vielleicht war ich noch benommen. Oder vielleicht lag es an etwas anderem. Aber als ich seine ausgestreckten Arme sah, kroch ich hinein. Er hielt mich im Arm. Ich hätte für immer dort bleiben können.

„Zwei Fragen", sagte ich, als meine Vorfreude auf Paris mich wieder einholte.

„Was ist das?"

„Eins, du liest? Zwei, seit wann liest du?"

Ich blickte zu Remy hoch, der lächelte. Er drehte das gebundene Buch in seinen Händen um und sagte: „Ja, ich lese und ich habe schon immer gelesen. Mein Nickerchen war kürzer als deins, also habe ich beschlossen, einen Kaffee zu holen und zu sehen, ob ich noch etwas mehr von meiner französischen Leseliste schaffe."

Ich starrte Remy an.

„Wie habe ich dich noch nie beim Lesen gesehen?"

„Du hast mich viele Dinge noch nicht tun sehen. Wusstest du zum Beispiel, dass ich auch dusche?"

„Das habe ich schon gesehen“, sagte ich beiläufig.

„Wann hast du mich duschen gesehen?“

„Eure familiäre Haltung zum Abschließen der Badezimmertüren ist erstaunlich“, sagte ich ihm und erinnerte mich an all die Male, als ich bei ihm und Hil hereingeplatzt war.

Remy kicherte. „Ich denke, das ist so. Wir sind Franzosen.“

„Also, irgendwie. Ich weiß nicht, ob man sich als Franzose bezeichnen kann, wenn man in Amerika aufgewachsen ist. So wie ich das sehe, bist du genauso amerikanisch wie ich. Und Amerikaner schließen die Badezimmertür ab.“

Remy lachte. „Das muss ich mir merken.“

„Ich sagte, sie tun es. Ich habe nicht gesagt, dass du es tun solltest“, stellte ich flirtend klar.

„Oh, und warum sollte ich nicht?“

„Ich weiß nicht. Was ist, wenn es mal einen Notfall gibt oder so?“, erklärte ich.

„Einen Notfall? So wie was?“

„Was ist, wenn jemand dich in der Dusche sehen muss? Wie soll das gehen, wenn die Tür abgeschlossen ist?“, fragte ich, während mein Körper vor Hitze erglühte.

„Sie müssten wohl fragen. Alles, was sie tun müssten, wäre zu fragen“, sagte er und sah mir in die Augen.

Ich schluckte und fragte mich, ob das es jetzt sein würde. Es war schwer gewesen, nicht in jedem Moment an unseren Kuss zu denken, seit er geschehen war. Aber ich hatte die große Eröffnung, die mich abgelenkt hatte. Danach war ich in einem Privatjet nach Paris entführt worden. Jetzt war all das hinter mir. Vor mir stand Remy mit seinen funkelnden Augen und seinen weichen, rosafarbenen Lippen.

„Wir sollten etwas essen gehen", sagte ich und mobilisierte all meine Selbstbeherrschung.

So sehr ich ihn auch wollte, und das war viel, ich durfte nicht vergessen, dass er nicht mein war. Ob er es nun wollte oder nicht, er war verlobt, und ich wollte nicht diese Person sein. Ich wollte nicht sein Trostpflaster sein.

„Hast du Hunger?", fragte Remy und lockerte seinen Griff um mich.

„Ja", sagte ich, spürte, wie er sich zurückzog, und fragte mich sofort, ob es ein Fehler gewesen war, ihn nicht zu küssen.

„Ich kenne den perfekten Ort", sagte er und deutete an, dass ich aufstehen sollte. „Willst du vorher duschen?", fragte er mit einem spöttischen Grinsen.

„Das sollte ich tun", sagte ich und stand auf.

„Und wird diese Badezimmertür unverschlossen sein?", fragte er suggestiv.

Ich tat so, als würde ich eine Tür abschließen, drehte mich um und ging weg. Ich hatte keine Ahnung, warum ich das tat. Sicher, ich dachte, es wäre witzig, da ich erwähnt hatte, was ich über Amerikaner denke. Aber das Letzte, was ich wollte, war, dass er denkt, er wäre in meiner Dusche nicht willkommen.

Oder wäre er es? Ich fragte mich das, während ich mich in mein Zimmer zurückzog und das angeschlossene private Badezimmer betrat. Während ich mich auszog, starrte ich in den breiten, ovalen Spiegel, der sich an beiden Enden zu mir hin wölbte. Ich starrte auf meinen Körper, nackt. Mit meiner Hand über meiner Brust, stellte ich mir vor, wie Remys große Hände im Kontrast zu meiner gebräunten Haut aussehen würden.

Es ließ mich kribbeln. Ich fasste meine Brüste, drückte sie und stellte mir vor, dass Remy das tat. Mein Kopf fiel zurück vor Vergnügen.

Mit geschlossenen Augen stellte ich mir vor, wie Remy sich zu mir herunterbeugte und meine Lippen küsste. Er war sanft, aber bestimmend. Und als ich meinen Mund öffnete, drang seine Zunge ein.

Hinter mir stehend und nackt, konnte ich seinen großen Schwanz spüren. Er wäre noch größer als das, was ich gesehen hatte, als ich ihn früher mal überrascht hatte. Und meine Öffnung testend, würde er eindringen, als ob ich für ihn gemacht wäre.

Während ich meine Klitoris rieb, stellte ich mir vor, wie Remy es tat, während er mich fickte. Ich stöhnte vor Vergnügen. Er war so groß. Alles an ihm ließ mich so klein fühlen.

Er hob mich in die Luft, meine Beine würden sich um seine Rückseite schlingen. Und mich dem Rhythmus seiner Stöße hingebend, würde er mich immer härter und härter ficken, bis ich explodierte.

„Ahh", stöhnte ich und hörte den Ton in dem großen, kargen Raum widerhallen.

Während ich nach Atem rang, lehnte ich mich nach vorne, stützte mich auf das Waschbecken. Mein Kopf sprühte Funken. Ich wollte mich unbedingt in seinen Armen vergraben. Aber als die reale Welt zu mir zurückkehrte, tauchte meine Realität wieder auf.

Als ich meine Augen öffnete, sah ich zuerst mich selbst im Spiegel. Das sehnsüchtige Mädchen, das mich ansah, machte mich traurig. So lange hatte niemand sie geliebt. Sie hatte nur gelegentliche Affären mit Jungs an der Universität, aber sie war nie mehr als ein warmer Körper für sie.

Es gab nur jemals zwei Menschen, die behaupteten, sich mehr um mich zu sorgen. Aber abgesehen von Hil und meiner Mutter tat es niemand. Ich könnte mich in den Straßen von Paris verlieren und niemals zurückkehren, und nur zwei Menschen würden mich vermissen.

Ich blickte auf die Spuren meines Vergnügens, reinigte sie schnell und ging zu der freistehenden Badewanne mit ihrer angeschlossenen Handbrause. Während das Wasser seinen Weg durch meine dichten

Locken zur Kopfhaut fand, überdachte ich meine eben noch gedachten Worte.

Könnte ich wirklich verschwinden und nie zurückkommen? Das hätte bis gestern vielleicht gestimmt, aber ich hatte gerade das Gemeindezentrum eröffnet. War es jetzt noch wahr?

Während das warme Wasser meinen Körper umhüllte, dachte ich darüber nach, was passieren würde, wenn ich verschwinden und nie ins Zentrum zurückkehren würde. Ja, ich hatte alle notwendigen Personen eingesetzt, um es auch ohne mich zu betreiben, aber ich hatte trotzdem Verantwortlichkeiten. Menschen waren auf mich angewiesen. Ob ich zurückkehrte oder nicht, war wichtig.

Ich ließ diesen Gedanken in meinem Kopf kreisen. Es war eine neue Art, mich selbst zu betrachten. So lange schon bedeutete ich niemandem etwas. Nicht einmal mein Vater hatte sich darum gekümmert, ob ich lebte. Aber das war nicht mehr wahr. Ich wurde gebraucht… und es fühlte sich gut an.

All das hatte mir Remy gegeben. Die Arbeit, die Kleidung, das Luxusapartment, nichts davon konnte mit diesem Geschenk konkurrieren. Und er wusste wahrscheinlich gar nicht, was er getan hatte.

Als ich mit dem Duschen fertig war, trocknete ich mich ab und zog mich an. Als ich ins Wohnzimmer zurückkehrte, sah ich ihn gerade aus seinem Schlafzimmer kommen. Wie kam es, dass er plötzlich etwas an sich hatte, das ihn noch attraktiver machte? Schön war er auch schon vorher, aber jetzt konnte ich nur auf meine Lippe beißen und hoffen, dass er nicht bemerkte, wie rot ich war.

„Du siehst erfrischt aus", sagte er und starrte mich amüsiert an. „Wie war die Dusche? Gut?"

„Ja", sagte ich kämpfend um Worte.

„Schön! Wie du wahrscheinlich bemerkt hast, war meine Tür offen, für den Fall, dass es einen Notfall geben würde. Ich nehme an, es sind keine Notfälle aufgetreten."

Ich kicherte wie ein zehnjähriges Mädchen. Er bemerkte es und lachte herzlich. Ich musste mich zusammenreißen. Ich könnte ein Dummkopf sein, aber ich musste mich nicht so benehmen.

„Ich meine, das Haus hat ja nicht gebrannt, also …", sagte ich, in einem Versuch, meine Würde zurückzugewinnen, der fehlschlug.

„Soll ich das Haus abbrennen, um dich dort rein zu bekommen? Okay. Na dann, erinnere mich später daran, Streichhölzer zu besorgen."

Ich kicherte als Antwort. Okay, jetzt brachte er mich absichtlich zum Kichern. Hatte er einen krankhaften Spaß daran, mir bei meiner Selbsterniedrigung zuzusehen? Er war ein solches Arschloch, ein attraktives, unwiderstehliches Arschloch.

„Essen", sagte ich, um mit dem einzigen Wort, das ich hervorbringen konnte, das Thema zu wechseln.

„Na klar! Und wieder einmal kenne ich den perfekten Ort", sagte er mir mit einem Lächeln.

Wie gesagt, der Kerl war ein Arschloch. Denn der Ort, den er wählte, war ein Café mit Blick auf den Fluss. Draußen sitzend, teilten wir uns French Toast und einen Korb Croissants, während wir unseren Kaffee schlürften. Es war wie in einem Film. Und mit jeder Sekunde, die verging, verliebte ich mich mehr in ihn.

Nachdem wir das Café verlassen hatten, führte mich Remy zur berühmten Champs-Élysées, wo er drauf bestand, dass wir ein bisschen shoppten. Ich dachte, er meinte für sich selbst, bis wir das teuerste Geschäft, das ich jemals gesehen hatte, betraten und er sagte:

„Lass uns etwas Aufregendes für dich finden. Du kleidest dich immer so konservativ. Du brauchst etwas, das alle Blicke auf dich zieht. Sie müssen dich so sehen, wie ich dich sehe", sagte er und führte mich durch ein hochwertiges Geschäft auf der Avenue Montaigne, das meine Brieftasche zum Weinen brachte.

„Das hier", sagte er und wählte eine Jacke und eine Hose von einem Kleiderständer aus.

„Kein Oberteil?", fragte ich und schaute mich bei der Auswahl um.

„Bei einer Figur wie deiner?", amüsierte er sich. „Das wäre Verschwendung. Los, geh", sagte er und schickte mich fort.

Als ich dieses Outfit und andere anprobierte und ihm vorführte, fühlte ich mich wie eine Puppe. Jedes

Mal, wenn er mit seiner Hand die Nähte entlangfuhr, um zu überprüfen, ob alles passte, pochte mein Herz. Er musste doch wissen, was er mit mir anstellte, oder?

Dazustehen und ihn nicht berühren zu dürfen, war Folter. Und die Art und Weise, wie er mich ansah, wenn er ein Outfit fand, das ihm gefiel, ließ Bilder in meinem Kopf entstehen, wie er mich in die Umkleidekabine schob, mich auszog und seinen Willen mit mir hatte.

„Vielleicht diese Brille, um deine intellektuelle Seite zu betonen", schlug er vor und setzte mir eine leicht getönte Sonnenbrille auf. Sein Duft strömte über mich hinweg. Meine Knie wurden weich, als ich seinen Atem auf meiner Wange spürte.

„Oder dieses Kleid, um deine reizvollen Kurven zur Geltung zu bringen", fuhr er fort und umfasste meine Seiten mit seinen großen, kraftvollen Händen.

Als ich ihn im Spiegel ansah, leuchtete sein ärgerlich-charmantes Grinsen zurück. Ja, er wusste genau, was er mit mir anstellte. Na gut, zum Teufel mit ihm, ich würde mich nicht darauf einlassen. Ich würde allem widerstehen. Ich würde eine Mauer zwischen uns aufbauen, die fünfzig Fuß hoch sein würde. Ich würde ihn nicht reinlassen.

Aber mit jedem Moment, den wir zusammen verbrachten, bröckelte mein Entschluss. Mit jeder Berührung wurde es unerträglich, von Remy getrennt zu sein. Ich bewegte mich auf gefährliches Terrain zu und konnte mich nicht aufhalten. Als wir bei Sonnenuntergang, als die Sonne schöne Streifen von Gelb und Orange in die Straßen von Paris zeichnete, die Geschäfte verließen, verschränkte ich meine Finger mit seinen.

Das reichte aus, um die quälenden Schreie in meinem Kopf zu beruhigen. Für diese kurze Zeit hatte ich ihn. Er war mein. Mehr gönnte ich mir nicht mit dem vergebenen Mann an meiner Seite. Und für den Moment war es gerade genug.

„Das ist einer meiner Lieblingsorte“, sagte Remy, als wir einem ungezwungenen, aber belebten Restaurant zum Abendessen näherkamen.

„Was macht es zu deinem Lieblingsort?“, fragte ich, weil ich alles über ihn wissen wollte.

„Ich weiß nicht. Es ist unprätentiös.“

Ich lachte. „Ich dachte, du stehst auf Prätentiöses.“

„Ich? Machst du Witze? Ich brauche nur eine Flasche Château Pétrus Pomerol und etwas Époisses de Bourgogne auf einem Cracker und bin mehr als zufrieden.“ Remy hielt inne. „Okay, das hab ich gehört. Aber ich bestreite es trotzdem.“

„Ahh, der arme kleine reiche Junge kann sein Privileg nicht eingestehen“, neckte ich.

Das verwirrte ihn. „Ich habe dich wegen der Französischen Zwiebelsuppe hierher gebracht. Was könnte unprätentiöser sein als das?“

„Als Französische Zwiebelsuppe?", fragte ich, verblüfft. „Wie wäre es mit allem?"

„Aber wir sind in Frankreich. Hier nennt man es einfach Zwiebelsuppe."

Ich sah ihn an und schüttelte den Kopf. Er war so ahnungslos, dass es niedlich war. Und während ich wahrscheinlich die sensationellste Suppe meines Lebens aß, wurde ich unterhalten, indem ich dem große Baby mir gegenüber beim Schmollen zusah.

Er schmollte immer noch, als wir das Restaurant verließen und zum Nachtisch gingen.

„Bist du in Ordnung?", fragte ich und nahm wieder seine Hand.

„Hast du gesehen, wie viel Käse ich in die Suppe getan habe? Ich bin nicht prätentiös. Ich könnte nicht simpler sein, auch wenn ich es versuchte."

„Remy, du hast nach einer Portion Gruyère gefragt", wies ich ihn hin.

„Ja und? Das ist der Käse, den sie in die Zwiebelsuppe tun."

Ich lachte. „Remy, du bist prätentiös. Akzeptiere es. Warum stört dich das überhaupt?"

„Weil ich nicht möchte, dass es eine Distanz zwischen uns gibt."

„Eine Distanz? Was meinst du damit?"

„Ich möchte nicht, dass es einen Teil meines Lebens gibt, in dem du dich nicht wohl fühlst", sagte er und legte meinen Arm um seinen.

„Vielleicht ist es okay, wenn wir nicht genau gleich sind. Vielleicht sind unsere Unterschiede das, was der andere braucht. Und indem wir unser wahres Selbst miteinander teilen, erreichen wir beide einen Ort, den wir alleine nicht erreichen könnten", sagte ich verletzlich.

„Also sagst du, es gibt ein 'Wir'?", antwortete Remy, selbstgefällig.

„Hast du sonst nichts von dem gehört, was ich gerade gesagt habe?"

„Nein! Aber ich habe bestätigt bekommen, dass es ein 'Wir' gibt. Hast du danach noch etwas gesagt?", fragte er, zufrieden mit sich selbst.

Ich rollte mit den Augen und schüttelte den Kopf. „Männer!"

„Liebst du sie nicht?", neckte Remy.

„Kaum!", scherzte ich.

Mit einer Auswahl an Desserts schlenderten wir aus- und wieder ein ins Straßenlicht, fanden unseren Weg zurück zur Seine. Beim Spazieren auf dem Kopfsteinpflaster neben dem Fluss versanken wir im Trubel der Stadt und kosteten die Süßigkeiten. Jede war besser als die vorherige. Als alles alle war, waren wir beide satt und still.

„Ich hätte mir keinen besseren Tag vorstellen können", sagte ich ihm, als die Straßenlaternen auf dem Wasser funkelten.

„Das könnte mein bester Tag aller Zeiten sein", gab Remy zu, ohne mich dabei anzusehen.

„Was ist los?", fragte ich ihn und zog seinen Arm zu mir.

„Wir sollten zurückgehen. Es gibt Dinge, die ich dir morgen zeigen möchte und keiner von uns hat viel Schlaf bekommen."

„Ich bin mir nicht sicher, ob Schlaf in meiner nahen Zukunft liegt. Bist du sicher, dass du nicht noch an einer Bar vorbeigehen möchtest, um französischen Wein zu probieren?", fragte ich, nicht bereit, den Tag enden zu lassen.

Er drehte sich zu mir um. Traurigkeit erfüllte seine Augen. Ich verstand es nicht. Wo war der endlose Flirt, der mich den ganzen Tag verrückt gemacht hatte?

„Nein. Wir sollten Schluss machen. Aber morgen", sagte er melancholisch.

„Sicher", erwiderte ich, meine Enttäuschung verbergend.

Passierte es schon wieder? Hatte er mich dazu gebracht, mich in ihn zu verlieben, bevor er mir den Teppich unter den Füßen wegzog?

Nein. Ich so würde ich nicht denken. Remy hatte mehr zu bieten, als nur einen Flirt oder seine endlosen Scherze. In den letzten Monaten hatte er mehr für mich getan, als ich es mir hätte träumen lassen. Wenn seine Stimmung sich verändert hatte, oder wenn er entschieden hatte, dass er nicht mehr mit mir zusammen sein wollte, musste es dafür einen guten Grund geben.

Ich würde es nicht zulassen, dass mich das verletzte. Aber ich konnte auch nicht länger zweifeln, dass er sich um mich sorgte. Ich musste ihn ihn sein lassen.

„Du bist nicht enttäuscht, oder?", fragte Remy und zeigte mir, wie schlecht ich meine Gefühle verbarg.

„Remy, selbst wenn es so wäre, warte einen Moment und es wird sich ändern."

„Deine Gefühle und das Wetter, hm?"

Ich lächelte schmerzerfüllt, erkannte an, dass es stimmte.

Daraufhin legte Remy seinen Arm um mich und zog mich eng an sich. Es war ein schönes Trostgeschenk. Auf dem Weg zurück zu seiner exquisiten Wohnung hielt er mein Gesicht zwischen seinen Händen und blickte sehnsüchtig in meine Augen.

Wärme wallte durch meinen Körper. Ich konnte nicht sagen, ob sie von ihm oder von mir stammte. In jedem Fall konnte ich sehen, dass er mich so sehr begehrte, wie ich ihn. Warum beugte er sich nicht herunter? Warum küsste er mich nicht?

„Gute Nacht", sagte er und berührte mit seinen Lippen meine Stirn.

„Gute Nacht", antwortete ich und bemühte mich, ein Lächeln zu erzwingen, bevor er mich losließ und in sein Zimmer verschwand.

Ich lauschte leise. Hatte er die Tür abgeschlossen? Es hörte sich nicht so an. War das meine Einladung? Ich glaubte nicht.

Enttäuscht ging ich in mein Schlafzimmer, zog mich aus und legte mich schlafen. Ich träumte von Remy. In dem Traum öffnete er die Tür und fand mich nackt und schlafend.

Dem Anblick nicht widerstehend, stieg er auf mich und nahm meinen Körper ein. Beobachtend, wie er das tat, als wäre mein Körper der eines anderen, sehnte ich mich nach ihm. Und die Schreie, die die beiden ausstießen, als er mich dominierte, machten mich wild.

Beim Öffnen meiner Augen, alleine in meinem Bett, pochte mein Herz. Als ich mich umdrehte, um dem Morgenlicht zu entkommen, stellte ich fest, dass meine Laken nass waren. Mein Gott, es war, als wäre ich wieder 14 Jahre alt und träume von dem einzigen Jungen, den ich je wollte.

Remy war schon immer der einzige Junge gewesen, den ich wollte. Ich sehnte mich wirklich nach dem Mann.

Dann wurde mir etwas klar. Ob vergeben oder nicht, ich würde niemals aufhören können, so für ihn zu fühlen. Ich musste das akzeptieren.

Als ich das tat, vergab ich meiner Mutter. Ich war aufgewachsen und hätte es ihr vorgehalten, dass sie mit meinem Vater zusammen war, einem verheirateten Mann. Aber jetzt verstand ich. Ihre Entscheidung war weder gut noch richtig, aber ich verstand endlich, warum sie sie getroffen hatte.

Im Bett liegend und fragend, was ich tun sollte, starrte ich auf das kunstvolle Inlay an der Decke und verlor mich darin. Als ich wieder zu mir kam, war es mit Gedanken an das Teilen meines Bettes mit Remy. Ich stellte mir vor, wie wir beide zusammen an die Decke blickten. Mein Herz krampfte sich zusammen, als ich daran dachte.

Das tat zu sehr weh. Ich musste aufstehen. Ich stellte mich vor die Schiebetür zum Balkon und ließ das Morgenlicht meine nackte Haut berühren.

Ich schaute hinaus und bewunderte das hölzerne Deck, das von üppigen Sitzmöbeln umgeben war. Ich wünschte, ich könnte hinausgehen und nackt in der Sonne liegen. Ich hätte es vielleicht getan, wenn mehr als eine Seite eine Wand aus Bäumen gewesen wäre.

Andererseits, waren die Franzosen nicht lockerer, was Nacktheit anging, als die Amerikaner? Wenn jemand auf seinen Balkon trat und sah, wie ich nackt faulenzen würde, würde es ihm etwas ausmachen?

Ich entschied mich dafür, es besser nicht herauszufinden und ging stattdessen zum Schrank. Als ich ihn öffnete, war ich überrascht, die Outfits zu finden, die ich am Tag zuvor anprobiert hatte. Wann hatte Remy sie gekauft und hierher gebracht?

Ich wählte das Kleidungsstück aus, auf das Remy am stärksten reagiert hatte, zog es an und ging gespannt ins Wohnzimmer, um seine Reaktion zu sehen.

„Guten Morgen", sagte er lächelnd, als sein Blick über mich schweifte.

„Morgen", erwiderte ich, erfreut über seine Reaktion.

„Gut geschlafen?"

Ich erinnerte mich an meinen Traum und meine Wangen röteten sich. „Ich denke schon", sagte ich, den Traum gegen die Unruhe abwägend, die er verursacht hatte. „Und du?"

„Es war durchwachsen", gab er zu.

„Wieso denn das?"

„Ich habe die ganze Nacht an dich gedacht", sagte er und kehrte zu seinem flirtenden Ton zurück.

Ich sah ihn an. „Weißt du, wenn du so weitersprichst, muss du auch entsprechende Folgen ertragen, mein Lieber", sagte ich, meinen Körper wenige Zentimeter vor seinem positionierend.

Ich hatte erwartet, dass er mich küssen würde. Zumindest hatte ich das gehofft. Stattdessen ließ er seine Charmeoffensive fallen und sagte gelassen: „Verstanden."

Ich war enttäuscht. Hieß das, dass sein Flirtverhalten immer nur Schauspielerei war?

„Ich glaube, ich habe einen ziemlich guten Tag geplant", sagte er beiläufig und ging. Mein Herz schmerzte, als ich ihm nachsah.

„Ach ja? Magst du es mit mir teilen?"

„Bist du der Typ, der gerne weiß, wie eine Geschichte endet, oder magst du Überraschungen?"

Das war eine gute Frage. Wenn ich wüsste, dass zwischen uns beiden nie etwas passieren würde, würde ich das wissen wollen?

„Überrasch mich", sagte ich zu ihm und lächelte gezwungen.

„Gut", antwortete er und lächelte schwach zurück.

Wir sammelten unsere Sachen und machten uns auf den Weg zu einem Restaurant. Zum Frühstück gab es Lachs und Spiegelei auf einem Donut. Wow!

Von dort gingen wir zu einem Museum namens Orsay. Dort hingen Gemälde, von denen ich mein ganzes Leben lang gehört hatte. Van Gogh, Monet und Gauguin waren alle nur Namen gewesen. Aber jetzt waren dort ihre Gemälde. Und wir machten alberne Selfies davor.

Danach gingen wir zur Wanderausstellung des Museums. Sie zeigte das Gemälde „Der Schrei", von dem ich ziemlich sicher bin, dass es in der „Sesamstraße" erwähnt wurde. Es schmerzte meinem Gehirn, zu bedenken, dass ich jetzt tatsächlich davorstand.

So fesselnd alles auch war, als wir das Museum verließen, war es bereits spät. Ein ganzer Tag war wie im Flug vergangen.

„Ich danke dir, dass du mir das gezeigt hast", sagte ich zu Remy, als wir an der riesigen Uhr und der fünfstöckigen Fensterfront vorbeikamen, die an die Grand-Central-Station erinnerten.

„Ich dachte, das könnte dir gefallen", sagte er lächelnd.

„Wenn man bedenkt, wie prätentiös das war, nehme ich an, dass es einer deiner Lieblingsorte ist?", neckte ich.

Remy errötete. „Ja, das ist er."

Ich lächelte. „Jetzt ist es auch einer von meinen."

Remy sah mich gerührt an. Das war das erste Mal, dass er meine Hand nahm. Ich mochte es. Ich wollte mehr.

„Wo geht's als Nächstes hin?", fragte ich und wünschte, dass dieser Tag niemals endete.

„Das wäre ein Spoiler", sagte er, sichtlich zufrieden mit sich selbst.

Als wir dort ankamen, musste ich zugeben, dass seine Selbstgefälligkeit gerechtfertigt war. Denn dort stand es vor uns, das bekannteste Wahrzeichen Frankreichs, der Eiffelturm. Ich war sprachlos.

Er sah genau so aus, wie auf den Bildern. Und als die Sonne untergegangen war, wurden seine Lichter eingeschaltet.

Mit Tränen in den Augen schaute ich es an. Ich wusste nicht, warum ich weinte, aber ich tat es. Alles war einfach so perfekt. Ich legte meinen Kopf auf seine Schulter, ohne meinen Blick davon abzuwenden.

„Ich danke dir", flüsterte ich, unfähig, etwas anderes zu sagen.

„Gern geschehen", antwortete er und zog mich in seine Arme.

In diesem Augenblick konnte ich es nicht länger aushalten, ich musste ihn küssen. Ich wollte ihm näher sein. Also wollte ich ihn gerade mit klopfendem Herzen und einer verkrampften Hand zu mir herunterzuziehen, als …

„Was war das?", fragte ich als der Eiffelturm anfing zu flimmern.

„Das ist für uns", sagte er.

„Wie bitte?"

„Ich habe sie gebeten, mir Bescheid zu geben, wenn unser Tisch fertig ist. Und da ist es", sagte er und zeigte auf den Turm.

„Das hast du nicht getan", erwiderte ich, nicht mehr wissend, was ich glauben sollte.

„Doch, da ist es", wiederholte er und zeigte erneut darauf. „Unser Tisch ist fertig."

„Wo?"

Er lächelte.

Die Fahrt mit dem Aufzug hinauf zum Restaurant im Eiffelturm war bereits ein Erlebnis für sich. Die Aussicht vom Restaurant aus war jedoch atemberaubend.

Mit einem funkelnden Paris unter uns, konnte ich kaum den Blick abwenden. Wenn ich es doch tat, war es, um in Remys lächelndes Gesicht zu sehen.

„Ich war das erste Mal hier als Kind mit meiner Familie", sagte er und zog meine Aufmerksamkeit auf sich. „Damals konnte ich es nicht schätzen. Jetzt, mit deinen Augen zu erleben, lässt mich erkennen, wie viel mir entgangen ist. Ich lerne, dass Privilegien auch ihre Nachteile haben."

Ich wollte widersprechen, aber ich konnte nicht. Wie ist es wohl, einen Ausblick wie diesen als selbstverständlich zu betrachten? Wenn dein Leben so unglaublich ist, dass man das nicht zu schätzen weiß, bleibt dann überhaupt noch Raum für Staunen?

Zum ersten Mal seit meinem Treffen mit dem attraktiven Mann mir gegenüber fühlte ich Mitleid mit ihm. Aber es war kein böses Mitleid. Es war eher so, dass ich Mitgefühl empfand.

Er war kein Gott, egal wie sehr er den Skulpturen im Museum ähnelte. Er war nur ein Mann voller Hoffnungen, Träume und Ängste. Vielleicht waren die Götter genauso. Vielleicht ist das alles, was jeder von uns ist, egal wie viel Macht oder Geld wir besitzen.

Ich streckte die Hand über den Tisch aus und bat um Remys Hand. Er gab sie mir. Ich liebte ihn dafür. Ich ließ sie nicht los, bis der Kellner unser Essen brachte, alle vier Gänge.

„Das war unglaublich", sagte ich zu ihm, glücklicher als je zuvor.

„Ich bin froh, dass es dir gefallen hat. Es ist Tradition, mit einem Dessertwein abzuschließen. Interessiert?"

Ich überlegte. „Ja. Habe ich bei dir zu Hause einige auf dem Weinregal gesehen?"

„Gutes Auge. Das hast du."

„Das habe ich nicht. Ich habe nur geraten", gestand ich.

Remy kicherte. „Gute Vermutung. Möchtest du zurückgehen und ein wenig davon probieren?"

„Ich denke, das würde mir gefallen", erwiderte ich, wünschte mir, dass er nie aus meinem Blickfeld verschwinden würde.

„Dann sollten wir gehen", sagte er, seine Wangen glühten.

Als wir das Restaurant verließen und den Aufzug betraten, nahm er meine Hand. Hitze durchströmte mich. Ich fühlte mich elektrisiert. Angezogen, wie ich war, konnte ich nicht verbergen, was er in mir auslöste. Mein Hals und meine freiliegende Brust glitzerten und flehten nach seiner Berührung. Mein pochendes Herz bettelte um seinen Kuss.

Als die kühle Brise der Nacht meine warme Haut kitzelte, schauerte ich. Ich konnte nicht denken. Mein

Gehirn hörte auf zu arbeiten. Das Einzige, was ich tun konnte, war, seiner Führung zu folgen, und das würde ich tun. Denn das Kribbeln zwischen meinen Beinen sagte mir, dass ich ihm nicht länger widerstehen konnte.

Mein Herz raste und als seine Wohnungstür hinter uns zufiel, konnte ich nicht atmen. Als er sich zu mir umdrehte und mir einen schmachtenden Blick zuwarf, blickte ich zurück. Ich war kurz davor, mich auf ihn zu stürzen.

„Wein?" fragte er mich, bevor er in die Küche ging.

„Ja", sagte ich atemlos.

Unfähig, mich zu bewegen, beobachtete ich ihn. Er bewegte sich mühelos. Er schnappte sich eine Flasche und zwei Gläser und führte mich zur Couch. Als ich mich hinsetzte, brannte ich innerlich.

„Worauf stoßen wir an?", fragte er mit einer tiefen Stimme, die mich vibrieren ließ.

Ich kicherte. Das war alles, was ich tun konnte. Remy lachte daraufhin.

Er reichte mir ein Glas und füllte es. Er füllte sein eigenes, und sagte: „Weißt du, Dillon, du machst es mir immer schwer."

Ich hielt inne. „Wie meinst du das?"

„Ich habe mein Schicksal immer gekannt. Ich war der erstgeborene Sohn und ein Lyon. Meine Zukunft war festgelegt. Aber von dem Moment an, als ich dich traf, wollte ich ein guter Mensch sein. Ich wollte deiner würdig sein. Und dann musste ich Dinge tun, von denen ich wusste, dass sie es nicht waren."

„Du bist ein guter Mensch", presste ich heraus.

„Das bin ich nicht. Und das Problem ist, dass ich weiß, dass ich es nicht bin. Ich hätte früher aus dem Familienunternehmen aussteigen können. Ich hätte bessere Entscheidungen treffen können, als ich merkte, dass du mich verrückt machst. Und jetzt, wo ich weiß, was ein guter Mensch tun sollte, möchte ich dich so sehr in den Arm nehmen, dass ich die Welt verbrennen würde, um dich zu haben. Ich …"

Und das war der Moment, in dem ich ihn küsste. Ich warf meinen Körper auf ihn, unsere Lippen berührten sich. Mit meiner Geste war auch Remy entfesselt.

Er übernahm das Kommando und ich spürte seine Stärke unter mir. Er packte meinen Hinterkopf, rollte mich herum und drückte meinen Rücken gegen die Couch, er presste unsere Körper aneinander und öffnete meinen Mund.

Als seine Wärme mich umhüllte, suchte seine Zunge nach meiner. Schnell fand er sie und lud sie zum Tanz ein. Mein Kopf war wie benommen, während sie miteinander kämpften. Und als seine andere Hand meinen Hintern packte und drückte, quiekte ich vor Vergnügen.

Ich wollte ihn. Ich brauchte ihn. Ich grub meine Fingerspitzen in seinen Rücken, zog an seinem Hemd. Ich musste es loswerden. Und als ich es soweit hochhob, dass er es nicht ignorieren konnte, ließ er mich lange genug los, um es auszuziehen.

Als er es über seinen Kopf zog und meine Lippen losließ, war sein Körper nur für einen Augenblick weg, bevor er zurückkehrte. Und das reichte. Ich konnte sehen, dass seine Brust perfekt war. Die Erhebungen seiner Bauchmuskeln wetteiferten mit einem Ozean. Und die Form seines Oberkörpers ließ Marmor zerbröckeln. Ich war betrunken von seinem Körper.

Ich schlang meine Beine um seinen Oberkörper und unser Kuss entflammte erneut, er hob mich hoch. Meine Haut brannte vor Sehnsucht nach seiner Berührung. Verzweifelt zog ich unsere Oberkörper aneinander, es war alles, wovon ich geträumt hatte.

Als die kuschelige Bettdecke uns umhüllte, entspannte ich mich auf die Matratze. Er kletterte auf mich und zog mir meinen Blazer aus. Während er es tat, bewunderte er meinen Körper.

„Wunderschön", sagte er und sah mich an.

Ich schluckte. Ich war süchtig nach seiner Berührung. Wie wild zuckend unter ihm, zog ich an der Bettdecke, sehnte mich danach, wieder mit ihm in Berührung zu kommen. Er sah mein Zappeln und grinste schief.

„Sag mir, dass du mich willst", forderte er.

Ich konnte nicht sprechen. Ich wollte ihn. Ich wollte alles an ihm. Aber kein Wort kam über meine Lippen.

Sein Blick brannte in mich hinein, er wartete, bis er sagte: „Sag es oder nicht, ich werde dich ficken", erklärte er, woraufhin mein Körper zuckte.

Das war der Moment, als er es tat. Er übernahm meinen Körper und umklammerte meine Brust. Seine Macht raubte mir die Kraft. Ich könnte nicht entkommen, selbst wenn ich wollte.

Als meine Bewegungen gezügelt waren, wurden seine Berührungen leichter und er zeichnete eine Spur über meinen Bauch. Er massierte die Kurven. Ihm gefiel, was er fühlte. Sein Vergnügen war meine Droge.

Er hörte damit nicht auf und seine Fingerspitzen erreichten den Bund meiner Hose. Ich konnte nicht atmen. Über mir schwebend zerrte er daran. Was würde er tun, sie aufknöpfen? Aufhören?

Es war weder das eine noch das andere. Ohne Erlaubnis machte er weiter. Da ich wusste, wohin er wollte, verkrampfte sich meine Muschi. Ich schloss meine Augen und spürte jede Empfindung.

Er machte sich nicht direkt daran zu schaffen. Er presste durch den Stoff, der mich umgab, und ich spürte seine Nähe. Ich verkrampfte mich und wollte, dass er mich berührte. Er weigerte sich.

Als er stattdessen die Umrisse nachzeichnete, schrie mein Verstand, er solle mich nehmen. Als er es schließlich tat, tat er es mit Aggression. Es war, als wäre ein Damm in ihm gebrochen. Er hatte es satt, herumzualbern. Er nahm, was ihm gehörte.

Er packte meine Muschi und ich stöhnte. Ich musste sein warmes Fleisch an mir spüren. Als er schließlich meine Hose aufknöpfte und auszog, verschmolz ich mit dem Bett.

Als seine Lippen meinen geschwollenen Hügel küssten, war ich im Himmel. Davon hatte ich so lange geträumt. Remy Lyon bereitete mir Vergnügen und es fühlte sich wie die Welt an.

Während seine Hände meine Schenkel spreizten, erkundete seine Zungenspitze meinen Kitzler. Ich konnte es kaum ertragen. Ich packte die Laken und streckte meine Zehen.

Er übte Druck aus und ließ seine Zunge über meinen Noppen gleiten. Meine Hüften tanzten. Das Tanzen mit mir schien ihm genauso viel Spaß zu machen wie mir. Und als seine Bewegungen mich an den Rand eines Orgasmus brachten, ließ er mich los. Er zog seine Kleidung aus, streifte ein Kondom über und küsste leidenschaftlich meinen Körper.

Während er die Rückseite meiner Oberschenkel gegen seine Brust drückte, hob er meine Hüften. Er beugte sich herunter, um mich zu küssen, und öffnete meine Lippen. Seine Zunge war nicht das Einzige, was er in mir haben wollte, seine Spitze suchte nach meiner Öffnung. Als sie meine Muschi fand, ließ sie sich darauf nieder.

Was tat er da? Worauf wartete er? Unter ihm eingeklemmt, konnte ich mich nicht bewegen. Ich war seiner Gnade ausgeliefert. Ich sehnte mich danach, alles von ihm zu haben.

Als er seine Hände auf beiden Seiten meines Kopfes abstützte und zudrückte, schrie ich auf. Es tat weh, aber es fühlte sich so gut an. Ich hatte ihn nackt gesehen. Er war groß. Aber als er in mich eindrang, fühlte er sich riesig an.

Ich hatte erwartete, dass Remy sanfter sein würde, aber das war er nicht. Er nahm mich. Während sein Schwanz mich besaß, lernte ich den echten Remy kennen, den Teil von ihm, den er verborgen hatte.

Dieser Remy war dominant und unerbittlich. Ich hätte mich weggewunden, wenn ich gekonnt hätte, aber er ließ es nicht zu. Ich gehörte ihm und er konnte tun, was immer er wollte. Ich war wie Lehm in seinen großen, kräftigen Händen und er wollte mich nach seinem beeindruckenden Bild umformen.

Er drückte sich in mich hinein und ich stöhnte. Ich konnte jeden Zentimeter spüren. In mich eingepflanzt, formte sich meine Öffnung um die Kuppe seiner Eichel und jede hervortretende Ader. Meine Muschi gehörte nicht mehr mir. Er besaß sie. Und jetzt, wo er sie hatte, tat er genau das, was er mir gesagt hatte, er fickte mich.

Zunächst langsam, steigerte er sein Tempo. So groß er auch war, seine Leiste schlug weiterhin auf mein Fleisch. Er war tief in mir, aber nachdem ich mich um ihn herum geformt hatte, passte ich ihm wie angegossen.

Als das Kribbeln meinen Oberschenkel hinauf
kroch, verlor ich mich selbst und verdrehte die Augen.
Ich war am Rande des Höhepunkts. Den Geräuschen
nach zu urteilen, die von ihm kamen, war Remy es auch.

„Ahh", stöhnte ich.

Ich konnte es nicht zurückhalten. Ein
Stromschlag durchzuckte mich. Ich vergrub meine Nägel
in seinem Rücken und kratzte ihn. Er löste sich unter
mir. Und als meine Schreie ein Crescendo erreichten,
steigerten sich auch seine.

Der in mir freigesetzte Schwall spiegelte meine
krampfhaften Zuckungen wider. Für einen Moment war
es, als wäre mein Finger in einer Steckdose. Ich konnte
nicht aufhören.

Aber erschöpft und ausgelaugt brach Remys
Körper auf meinen zusammen. Ich war von der
Erfahrung überwältigt und kribbelte am ganzen Körper.
Trunken vor Ekstase schlang ich mich um meine Liebe.
Ich wusste, dass ich ihn niemals gehen lassen würde. Ich
würde nie wieder von ihm getrennt sein.

Ich liebte ihn. Das hatte ich schon immer. Und da
hörte ich die Worte, die mein Herz erschütterten und den
Lauf meines Lebens veränderten.

Kapitel 11

Remy

Ich konnte es nicht fassen. Da lag ich nackt auf der Frau meiner Träume mit meinem immer noch harten Schwanz in ihr. Wie oft hatte ich davon geträumt? Es gab Wochen nach unserer Begegnung, in denen sie das Erste war, woran ich morgens dachte, und das Letzte, bevor ich einschlief.

Sie war so lange mein Alles gewesen. Und jetzt, jetzt waren wir hier. Ich hatte sie. Sie war mein. Ohne sie wusste ich nicht mehr, wie man lebte.

Ich war bereit, mit ihr wegzulaufen. Überallhin, wo sie hinwollte, wollte ich sie begleiten. Ich war mehr als bereit, alles hinter mir zu lassen.

Scheiß auf meine Verantwortungen, meine Verpflichtungen. Nichts war mir wichtiger als Dillon. Mit ihr in meinen Armen fühlte sich mein Leben vollständig an.

„Remy!", hörte ich sie hinter mir von der Tür her rufen.

In dem Moment, als ich ihren Ruf hörte, zog sich meine Brust zusammen. Mein Traum hatte so lange angedauert, wie es gedauert hatte, bis ich kam.

„Was zur Hölle, Remy?", sagte sie und raubte mir jegliche Kraft.

Schnell schrumpfte ich aus Dillon heraus, Dunkelheit blendete mich, als ich mich umdrehte und der Realität nackt gegenüberstand.

„Was zur Hölle machst du hier?", sagte ich und starrte meine Verlobte an.

„Was zur Hölle tue ich hier? Was machst du? Vögelst du sie gerade? Nach all den Malen, in denen du mir gesagt hast, dass nichts zwischen euch beiden läuft und sie nur dein Wohltätigkeitsprojekt ist …"

Ihre Worte waren Wasser auf geschmolzenen Stahl. Kochend und bereit zu explodieren, sprang ich aus dem Bett und auf meine Füße. Ich zeigte auf sie und wollte ihr den Kopf abreißen, ich knurrte: „Ich habe das nie gesagt. Ich habe sie nie mein Wohltätigkeitsprojekt genannt. Nie!"

„Gut", sagte sie und wich zurück, weil ihr klar wurde, dass sie einen Fehler gemacht hatte. „Die beste Freundin deiner Schwester, oder was auch immer."

„Ich habe nie mit dir über Dillon gesprochen. Wage es nicht so zu tun, als ob ich das getan hätte", sagte ich und war bereit, alles zu tun, um die Dinge geradezurücken.

„Gut. Du hast nicht über sie gesprochen. Aber das gibt dir nicht das Recht, irgendwohin zu rennen und sie zu vögeln.“

Ich zog mich zurück.

„Mein Gott, schau dich an. Ich komme rein und finde dich dabei, wie du sie vögelst und du hast noch den Mut, mir Widerworte zu geben.“

„Ich schulde dir nichts“, sagte ich, von der Situation aus der Bahn geworfen.

„Du schuldest mir alles! Was dich betrifft, liegt dein Leben und das Leben aller, die dir nahe stehen, in meinen Händen. Wen meinst du wird mein Vater zuerst töten, wenn ich ihm davon erzähle, hmm? Meinst du, es könnte der Abschaum sein, in dem ich deinen Schwanz gefunden habe?“

„Nenn sie nicht so“, sagte ich erneut, bereit zu explodieren.

„Oder vielleicht deine Schwester? Oder deine Mutter? Oder glaubst du, er wird einfach jemanden anheuern, um den ganzen Haufen zu ermorden und damit fertig zu sein? Du kennst meinen Vater. Zu welcher dieser Dinge glaubst du, ist er nicht fähig?“

So sehr ich sie auch hasste, ich wusste, sie sagte die Wahrheit. Ihr Vater war ein Psychopath. Ich wusste es, weil mein Vater, so sehr er seine Familie auch liebte, es auch gewesen war. Nichts stand ihm im Weg, um zu bekommen, was er wollte und seine Rache war legendär.

„Ja, das dachte ich mir", sagte Eris, als sie wusste, dass sie mich in der Hand hatte.

Ich war bereit, mein Leben für jeden, den Eris erwähnt hatte, vor allem für Dillon, aufs Spiel zu setzen. Aber ich war nicht bereit, auch nur ein Haar auf ihrem Kopf zu riskieren, um mich selbst zu retten.

Um sie zu schützen, musste mein Urteil lebenslänglich sein. Ich hasste es, aber es war wahr. Es gab keinen Ausweg aus dieser Situation, ohne dass jemand starb. Und wenn ich derjenige war, der tötete, müsste ich es auf Kosten von Dillon tun.

Dillon dachte, sie wüsste, wer ich bin. Aber was sie nicht … nicht wissen konnte, war, dass ich ein Lyon war. Ich stammte vom Blut meines Vaters ab. Ich war dazu fähig, zu tun, was mein Vater getan hatte und noch mehr. Darüber war ich mir sicher.

Ich hatte es mir nie erlaubt, dorthin zu gehen. Der Traum, eines Tages ein Leben mit Dillon zu haben, hatte mich zurückgehalten. Ich wollte nie die Linie überschreiten und zu einem Mann werden, mit dem sie nie zusammen sein könnte. Und um mich von meinem Urteil zu befreien, müsste ich genau das werden.

Mit den vergitterten Türen, die sich hinter mir schlossen, würde ich jetzt dieser Mann werden? Es wäre so einfach. Wer wusste schon, dass Eris hier war? Mit ihr aus dem Weg, könnte ich ihren Vater überlisten. In wenigen Stunden könnte sein Reich meins sein. Ich könnte der gefürchtetste Mann in New York sein. Und alles, was es kosten würde, wäre der Blick, mit dem Dillon mich ansah.

Ich blickte zurück auf die wunderschöne Frau, die ängstlich in meinem Bett lag. Ihre großen Augen, ihre cremige Haut, ich brauchte sie zum Atmen. Der Preis meiner Freiheit war zu hoch. In dem Moment, als ich das realisierte, sank mein Kopf.

„Das ist es, was passieren wird“, begann Eris. „Sieh mich an.“

Ohne nachzudenken, drehte ich mich zu ihr.

„Da ich kein Monster bin, werde ich dir eine Stunde geben. Wenn diese Stunde vorbei ist, wirst du dich von ihr verabschieden und dann wirst du sie nie wiedersehen. Niemals! Verstanden?“

Ich sah sie an und wollte ihr den Hals umdrehen. Das tat ich aber nicht. Stattdessen schaute ich weg, besiegt.

„Gut. Siehst du, ich kann vernünftig sein. Ich habe ein Herz. Aber verwechsle nicht Mitleid mit Schwäche, denn das führt dazu, dass Menschen tot enden. Sag mir, dass du das verstehst.“

Ich weigerte mich, sie anzusehen.

„Und du, sag mir, dass du das verstehst.“

In dem Moment, als mir klar wurde, dass sie mit Dillon sprach, reagierte ich.

„Rede nicht mit ihr!“

„Es ist in Ordnung, Remy. Ich glaube, ich verstehe endlich“, sagte sie und schaute mich mit Traurigkeit in den Augen an.

„Wurde auch Zeit“, bemerkte Eris sarkastisch. „Jetzt überlasse ich euch beiden eurer Zweisamkeit. Und wenn das erledigt ist, freue ich mich darauf, den Rest meines Lebens mit meinem baldigen Ehemann zu beginnen“, sagte sie und warf mir einen flüchtigen Blick auf meinen nackten Körper zu, während sie lächelte.

Ihre Worte rissen mich in Stücke. Ich konnte ihr nicht beim Gehen zusehen. Als ich die Haustür auf- und zugehen hörte, fühlte ich mich gefesselt durch die Ketten, die entstanden, weil ich geglaubt habe, das eine Mal zu bekommen, was ich mir immer gewünscht hatte.

Die Stille zwischen Dillon und mir zog sich hin. Ich schämte mich zu sehr, um sie anzusehen. Habe ich die richtige Entscheidung getroffen, sie nicht umzubringen? Traf ich gerade die richtige Entscheidung?

„Es ist nicht deine Schuld, Remy“, sagte Dillons sanfte Stimme.

„Es ist einzig und allein meine Schuld“, erwiderte ich.

„Wie das? Erzähl mir, wie irgendwas von all dem deine Schuld sein kann“, bestand Dillon.

Ich sah sie an und fragte mich, wie das überhaupt eine Frage sein konnte.

„Ich hätte mehr tun können.“

„Mehr von was?“

„Ich weiß es nicht. Einfach mehr.“

„Remy, du hast dir nicht ausgesucht, der Sohn des Mannes zu sein, der du bist, genauso wenig wie ich. Wir sind beide Kinder des Schicksals, dazu verflucht, für die Sünden unserer Väter zu büßen.“

War das wahr? Könnte das der Grund sein, warum ich das Gefühl hatte, sie zu kennen, als ich nur ihren Namen kannte?

Dillons Mund öffnete sich, als würde sie eine letzte Bitte äußern. „Bitte leg dich zu mir. Wenn uns nur noch eine Stunde zusammen bleibt, dann lass mich sie in deinen Armen verbringen“, sagte sie und brach mir das Herz.

Ich blickte sie vom Fußende des Bettes an. „Ich möchte nicht, dass es so endet. Ich werde es nicht zulassen.“

„Dann werde ich es beenden. Nicht, weil ich Angst habe, was ihr Vater mit mir anstellen würde. Sondern weil ich Angst habe, was er dir … und Hil, und deiner Mutter antun würde. Ich kann nicht die Ursache dafür sein, dass ihr alle verletzt werdet. Das kann ich einfach nicht“, sagte sie mit Tränen in den Augen.

„Ich würde es nicht zulassen …“

„Bitte“, unterbrach sie mich. „Leg dich einfach zu mir. Lass uns diese Nacht perfekt beenden“, sagte sie und wischte sich mit der Rückseite ihrer Hand über das Gesicht.

Ohne ein weiteres Wort kroch ich zurück ins Bett und zog meine nackte Geliebte in meine Arme. Sie passte perfekt. Mit ihren zusammengedrückten Armen vor ihr bedeckten meine Flügel sie und machten uns zu einer Einheit.

Während die Stunde verging, sprachen wir nicht. Als unsere Zeit vorüber war, zog sie sich anmutig von mir zurück und suchte nach ihrer Kleidung. Zu meiner Überraschung schien sie alles zu akzeptieren.

„Hast du ihr gesagt, dass du hierherkommst?", fragte sie, während sie ihre Unterwäsche aufhob und anzog.

„Natürlich nicht", sagte ich und trank jeden Zentimeter von ihr mit meinen Augen auf, in der Hoffnung, es für immer im Gedächtnis behalten zu können.

„Wie konnte sie dann wissen, wo sie uns findet?" Wie wusste sie es?

„Oh verdammt!", rief ich aus und blickte auf mein Handgelenk.

„Die Uhr", sagte Dillon und kam zur gleichen Schlussfolgerung.

„Diese verdammte Hexe hat einen Peilsender in sie eingebaut", sagte ich und sprang auf, riss sie ab und zertrümmerte sie mit einer Marmorkugel, die bis zu diesem Moment keinen Zweck gehabt hatte.

Nachdem sie zu zerbrochenem Glas pulverisiert worden war, fragte Dillon mich: „Glaubst du, es war eine Fälschung?"

„Ich habe sie prüfen lassen. Sie war echt."

„Also hast du gerade zwei Millionen Dollar zerstört?"

„Ja", bestätigte ich, ohne auch nur einen Dreck darum zu geben.

„Gut", sagte sie und sah mich vollständig angezogen an. „Also, das ist es dann wohl?"

„Ist es jemals 'es' zwischen uns beiden?", fragte ich mit einem Lächeln.

„Ja. Denn dieses Mal bist nicht du es, der es sagt, sondern ich", sagte sie und kämpfte um Fassung. „Es ist vorbei. Ich möchte dich nie wiedersehen. Niemals", sagte sie leise und brach mir das Herz.

Und damit ging sie aus meinem Schlafzimmer und aus meinem Leben, während ich nackt dastand und ihr nachsah.

Der pochende Schmerz in meiner Brust wollte nicht nachlassen. Ich starrte auf die geschlossene Schlafzimmertür, während Dillons Abschied durch den Raum hallte. Erinnerungen an sie füllten meine Wohnung wie ihr sanfter, verweilender Duft.

So sehr ich auch in ihr versinken wollte, mich ganz in der Erinnerung an sie verlieren wollte, konnte ich es nicht. Es war nicht vorbei. Es konnte nicht vorbei sein. Mein Herz weigerte sich, es zu akzeptieren.

In der ohrenbetäubenden Stille des Raumes blitzte ein Name durch meinen Kopf. Lucien war der engste Freund, den ich während meiner Kindheit hatte. Er lebte in Paris und könnte der Einzige sein, der verstand, was ich gerade durchmachte.

Ich griff nach meinem Handy und wählte seine selten genutzte Nummer.

„Tolle Zeit für einen Anruf, Remy", summte Luciens coole Stimme und löste die Spannung um meine Brust ein wenig.

„Wie wär's mit einem Drink?", fragte ich verzweifelt versuchend, den Nachhall von Dillons Abschied zu entkommen.

„Le Bar Diamant?", schlug Lucien mit echter Herzlichkeit vor, genau wie in alten Zeiten.

„Mit Vergnügen", murmelte ich, bevor ich auflegte.

Ich zog ein weißes Hemd und dunkle Jeans an und verließ den Ort. Als ich Le Bar Diamant betrat, sah ich mich um. Die Bar war in samtige Dunkelheit gehüllt.

Da ich meinen Cousin zum ersten Mal seit Jahren sah, hatte ich seine Aufmerksamkeit. Wir setzten uns an einen Tisch in der Ecke. Das Summen der Gespräche um uns herum hüllte uns in Einsamkeit. Kaum hatte ich mich gesetzt, wurde mir ein Glas gereicht. Ich nahm einen Schluck und blickte meinen alten Freund an.

„Ich habe gehört, du wirst bald heiraten“, begann Lucien und ließ die bernsteinfarbene Flüssigkeit in seinem Glas kreisen.

„Ich wurde in die Enge getrieben“, gestand ich, bevor ich erneut trank.

Seine scharfen grünen Augen musterten mich. Ich konnte seine Empathie unter der harten Oberfläche unserer Mafia-Erziehung schimmern sehen. Als er meine Unbehaglichkeit bemerkte, wechselte Lucien das Thema.

„Ich könnte etwas haben, das dir helfen könnte, deinen Kopf von all dem freizubekommen“, sagte er, seine Stimme nahm eine geheimnisvolle Wendung an.

„Was wäre das?“

„Ich kenne eine Auktion heute Abend. Es wird etwas ungewöhnlich sein, könnte aber helfen, dir etwas Perspektive zu geben“, schlug Lucien vor, in seinen Augen funkelte ein Hauch von Schalk.

Die Art und Weise, wie Lucien den Vorschlag gemacht hatte, brachte mich ins Stocken. Aber was könnte einem bisschen Unbeschwertheit schon schaden? Könnte es sich nicht gut anfühlen, einen Abend so zu tun, als ob meine Welt nicht gerade um mich herum zusammengebrochen wäre? War nicht das der Grund, warum ich Lucien angerufen hatte?

Ich kippte den Rest meines Getränks herunter.

„Gut. Lass uns gehen“, sagte ich zu ihm, gleichzeitig neugierig und verzweifelt auf der Suche nach einer Ablenkung.

Ich folgte meinem Cousin aus der Bar hinaus in die kühle Pariser Nacht, bis wir schließlich bei der Auktion ankamen. Offensichtlich hatte Lucien ein paar Dinge verschwiegen. Als ich durch die schweren Metalltüren des Lagers eintrat, wurde mir klar, dass dies nicht die Art von Versteigerung war, die angekündigt wurde. Trotzdem ergoss sich in einen schwach beleuchteten Raum eine erwartungsvolle Menge, bestehend nur aus den reichsten und verwöhntesten Mitgliedern der französischen Gesellschaft.

Ich wandte mich an meinen Cousin, um herauszufinden, was vor sich ging, er schien angespannt. Seine grünen Augen sprangen von Person zu Person, als ob er nach jemandem suchte.

Ich beobachtete ihn vorsichtig, der Knoten in meinem Magen drehte sich. Das war eine Seite von Lucien, die ich noch nie gesehen hatte. Seine stille Intensität und merkwürdige Ruhelosigkeit ließen ihn eher wie einen Raubtier wirken, das sich darauf vorbereitete, auf seine Beute loszugehen.

Das murmeln der Menge verstummte, als die Auktion begann. Als die ersten Gegenstände vorgeführt wurden, verstand ich, was vor sich ging. Die Urvölker-Masken und jahrhundertealte Schwerter waren genau genommen keine Stücke, die in einem angesehenen Auktionshaus verkauft werden konnten. Denn auch wenn sie nicht aus einem Museum gestohlen wurden, mussten sie ohne die Erlaubnis der indigenen Bevölkerung aus ihren kulturellen Heimatländern entwendet worden sein.

Als ich Lucien beobachtete, als die Artikel interessanter wurden, bewegte er sich nicht. Die sorglose Natur, die vor nur einer Stunde zur Schau gestellt wurde, war weg. An ihrer Stelle war eine tödliche Ernsthaftigkeit, die ich bei meinem Freund nicht kannte. Und als das Staunen über den letzten Artikel der Nacht den Raum erfüllte, änderte sich mein fröhlicher Cousin.

Als ich mich wieder dem Auktionsstand zuwandte, sah ich es. Das letzte Stück der Auktion war ein Bengalischer Tiger. Immer wieder in seinem Käfig auf und ab trottend, sah er ebenso gefährlich wie ängstlich aus.

Ich konnte meine Augen nicht von ihm nehmen, er war atemberaubend. Seine Majestät war erschreckend fehl am Platz in der zwielichtigen Welt, in die er gekommen war. Und als ich mich wieder an Lucien wandte, um seine Gedanken zu erfahren, sah ich, wie sich die Konzentration meines Cousins zuspitzte.

Bei jedem neuen Gebot richteten sich seine Augen auf den Bieter. Ich konnte praktisch seine Berechnungen sehen. Deshalb war er hier. Er hatte mich nicht hierher gebracht, um mich abzulenken. Er war auf einer Mission.

Unter dem Gewicht meiner Erkenntnis fühlten sich die Einsätze plötzlich unglaublich hoch an. Als der Lärm im Raum abebbte, verkündete der Auktionator den

Gewinner. Ich erkannte ihn aus meiner Zeit in Paris mit meinem Vater. Das siegbringende Gebot kam von einem berüchtigt grausamen Mafiaboss, der für seine schlechte Behandlung exotischer Tiere bekannt war.

Instinktiv schielte ich zu Lucien. Der Funke in seinen Augen brannte heller.

„Er kauft es, um es zu jagen und in einen Teppich zu verwandeln", zischte Lucien, seine grünen Augen dunkel vor Entschlossenheit. „Wie wäre es, wenn du mir hilfst, es zu stehlen?"

Als ich seine Worte hörte, zog sich meine Kehle zusammen.

„Und wenn wir es hätten, was würdest du damit machen?" fragte ich, unsicher, wohin das führen sollte.

Er grinste, seinen Blick auf meinen gerichtet. „Wer mag keine Teppiche?"

Ich lachte, unsicher, ob er es ernst meinte. Wir waren als Mafioso aufgewachsen, besitzergreifend und unerbittlich. Aber es gab immer Ehre unter der Grausamkeit. Also, war das, was mein Kindheitsfreund gesagt hatte, ein Witz? Oder führte er mir eine Seite von sich vor, die ich nicht kennenlernen wollte? Zugegeben, ich fand seinen Vorschlag absurd, aber es gab einen Teil von mir, der seine Dreistigkeit bewunderte. Mehr noch, da war ein Feuer in seinen Augen, das mich aus meiner von Drama erfüllten Welt zog.

„Gut dann. Ich bin dabei", sagte ich schließlich.

Die Überraschung auf Luciens Gesicht war unbezahlbar. Ich war mir nicht sicher, was er erwartet hatte, was ich sagen würde, aber als er mich ansah, strahlte er.

Ich versuchte alles zu deuten, was Luciens Lächeln andeutete, und dachte noch einmal darüber nach, wozu ich eingewilligt hatte. Ich war im Begriff, meinem Freund dabei zu helfen, einen Tiger von einem gefährlichen Mafiaboss zu stehlen. Und wenn wir das überleben würden, müsste ich ihn überzeugen, das Tier einem Zoo zu geben, anstatt seinen Kopf an seine Wand zu hängen. Nichts davon würde einfach sein.

Als ich zuhörte, wie Lucien seinen Plan skizzierte, schlug mein Herz wie wild. Das war kein Scherz, den er spontan ausgedacht hatte. Er meinte es todernst. Er kannte nicht nur den Grundriss des Gebäudes, sondern hatte jede Tür und jeden Alarm auswendig gelernt.

Hat er hier gearbeitet, um Informationen zu sammeln? Denn Lucien war vorbereitet. Und alles, was ich tun musste, war seiner Führung zu folgen und zu helfen, den Käfig zu schieben, wenn es soweit war.

Als wir uns in die hinteren Korridore des Lagers schlichen, entfaltete Luciens Plan sich wie ein aufsteigender Nebel. Wir schlichen heimlich an Wänden entlang und glitten unter komplexen Alarmanlagen hindurch. Aus einem Fenster herauskletternd, warfen wir uns auf einen Balkon, der viel zu weit entfernt schien.

Nachdem ich ein Lebensmaß voller Momente mit Herzklopfen erlebt hatte, musste dieser alles übertreffen.

Wieder drinnen und im Adrenalin ertrinkend, hatte Luciens Plan funktioniert. Das heißt, bis ein einziger Fehltritt einen Alarm auslöste. Wir erstarrten, unsere Herzschläge hallten in die drohende bedrohliche Stille hinein. Mein Kopf raste, waren wir erwischt worden? Die Sekunden tickten in die Ewigkeit, bis der Alarm plötzlich abbrach.

Lucien atmete erleichtert auf, ein halbes Lächeln spielte sich auf seinem Gesicht ab. Ich schüttelte nur den Kopf, mein Magen verkrampfte sich vor Spannung. Diese Rücksichtslosigkeit, dieses Schwanken zwischen Leben und Tod, fühlte sich quälend vertraut an. Und wenn ich etwas über Zeiten wie diese wusste, dann wusste ich, dass die Gefahr gerade erst begonnen hatte.

Es dauerte nur wenige Sekunden, bis ich Recht behielt. Als wir die Gänge hinuntergingen, kam ein großer Mann in einem billigen Smoking um die Ecke, direkt auf uns zu. Er war gekommen, um den Alarm zu untersuchen, und als seine Jacke neben ihm raschelte, sah ich, dass er bewaffnet war.

Bevor ich reagieren konnte, antwortete Lucien voller Charme. In fließendem Französisch wob er eine aufwendige Geschichte von Papierkram-Pannen und fehlenden Lieferanten. Er ging sogar so weit, einen Ausweis vorzuzeigen, um seine Behauptungen zu beweisen. Es war eine beeindruckende Vorstellung.

Der Sicherheitsmann, beruhigt und doch verärgert, dass wir den Dresscode nicht eingehalten hatten, bat um meinen Ausweis, um unsere Geschichte zu bestätigen. Während ich meinen Mund öffnete, um zu sprechen, fiel mir Lucien ins Wort.

„Oh, er ist mein Neuzugang. Noch kein Ausweis für ihn. Frischfleisch. Eifrig, aber er weiß nicht einmal, was links und rechts ist."

Sein Charme und sein strahlendes Lächeln entwaffneten den Sicherheitsmann schließlich vollständig. Als Lucien mit ihm fertig war, eskortierte er uns zum Tiger. Es kostete mich alles, nicht zu lächeln, als ich ihm folgte.

Als vor dem Mann, der den Käfig bewachte, weitere Verwirrung aufkam, regelte Lucien auch das. Am Ende bestand der Sicherheitsmann darauf, dass der Wächter uns den Tiger überlassen sollte. Es war ein Kunstwerk.

Lachend, als wir den Käfig durch den dunklen Flur schoben, sagte ich: „Das war einfacher als in amerikanische Clubs zu kommen, als wir noch Kinder waren."

„Es hilft, wenn wir beide aussehen, als hätten wir etwas vermasselt", antwortete Lucien vorwurfsvoll. „Aber versau das hier nicht, Remy. Wir sind noch nicht fertig", sagte er, ohne seinen Fokus zu verlieren.

„Übrigens, wie planst du, diesen riesigen Fellball hier raus zu bekommen? Mit der U-Bahn?"

Er grinste und zeigte dann vor uns auf einen unauffälligen Van auf dem Parkplatz.

„Großartig. Gehört der dir, oder stehlen wir den auch noch?", fragte ich verwirrt.

Ohne ein Wort zu sagen, umkreiste Lucien den Van, als wir ihn erreichten, und öffnete die Heckklappen. Nachdem er Metallrampen heruntergelassen hatte, sah er mich an und wartete darauf, dass ich meinen Teil dazu beitrug.

„Hast du mich also als Muskelprotz mitgenommen?", scherzte ich.

„Ich habe dich nicht wegen deines Gehirns mitgenommen", konterte Lucien.

„Du Mistkerl."

„Ami."

„Wie kannst du es wagen?", forderte ich heraus, meine Augen schmal zusammengekniffen, bereit zum Kampf.

So lange ich konnte hielt ich es aus, bevor ich in Lachen ausbrach. Das war unser übliches Geplänkel. Die Vertrautheit fühlte sich gut an angesichts der Absurdität des Geschehens. Und ich meinte nicht nur den Tiger, der meine Hand am Käfig betrachtete, als wäre sie eine Wurst.

Mit mir lachend, stieg Lucien aus und half mir, den Käfig in den Van zu schieben. Als wir wegfuhren, wanderten meine Gedanken zu dem riesigen Tiger im hinteren Teil. Es war an der Zeit, eine Mission auszuführen. Ich musste ihn davon überzeugen, das Tier einem Zoo zu überlassen, anstatt irgendetwas Verrücktes zu tun, das er geplant hatte.

Ich überlegte, ob ich seinen Stolz und dann sein Gewissen ansprechen sollte. Aber bevor ich ein Wort sagen konnte, fuhr er in eine Gasse und stellte den Motor ab. Sobald es still war, kam ein kleiner afrikanischer Mann auf den Van zu.

„Lucien", forderte er, „Wo ist er?"

„Hinten drin."

„Zeig ihn mir", forderte der Mann mit afrikanischem Akzent.

Ich folgte Lucien aus dem Wagen und ging um ihn herum nach hinten. Nachdem er die Türen aufgeklappt hatte, brüllte das gereizte Tier.

„Er ist wunderschön. Ich verspreche, dass er den Rest seines Lebens auf einem Reservat fernab von der Grausamkeit der Menschen verbringen wird."

Luciens Augen trafen kurz die meinen.

„Halte dein Wort. Zwing mich nicht, nach dir zu suchen."

Der kleine Mann schaute meinen muskulösen Cousin unbeeindruckt an.

„Mach dir keine Sorgen. Das werde ich."

„Gut", sagte Lucien, bevor er dem Mann die Schlüssel für den Van gab und mich ansah. „Los geht's."

Als ich ihn einholte, während er die Gasse hochmarschierte, starrte ich meinen Freund aus

Kindheitstagen völlig verdutzt an. Er war nicht mehr der Mensch, den ich einst gekannt hatte.

„Was ist?", bellte er, als er meinem Blick nicht länger ausweichen konnte.

„Du Weichei", neckte ich.

„Redest du von dem, was gerade passiert ist? Hast du erwartet, dass ich den Teppich selbst knüpfe? Ich mache mir die Hände nicht schmutzig."

„Natürlich", sagte ich, während ich durch ihn durchschaute.

„Was auch immer", sagte er und wischte meinen Vorschlag beiseite.

Es war eine Ewigkeit her, seit ich das letzte Mal vom Leben überrascht worden war. Ich war mit Lucien aufgewachsen. Eine Zeit lang waren wir praktisch unzertrennlich. Er kannte all meine Geheimnisse und ich kannte seine.

Aber das war damals. Nichts, was ich über ihn wusste, hätte mich auf diese Nacht vorbereiten können. War er eine Art Selbstjustizler für bedrohte Tiere geworden? Angesichts der Komplexität seines Plans konnte dies nicht sein erster Raub gewesen sein.

War das Luciens wahres Ich? War das der Ort, der ihm am tiefsten empfundene Freude bereitete? Vielleicht hatte ich meinen Cousin nie wirklich gekannt. War das meine Schuld? War es auch meine Schuld, dass er mich nicht kannte?

Wochen vergingen und Dillons fortwährende Abwesenheit schien sich immer tiefer in meine Seele zu graben. Vorbei waren die gestohlenen Momente, die Geschenke, die sie zum Lächeln brachten, und der Glaube, dass wir letztendlich zusammen sein würden. Was blieb, waren nur die bitteren Erinnerungen an das, was wir hatten und hätten sein können.

Eris natürlich, war sich völlig ungewiss, wie es mir ging. Alles, was sie interessierte, war die Planung unserer Hochzeit. Sie musste doch wissen, dass alles nur Schein war, oder? Dass ich nur da war, um das Leben aller, die ich liebte, zu retten?

Vielleicht war ihr das klar und sie war eine noch bessere Schauspielerin als ich. Sie hatte einmal gesagt, dass sie genauso wenig Wahl hatte, zu heiraten wie ich. Aber die Art und Weise, wie ihre Augen funkelten, als sie die Platzdeckchen und Mittelstücke aussuchte, machte mich stutzig.

Als ich mich an meinem Esstisch neben Eris hinsetzte, mit unserer Hochzeitsplanerin, die das Szenario formulierte, das ich durchmachen würde, hinterfragte ich erneut jede Entscheidung, die ich jemals getroffen hatte. Während ich das tat, streckte Eris die Hand aus und berührte meine. Ihre Finger streiften nur kurz meine, bevor ich reflexartig meine Hand zurückzog.

Es war nicht absichtlich gewesen. Ich musste mich völlig konzentrieren, um meinen Körper gegen das zu zwingen, was er wollte und heute, war mein Kopf woanders. Ich hatte einfach reagiert.

Als ich zu Eris aufschaute, erfasste ich den Schmerz in ihren Augen. Warum? Mehr als jeder andere wusste sie, dass das, was wir hatten, eine Lüge war. Ich versuchte das Beste aus den Dingen zu machen. Ich hatte versucht das Richtige zu tun.

Konnte sie denn nicht erkennen, welche Anstrengungen ich unternahm? Ich war doch hier, oder? Ich hatte zu keinem Zeitpunkt sie oder ihren Vater umgebracht, um aus dieser Situation zu fliehen. Also, welches Recht hatte sie, verletzt zu sein wegen etwas, das ich nicht verhindern konnte?

Stunden später, als die Hochzeitsplanung gnädigerweise beendet war, fand ich mich allein mit Eris. Wir waren schon einmal hier gewesen. Ich musste Eris nie bitten zu gehen. Sie hatte es immer von sich aus getan. Aber heute Nacht war etwas anders an ihr. Dieses Mal, als sie da saß und mich anstarrte, sah ich ein Funkeln in ihren Augen.

„Ich möchte etwas für dich tun“, sagte sie mit einem Lächeln.

„Willst du mir noch eine Uhr schenken?“

Ericas Kiefer verhärtete sich, bevor sie sich entspannte. „Nein. Das ist besser. Dir wird das gefallen.“

„Wirklich?“

Sie schüttelte den Kopf, bevor sie aufstand. Auf der Suche nach der Fernbedienung für die Musikanlage schaltete sie diese ein. Die Musik, die gespielt wurde, kam aus keiner meiner Playlists. Sie hatte sie programmiert. Was hatte sie vor?

Als die langsamen verführerischen Klänge aus den Lautsprechern strömten, dimmte sie das Licht. Sie schuf die Stimmung. Für was? Als sie sich in Armeslänge vor meinen Stuhl stellte, bemerkte ich es.

Eris hatte keinen schlechten Körper. Weit gefehlt. Ihre sanften Kurven, die feinen Linien, die ihren Bauch durchkreuzten, sie war der Traum jedes 14-jährigen Jungen. Und die Art, wie sie ihre Hüften zur Musik bewegte, weckte Gedanken in mir. Ich konnte es nicht verhindern. Jeder Mann würde zu schätzen wissen, was ich sah.

Während ich sie beobachtete, blieb keine Frage, was sie tun wollte. Sie war es leid für nichts und wieder nichts darauf zu warten, dass ich den ersten Schritt machte, also verführte sie mich. Seltsamerweise funktionierte es irgendwie.

In der Zeit, bevor Dillon meine Welt wurde, waren Frauen wie die vor mir mein Ausweg. In einer anderen Zeit und an einem anderen Ort hätten Eris und ich vielleicht eine Menge Spaß zusammen haben können.

Ich nahm einen weiteren Schluck aus meinem Glas, als Eris ihr Shirt über den Kopf zog. Sie trug einen BH, der kaum vorhanden war. Gott, sah sie gut aus. Objektiv betrachtet war die Frau heiß. Ich nahm noch einen Schluck und bevor ich mich vorbeugte und etwas tat, was ich bereuen würde, dachte ich an meine Drinks.

Wie viele hatte ich getrunken? Ich hatte sicherlich einen Drink gehabt, um die Hochzeitsplanung durchstehen zu können, aber wie viele danach? War es nur einer gewesen? Ich hatte mein Glas nicht nachgefüllt.

Als ich über den Abend nachdachte, konnte ich mich daran erinnern, dass Eris mich fragte, ob ich noch einen weiteren brauchte. Ich hatte widerwillig ja gesagt. Danach gab es keine Zeit, in der mein Glas halb voll war. Wie viele hatte ich unwissentlich getrunken, sieben? Acht? Wie betrunken war ich?

Ich sah wieder zu Eris, die jetzt nackt war, bis auf zwei Stücke durchsichtigen Tuch, die ihre Nippel und geschwollenen Brüste bedeckten. Ja, sie war verdammt heiß. Daran gab es keinen Zweifel. Aber wollte ich das?

Wollte ich, dass diese Frau mich fickte, so wie ihr Vater es schon viel zu lange tat? Ich wollte es nicht. Als sie sich also vor mich hinkniete und meine Brust wie eine Katze betrachtete, verspannte ich mich. Mein harter Schwanz hätte ihr vielleicht den falschen Eindruck vermittelt. Als sie dagegen rieb und ihn drückte, wurde sie aufgeregt.

„Komm zu mir", sagte sie, stand auf und tänzelte in mein Schlafzimmer.

Ohne den Blick von mir zu nehmen, entfernte sie, was noch von ihrem BH übrig war und ließ ihn fallen. Oh ja, sie hatte wunderschöne Brüste. Und während sie aus dem Rest ihres Slips stieg, lehnte sie sich vollständig nackt gegen den Rahmen der Tür.

„Du kannst mich haben, wie du willst", sagte sie, bevor sie darin verschwand.

Wollte ich sie? Wollte ich irgendwas an ihr? Wie würde mein Leben aussehen, wenn ich einfach Ja sagte?

Kapitel 12

Dillon

Die Stufen knarrten unter meinem Gewicht, als ich mich in Calis kitschig eingerichtete Küche begab. Der Duft von Speck und Waffeln zog mich in ihren Bann. Ich konnte sie von meinem Schlafzimmer aus riechen.

Kannst du dir meine Überraschung vorstellen, als ich reinkam und Hil am Herd fand? Sie kochte alles selbst. Mit einer Hand ordnete sie den Speck, mit der anderen stapelte sie einen Berg Waffeln.

„Wer hätte das gedacht?", stichelte ich, versuchte dabei, meine eigene Stimmung aufzuhellen, als ich hereinspazierte. „Hil Lyon, Mafia-Prinzesschen wird Meisterköchin."

Es war Cali, der zuerst lachte. Seine Schultern zuckten, als er Kaffee in ein unpassendes Set von Bechern goss. „Du hättest sie sehen sollen, als wir uns das erste Mal trafen."

„Oh, kann ich mir vorstellen. Hil, hast du Cali von dem Mal erzählt, als ich vorbeikam und du beschlossen hastest, dass du Rühreier wolltest?"

„Oh Gott!", jammerte Hil.

Mit Calis voller Aufmerksamkeit startete ich die Geschichte.

„Meine Mutter war einkaufen gegangen. Ich weiß nicht was."

„Sie brauchte Schlagsahne, um die Lieblingstortellini meines Vaters zu machen." Hil sah auf, amüsiert von einem Gedanken. „Und jetzt weiß ich, was all diese Wörter bedeuten."

„Tortellini?", neckte Cali.

„Schlagsahne. Ich erinnere mich, dass sie uns das gesagt hat und ich dachte, was hat Schlagen damit zu tun? War das Sahne für gewalttätige Leute?"

„Jedenfalls", unterbrach ich. „Hil hat beschlossen, dass sie uns Eier machen wollte. Also hat sie zwei Eier aus dem Kühlschrank genommen und in die Mikrowelle gelegt, denn das war das Einzige, was sie zu tun wusste."

„Mikrowellen kochen Dinge und ich wollte die Eier gekocht haben. Also hab ich sie in die Mikrowelle gelegt", erklärte Hil zu unserem Gelächter.

„Oh nein", rief Cali aus.

„Oh ja", bestätigte ich. „Meine Mutter musste dann den Rest des Tages damit verbringen, explodierte Eier von allem wegzuputzen."

„Hat sie Hil nicht dazu aufgefordert, es zu putzen?", fragte Cali.

„Die Prinzessin?", stichelte ich.

Hil sah verlegen weg. „Ich hätte es getan, wenn man mich gefragt hätte. Ich fühlte mich schlecht."

„Nein, Süße, meine Mutter wollte es sauber haben. Wenn sie dich gefragt hätte, würdest du noch heute daran arbeiten."

„Und wer hätte dann dieses fantastische Frühstück gemacht?", warf Cali wie ein guter Freund ein.

„Ich hasse euch beide", scherzte Hil und warf ein Geschirrtuch auf Cali.

Ich beobachtete die Interaktion zwischen Hil und Cali. Neid zerrte in meinem Innersten. Sie lachten. Sie neckten sich. Sie waren glücklich.

Ich strich mit den Fingern über die abgenutzte Tischplatte, während meine Gedanken zu Remy schweiften, dem Grund meiner Trauer. Seine Abwesenheit hallte in der Leere nach, die ich fühlte. Die Last davon zehrte mich aus.

„Ich hasse, was er dir angetan hat, Dillon", murmelte Hil nach einer kurzen Stille.

„Wer?"

„Du weißt genau, wen ich meine. Remy hätte es besser wissen müssen."

„Ich lasse nicht zu, dass du ihn beschuldigst, Hil", erwiderte ich scharf – schärfer als beabsichtigt. Bei

Hils rätselhaftem Ausdruck entkam mir ein Seufzer und ich fuhr mir mit der Hand durch meine lockigen Haare.

„Du hast mich genau davor gewarnt, was passieren würde, wenn ich mich in ihn verliebe. Du hast es mir gesagt und ich habe es ignoriert. Also ist, was passiert ist, genauso sehr meine Schuld wie die von Remy, wenn nicht mehr."

Während ich mit dem Besteck spielte, vermied ich den einfühlsamen Blick meiner beiden Freunde. Cali klatschte in die Hände und sah mich mit strengem Blick an. „Nein, Dillon. Und es tut mir leid, das über deinen Bruder zu sagen, Hil, aber dieser Mann ist ein Arschloch und ein Dödel obendrein."

„Also sagst du, er kann sich selbst ficken?", fragte ich nach einigem Nachdenken.

Cali erstarrte einen Augenblick, ehe er in Gelächter ausbrach. Hil und ich stimmten ein.

„Ja, er kann sich selbst ficken", präzisierte Cali.

„Aber wenn ich das könnte, warum sollte ich dann mein Haus verlassen?", fragte eine Stimme und lenkte unsere Aufmerksamkeit auf die Tür.

„Remy?", sagte ich sofort, erfüllt von all meinen schmerzhaften Emotionen.

Ruckartig überquerte Cali die Küche und packte Remys Anzughemd mit geballten Fäusten – er war außer sich vor Wut.

„Du hast vielleicht Nerven, hier aufzutauchen nach dem Scheiß, den du dir geleistet hast“, schnappte Cali.

Ich hatte ihn nicht gesehen, seitdem ich ihn nackt in seinem Schlafzimmer in Paris verlassen hatte. Aber da stand er, eingerahmt vom Morgenlicht. Seine breiten Schultern füllten die Türrahmen der Küche aus und trotz des drohenden Griffs, den Cali an ihm hatte, trafen seine dunklen Augen die meinen.

Er sah aus … wie ein vom Sturm gezeichneter Mann. Das war weit entfernt von seinem üblichen gelassenen Auftreten. Selbst sein gewöhnlich sorgfältig gebügeltes Hemd hing schlaff an ihm.

„Zapple nicht so, Hinterwäldler. Ich bin nur hier, um mit Dillon zu reden“, sagte er, wobei ihm der übliche Kampfgeist fehlte.

„Nein“, spuckte Hil aus und stellte sich vor mich, als wolle sie mich vor Remys Blick schützen. Als Hil erneut sprach, war ihre Stimme vor Wut überschäumend. „Nein, dieses Recht hast du dir verwirkt.“

Hils entschiedene Ablehnung durchbrach Remys Fassade. Sein gewöhnlich beherrschter Ausdruck weichte auf. Traurigkeit trat in seine Augen. „Hil, du verstehst nicht“, begann Remy, dessen raue Stimme an meinen Herzen zerrte.

„Was? Dass du getan hast, was du tun musstest, weil Armand uns alle mehr oder weniger subtil bedroht hat, umzubringen?“, fragte Hil kalt.

„Nein, dass ich nicht unser Vater bin“, korrigierte Remy.

„Was?“, fragte Hil verwirrt.

Remy seufzte.

„Vater hätte so etwas einfach geregelt. Er hätte ein paar seiner Männer genommen und einen Krieg begonnen, der eine Blutspur in den Straßen hinterlassen hätte“, sagte Remy, seine Augenbrauen zusammengezogen.

„Ich weiß, dass du denkst, ich bin genauso. Und vielleicht habe ich es eine Zeit lang auch geglaubt. Aber das bin ich nicht. Ich kann das nicht. Ich möchte die Menschen, die ich liebe, so schützen können, aber ich bin nicht er. Ich bin nicht unser Vater.“

Bei seinem Eingeständnis ließ Cali Remy los und wich zurück. Wieder frei, starrten die beiden Geschwister sich einfach an. Ich konnte nicht sagen, was jeder von ihnen dachte.

Ich wusste, was es für mich bedeutete. Remy gab zu, was ich immer schon über ihn gewusst hatte. Er war ein guter Mann, der nie das Leben wollte, in das er hineingezwungen worden war.

„Remy, niemand hier möchte, dass du unser Vater bist“, sagte Hil, die Stille brechend, während sie die Schulter ihres großen Bruders drückte.

„Du hast keine Ahnung, wieviel ich für diese Familie geopfert habe, Hil. Doch trotz allem, wenn ich darüber nachdenke, bereue ich nur eine Sache.“

„Welche?", fragte ich und zog seine Aufmerksamkeit auf mich.

Remy ließ seine Schwester stehen und trat unmittelbar vor mich.

„Ich bereue es, dir nicht früher gesagt zu haben, wie ich empfinde", erklärte Remy voller Emotionen.

Ich hielt den Atem an.

„Dillon, ich liebe dich schon so lange. Von dem Moment an, als ich dich kennengelernt habe, konnte ich einfach nicht genug von dir bekommen. Jedes Mal, wenn du vorbeikamst, um mit Hil abzuhängen, fragte ich mich, ob du mich bemerkst. Als ich dich so nah bei mir hatte, als ich alles in meinen Armen hatte, was ich je wollte, war ich so glücklich, wie ich es noch nie gewesen bin.

„Als du mich verlassen hast, habe ich versucht, ohne dich zu leben. Ich wusste, dass ich damit alle hier sicher halten würde. Aber das Opfer war zu groß. Ich kann nicht ohne dich sein, Dillon. Ich brauche dich. Ich bin hier, um dir zu sagen, dass ich, wenn du mich willst, dich nie wieder verlassen werde."

Ich hielt meine Gefühle zusammen und versuchte, die überwältigende Welle einzufangen, die drohte, über mich hereinzubrechen.

„Remy", begann ich vorsichtig, „ich habe dich aus einem Grund verlassen. Du musst mit Eris zusammen sein. Das Leben aller hängt davon ab. Und selbst wenn das nicht so wäre, kann ich nicht die andere

Frau sein. Wenn ich könnte, würde ich es für dich tun. Aber ich kann nicht. Es tut mir leid!"

„Aber deshalb bin ich ja hier", erklärte Remy. „Ich weiß, dass ich Eris nicht einfach verlassen kann. Aber ich kann auch nicht ohne dich leben", erklärte Remy und legte sein Herz offen. „Also bin ich hier, um erneut um deine Hilfe zu bitten. Ich habe nicht alle Antworten wie mein Vater. Und ich bin nicht er, ich kann das nicht alleine. Ich brauche die Hilfe der Menschen, die ich liebe. Und ich liebe dich."

Jedes Wort von Remy war wie Balsam für meine schmerzende Seele. Er liebte mich. Ich atmete aus, ohne zu realisieren, dass ich die Luft angehalten hatte, und gab mich ihm hin.

„Ich liebe dich auch, Remy", gestand ich ihm.

Daraufhin legte Remy seine Hand in meinen Nacken und zog mich zu sich. Vergnügen überrollte mich wie ein Wasserfall. Seine vertrauten Lippen waren mein Zuhause. Als er meinen Mund öffnete, verlor ich mich in ihrer Wärme. Und als seine Zunge auf die Suche nach meiner ging, wollte ich nicht, dass sie jemals wieder fortging.

Stromstöße durchfuhren uns. Wie konnte ich denken, dass ich ihm jemals fernbleiben könnte? Ich konnte es nicht. Und während unsere beiden Zungen tanzten und seine andere Hand meinen Hintern fand, wurde der Moment durch die Reaktion meiner besten

Freundin zerbrochen, die mich zum ersten Mal ihren Bruder küssen sah.

„Sollen wir gehen?", fragte Hil aufrichtig.

Als er mir in die Lippe biss, während er sich zurückzog, berührten sich unsere beiden Stirnen, als wir wieder die Realität fanden. In die Augen des anderen blickend, lachten wir.

„Nochmal, sollen wir gehen?"

„Nein, geht nicht", sagte Remy und richtete sich auf. „Ich werde auch eure Hilfe brauchen." Er wandte sich von Hil zu Cali. „Und auch deine", sagte er verletzlich.

Cali starrte ihn an.

„Ich denke immer noch, dass du ein Arschloch bist", schloss Cali ab.

Remy lachte. „Das ist meine beste Eigenschaft", scherzte er.

„Aber du hast mir geholfen, Hil zurückzuholen", gab Cali zu, seine Augen wurden weicher. „Also werde ich dir bei dem hier helfen."

„Wir beide werden das", stimmte Hil zu. „Es ist an der Zeit, dass auch wir anderen in dieser Familie unseren Beitrag leisten. Es liegt nicht alles bei dir. Wir sitzen in demselben Boot."

Erleichterung überkam Remy. „Danke. Ihr wisst nicht, was das für mich bedeutet. Also, irgendwelche brillanten Ideen?"

Ich überlegte, mein Kopf war voller Möglichkeiten. „Glaubst du, dass Armand irgendetwas hat, das ihn zu Fall bringen könnte?“

„Haben wir das nicht alle?“, sagte Remy mit einem schelmischen Grinsen. Als er unsere ratlosen Gesichter sah, fügte er hinzu: „Falsches Publikum. Ja, es besteht eine hohe Chance, dass Armand etwas hat, das ihn zu Fall bringen könnte. Was das sein könnte und wo wir es finden könnten, weiß ich allerdings nicht.“

„Befolgen nicht alle Mafiabosse das gleiche Handbuch?“, neckte Cali.

„Sicher, aber ich habe meine Ausgabe davon in die Bibliothek zurückgebracht. Wenn es nicht diese verdammten Überziehungsgebühren gäbe …“, antwortete Remy sarkastisch.

„Wie ich schon gesagt habe, Arschloch“, schloss Cali.

„Und wie ich gesagt habe, beste Eigenschaft“, neckte Remy und wurde wieder zu dem Mann, den ich liebte.

„Im Ernst, glaubst du, dass er etwas hat, das wir gegen ihn verwenden könnten?“, wiederholte ich und langsam formte sich eine Idee.

„Wieder ja. Aber es ist ja nicht so, als würde ich den Mann verfolgen. Es könnte alles und überall sein. Ich wüsste nicht, wo ich anfangen sollte.“

„Aber wenn es jemanden gäbe, der es wüsste?“, fragte ich.

„Eris? Keine Chance, dass sie mir helfen würde, ihren Vater zu stürzen. Sie ist gerade ziemlich sauer auf mich."

„Was ist passiert?", fragte ich, konnte meine Neugier nicht unterdrücken.

„Sagen wir einfach, ich habe sie zu einer unpassenden Zeit verlassen."

„Warum?"

„Weil du, wenn du merkst, dass du den Rest deines Lebens mit jemandem verbringen möchtest, es sofort beginnen willst", sagte Remy und erfasste meine Seele.

„Cali, warum sagst du mir nie solche Dinge?", fragte Hil ihren Freund.

Cali stöhnte und blickte auf Remy. „Arschloch."

„Schwesternschänder", konterte er ohne zu zögern.

„Okay, ihr beiden", sagte ich, um die beginnende Diskussion zu beenden. „Ich denke an Jimmy."

„Der FBI-Agent?", fragte Remy überrascht.

„Du bist mit einem FBI-Agenten befreundet?", fragte Hil verwirrt.

„Oh, nicht nur FBI. Er arbeitet in der Abteilung für organisiertes Verbrechen", erklärte Remy, froh, jemanden zu finden, der ihn verstehen konnte.

„Du bist mit einem FBI-Agenten befreundet, der in der Abteilung für organisiertes Verbrechen arbeitet?", wiederholte Hil und überließ Cali das Fragen.

„Er ist ein Freund aus der Grundschule. Wir sind im selben Haus aufgewachsen. Ich bin ihm über den Weg gelaufen, als ich nach einem Ort für Remys Projekt gesucht habe", versuchte ich zu erklären.

„Und dann hat sie ihn gebeten, Mitglied im Vorstand des Gemeindezentrums zu werden", fügte Remy hinzu, der dies sichtlich genoss.

„Du hast einen FBI-Agenten eingeladen, im Vorstand des Gemeindezentrums zu sein?", fragte Hil verblüfft.

„Das habe ich auch gesagt!", fügte Remy freudig hinzu.

„Es gibt viele Gangs in der Gegend. Er hat angeboten, mir zu helfen, das Zentrum zu einem sicheren Ort zu machen."

„Siehst du nicht, wie das eine fragwürdige Entscheidung hätte sein können, wenn man bedenkt, wer alles bezahlt hat?", Hil insistierte.

„Nicht du auch noch, Hil. Seht mal, ich habe getan, was ich für das Beste von allen hielt", sagte ich und begann meine Entscheidung zu bedauern. „Wenn ihr wollt, dass ich ihn aus dem Vorstand entferne, werde ich das tun."

Als er sah, wie ich anfing zu schwitzen, sprang Remy ein.

„Nein, nein. Ich bin sicher, dass jede Entscheidung, die du triffst, die richtige ist. Und im Gefängnis gibt es doch Besuchsrechte für Ehepartner, oder? Es ist nicht so, dass 10 bis 20 Jahre Trennung uns auseinanderbringen könnten."

Unter dem Druck zusammenbrechend, quietschte ich. „Es tut mir leid. Ich werde ihn sofort entfernen."

„Wir ärgern dich nur", erklärte Remy mit einem Lächeln. „Hil, sag Dillon, dass du sie nur aufziehst."

Als Hil nicht antwortete, sagte Remy es noch einmal. „Hil, sag deiner besten Freundin, dass es ein Scherz war."

„Es war ein Scherz", sagte sie nur halbherzig.

Ich sah Remy an, dessen Augen zwischen seiner Schwester und Cali hin und her sprangen.

„Okay Leute, ich werde das nur noch einmal sagen. Ich bin nicht mein Vater. Ich bin ein legitimer Geschäftsmann. Unsere Familie ist jetzt komplett sauber. Es gibt nichts, was Dillons FBI-Freund uns anlasten könnte, egal wie sehr Cali möchte, dass er das tut."

„Remy?"

„Spaß!"

„Arschloch!"

„Hinterwäldler."

Hil sah uns an. „Jetzt, wo wir diesen Teil des Morgens hinter uns haben, was steht als Nächstes an, Remy?"

„Was meinst du?"

„Du hast Dillon gefunden. Du hast sie zurückgewonnen. Und jetzt?"

„Einen Plan ausarbeiten, schätze ich", sagte Remy unsicher.

„Nun, du hast gesagt, dass du unsere Hilfe brauchst, um ihn zu erarbeiten. Wie wäre es, wenn du hier bei uns bleibst?"

„Bei uns?", protestierte Cali schnell.

„Dillon ist schon hier. Er wird in ihrem Zimmer bleiben." Hil wandte sich an uns beide. „Oder?"

Ich sah Remy an. „Du kannst gerne bleiben. Es wird einige Tage dauern, bis wir einen Plan ausgearbeitet haben."

„Du schlägst vor, ich bleibe in Hintertupfingen?"

„Wenn er unsere Stadt so respektlos behandelt …"

„Ich mache nur Spaß. Woran liegt es, das Bergbewohner keinen Spaß verstehen? Liegt es an der Inzucht?"

Cali ging auf Remy zu und packte sein Hemd. Remy ließ es mit einem Lächeln geschehen.

„Er versucht, dich auf die Palme zu bringen", erklärte Hil.

„Es funktioniert", stellte Cali fest.

„Lass es nicht zu."

„Und Remy, du sagtest, du brauchst unsere Hilfe. Das beinhaltet auch Cali. Also sei nett!"

„Okay, okay. Ich werde nett sein. Ich bin sicher, ihr habt eine charmante Stadt voller liebenswerter Menschen."

Calis angespannte Haltung löste sich schließlich und er ließ ihn los.

„Und ich bin sicher, nur die Hälfte von euch teilt denselben Vater", fügte Remy hinzu, weil er sich nicht zurückhalten konnte.

Calis Kopf schnellte zu Remy herum, aber diesmal reagierte er nicht. Er starrte ihn nur an.

„Remy?", tadelte ich.

„Gut, ein Viertel von euch."

„Remy!"

„Es gibt einfach so viele …"

„Remy, du brauchst seine Hilfe."

Er seufzte und sammelte sich.

„Das hier", sagte er und gestikulierte auf die Pension, „ist … bezaubernd. Wirklich bezaubernd. Du solltest stolz sein, an einem solchen Ort aufgewachsen zu sein. Hil und ich hatten dieses Glück nicht und ich bin sicher, es hat uns nicht gutgetan."

Remy wandte sich an mich.

„Bist du zufrieden?"

„Bin ich", antwortete ich überrascht von seiner einfühlsamen Seite.

„Danke", antwortete Cali plötzlich verwirrt und entwaffnet. „Du, ähm, möchtest du etwas Frühstück? Deine Schwester kennt sich wirklich in der Küche aus."

„Tut sie das?", fragte Remy mit geschockter Begeisterung. „Das ist eines dieser Dinge, die ich sehen muss, um sie zu glauben", sagte mein Mann, bevor er sich an den Tisch setzte und zum ersten Mal Teil unserer Gruppe wurde.

Nachdem wir Hils beeindruckendes Frühstück genossen hatten, spülte Cali das Geschirr, während wir vier einen Plan ausarbeiteten. Remy beschrieb die Ideen von Hil und mir als lächerlich naiv, obwohl er sicher war, ein Kompliment einzuflechten, wenn es von mir kam. Und mein Mann beschrieb Calis Vorschläge als psychopathisch, was sie in Wahrheit auch waren.

„Wir könnten einfach das ganze Gebäude in die Luft sprengen und damit wäre es erledigt", schlug Cali vor, während er einen Teller spülte.

„Und das ist eine Option", antwortete Remy und fragte mich dann stumm ‚Meint er das ernst?'.

Ich sah Hil für die Antwort an. Hils Augen huschten zwischen uns beiden hin und her mit einem Blick, der deutlich machte, dass sie es nicht wusste.

„Das ist genau das, was er uns angetan hat", klärte Cali auf. „Ist das nicht genau das, was Menschen wie er tun?"

„Richtig. Die Bombe im Kofferraum", erinnerte Remy uns an das, was Armands Handlanger getan hatte, als er versuchte, Hil zu töten. „Angenommen, wir platzieren eine Bombe in seinem Haus und töten ihn. Wir hätten einen Menschen getötet. Du, mit deinem Kleinstadt-‚Ach herrje', und bitte und danke, glaubst du, du könntest damit leben?"

„Warum sollte es uns kümmern, was mit ihm passiert?", fragte Cali bitter.

„Okay", sagte Remy unbehaglich. „Ich weiß, er hat dich angeschossen …"

„Ja, er hat auf mich geschossen", sagte Cali mit Gift in der Stimme.

„Ich weiß, er hat auf dich geschossen", wiederholte Remy und versuchte, ihn zu beruhigen. „Aber du könntest nicht mit dir selbst leben, wenn du Teil davon wärst. Ja, Armand ist ein Stück Müll, das es nicht verdient zu leben. Aber du willst nicht die Person sein, die das geschehen lässt. Glaub mir."

Ein Knoten bildete sich in meinem Bauch, als ich Remys Appell hörte. Es war genauso für Hil und Cali.

„Ich habe noch nie jemanden umgebracht!", schrie Remy, als er unsere Blicke auf sich spürte. „Herrgott! Was denkt ihr alle von mir?", fragte er, bevor er aufstand und hinausstürmte.

Ich sah Hil und Cali an, während die beiden mich ansahen. Remy hatte recht. Wir alle dachten es.

„Ich sollte wohl mit ihm reden", sagte Hil zögernd.

„Nein, ich mache das", sagte ich in der Hoffnung, dass die gemeinsame Zeit das Gespräch erleichtern würde.

Als ich die Küche und die Pension verließ, sah ich Remy in seinem Auto sitzen. Ich hatte halb erwartet, dass er wegfährt, aber das tat er nicht. Er saß einfach nur hinter dem Steuer. Also gesellte ich mich zu ihm.

„Dass die Leute das denken, war viel einfacher, als es mir egal war", gestand Remy, als meine Tür geschlossen war.

Ich drehte mich auf dem Sitz zu ihm um und legte eine Hand auf sein Knie.

„Wie war es, so aufzuwachsen, wie du aufgewachsen bist? Es kann nicht einfach gewesen sein."

„Unser Vater hat sich um seine Familie gekümmert. Nicht einmal habe ich daran gezweifelt, dass er uns geliebt hat. Er hat es ständig gesagt. Aber, mein Vater war kein guter Mensch. Ich habe ihn Dinge tun sehen, für die er in der Hölle brennen würde, wenn es sie gäbe."

„Wie was?", fragte ich zögerlich.

„Das möchtest du nicht wissen."

„Du hast recht. Ich möchte es nicht wissen. Ich möchte lieber an deinen Vater als den Mann denken, der meine Mutter gut behandelt hat und mir das Studium bezahlt hat. Dein Vater war immer nur freundlich zu mir und ich würde gerne glauben, dass er so war."

„Und so solltest du ihn in Erinnerung behalten."

„Nein, sollte ich nicht."

„Warum nicht? Er ist jetzt weg. Was macht das schon aus?"

„Es ist wichtig, weil du nicht das Gewicht dessen, was du gesehen hast, alleine tragen solltest."

Remy sah mich an und wurde weicher. „Du
könntest es nicht ertragen. Die Dinge, die ich gesehen
habe …“

„Weißt du, ich bin nicht so hilflos, wie die Leute
denken. Ich bin ziemlich stark.“

Remy lächelte. „Ich weiß, dass du es bist. Du bist
die stärkste Person, die ich kenne. Aber du hast deine
eigenen Probleme zu bewältigen. Wenigstens hatte ich
einen Vater, so verrückt wie er war. Du musstest dich
selbst erziehen.“

„Ich hatte meine Mutter“, fügte ich schnell hinzu,
als ich mich angegriffen fühlte.

„Ja, aber ich weiß, dass sie viel arbeiten musste.
Sie hat mehr Zeit mit unserer Familie verbracht als mit
dir“, sagte er mit einem Anflug von Traurigkeit.

Das brachte mich zum Schweigen. Er lag nicht
falsch. Und das könnte der Grund gewesen sein, warum
ich begonnen hatte, meinen Vater von der anderen
Straßenseite aus zu beobachten.

„Du hast recht. Eine Zeit lang hatte ich das
Gefühl, dass ich mich selbst aufziehe. Aber du bist mit
einer Vollzeit-Mutter und einem Vater aufgewachsen.
Hast du weniger Probleme als ich?“

Remy sah nachdenklich nach unten.

„Vielleicht nicht. Hör zu, ich wollte nicht …“

„Du hast es nicht gesagt“, unterbrach ich ihn,
wissend, dass er es nicht hatte. „Ich versuche dir nur zu
sagen, dass ich für dich da sein möchte. Ich möchte dir

helfen, was auch immer dich belastet. Ich bin stark genug. Ich kann es ertragen. Und ich möchte nicht, dass du dich allein fühlst. Nicht, während ich in der Nähe bin“, sagte ich und drückte sein Knie.

Remy sah mich nachdenklich an. Als seine Entscheidung getroffen war, sagte er: „Ich habe einmal gesehen, wie mein Vater einen Mann amputiert hat.“

„Wie meinst du das?“

„Ich meine, er hat damit angefangen, ihm mit einer Strauchschere jeden einzelnen Finger abzutrennen, bevor er zu mit einer Handsäge seinen Gliedmaßen überging.“

Schock und Übelkeit durchzuckten mich. „Ich verstehe nicht. Warum?“

„Er hatte Informationen, die mein Vater wollte, und er gab sie nicht preis.“

„Und er hat einfach seine Gliedmaßen abgetrennt, um sie zu bekommen?“

„Und er hat mich zusehen lassen“, gab Remy mit Schmerz in den Augen zu.

„Was?“

„Es war nicht nur ich. Es war seine ganze Mannschaft. Ich glaube, er wollte allen zeigen, was passieren würde, wenn auch nur einer von ihnen ihn jemals verraten würde.“

Ich musste mich sammeln, um die Information zu verdauen.

„Bist du in Ordnung?", fragte Remy und berührte diesmal mein Knie.

„Gib mir eine Sekunde", gestand ich ihm ein.

Er ließ mir die Zeit, und es war genug für mich, um zu beginnen, was ich gehört hatte, zu verarbeiten.

„Also, siehst du, wenn Hil oder du denkt, dass ich wie mein Vater bin, bedeutet das für mich etwas ganz anderes."

„Ich verstehe das", sagte ich mitfühlend. Ich machte eine Pause. „Ich hoffe, das ist das Schlimmste, was du deinen Vater hast tun sehen?"

Remy lachte. „Wie wär's, wenn wir es für heute dabei belassen? Wir reden über ein ganzes Leben voller Dinge. Ich hatte Zeit, das zu verdauen. Es könnte ein bisschen viel sein, alles auf einmal zu hören."

„Das ist fair", gab ich erleichtert zu, dass ich nicht mehr hören musste.

Remy drehte sich herum und starrte nach vorn auf das farbenfrohe Kolonialstilgebäude vor uns.

„An was denkst du?", fragte ich und hatte Angst vor dem, was ich hören würde.

„Du hattest recht. Es hat geholfen, dir das zu erzählen." Er drehte sich zu mir. „Es ist viel, weißt du. Aber ich fühle mich ein bisschen leichter", sagte er mit einem Lächeln.

„Ich freue mich", sagte ich, obwohl ich mir meine Begeisterung einredete.

„Ich hätte es dir nicht sagen sollen, oder? Ich habe dich traumatisiert", sagte er mit Bedauern.

„Nein", sagte ich, bevor ich meinen Kopf senkte, wissend, dass es eine Lüge war. „Ich meine. Ja, es ist viel. Aber das ist es, was Lastenteilung bedeutet. Es bedeutet, dass nicht eine Person alles tragen muss. Wir teilen die Last. Und ich bin stark genug. Ich kann es ertragen. Obwohl, ich bin vielleicht noch nicht bereit, gerade wieder reinzugehen", sagte ich und zwang mich zu einem Lächeln.

Nachdem er mich einen Moment angeschaut hatte, drehte Remy sich um und startete das Auto.

„Wohin gehen wir?"

„Ich glaube, wir können den Rest des Tages frei nehmen. Es gibt ein paar Orte hier in der Umgebung, die ich mir angesehen habe, als ich überlegt habe, wie ich Hil abholen könnte."

„Du meinst, als du sie entführt hast?"

„Kartoffel, Pommes."

„Das ist nicht das Gleiche."

„Eh", sagte Remy mit einem Schulterzucken, bevor er losfuhr.

Wir fuhren, was sich wie 30 Minuten anfühlte, und hielten schließlich am Straßenrand an.

„Wo sind wir?", fragte ich und sah durch die Windschutzscheibe auf ein Meer von Bäumen vor uns.

„Wusstest du, dass es in dieser Gegend mehr Wasserfälle gibt als irgendwo sonst im Land?"

Ich wandte mich überrascht an Remy. „Wie weißt du das?“

„Ich musste hier tagelang warten, um den besten Zeitpunkt zu finden, um Hil anzusprechen. Ich hatte viel Zeit.“

„Also hast du die Stadt recherchiert?“

„Ich habe eine Google-Suche gemacht.“

„Und dann? Bist du Wandern gegangen?“

„Dein Ton lässt mich denken, dass du nicht verstehst, wie viel Zeit ich totschlagen musste.“

Ich lehnte mich in meinem Sitz zurück und dachte darüber nach.

„Also, nachdem Hil dich erwischt hat, wie du vor ihrer Pension geparkt hast, bist du weggefahren und hast was gemacht?“

Remy dachte darüber nach. „Ich habe wahrscheinlich in einem Diner gefrühstückt. Ich habe vielleicht eine Wanderung gemacht, die ich in meiner Wander-App markiert hatte.“

„Du hast eine Wander-App?“

„Ich habe sie heruntergeladen, als ich hier war. Es gibt hier so viele Wanderwege.“

„Lass mich das klarstellen. Nachdem du Hil glauben gemacht hast, dass jemand gekommen war, um sie umzubringen, hast du eine Wanderung durch die Natur gemacht?“

„Erstens, es war jemand hier, um sie zu töten und das war nicht ich. Zweitens, du hast keine Ahnung, wie schön diese Wege sind. Ich zeige dir das. Los, gehen wir", sagte er, klopfte mir aufs Bein und stieg dann aus dem Auto.

Als ich Remy in den Wald folgte, musste ich zugeben, dass er recht hatte. Ich hatte mich geweigert, all das zu machen, als Hil es vorgeschlagen hatte, weil, du weißt schon, Insekten. Aber ich hatte noch nie einen schöneren Ort gesehen.

Die üppigen Bäume, die scheinbar endlos waren, der plätschernde Bach, den wir mehrmals überquerten, sie beruhigten mich. Und als wir nach einer Meile einen von einem Wasserfall gespeisten Teich erreichten, war ich bereit, mich hinzusetzen und alles in mich aufzunehmen.

„Ich wusste nicht, dass solche Orte existieren", gestand ich, von allem überwältigt.

„Ich dachte dasselbe."

„Aber du machst ständig Witze über Cali, weil er von hier kommt?"

„Oh, nur weil er aus einem schönen Ort kommt, hindert das ihn nicht daran, ein Hinterwäldler zu sein. Beides kann wahr sein", sagte Remy mit einem teuflischen Grinsen.

Ich wollte es nicht, aber ich lachte.

„Cali ist ein guter Kerl", stellte ich klar.

„Ich weiß, ich weiß. Er ist perfekt. Nicht ein einziges Mal musste er zusehen, wie sein Vater einen

Menschen zerstückelte. Ich habe es kapiert. Er ist besser als ich."

„Er ist nicht besser als du. Er ist nur nicht so schlimm, wie du es dir vorstellst. Du weißt, er könnte dein Schwager werden, richtig?"

„Und ich werde mich freuen, ihn zu haben. Ich muss mir nur noch ein paar mehr Hinterwäldler-Witze einfallen lassen für die Rotation. Aber das ist es, was man für die Familie tut", sagte er mit einem spöttischen Grinsen, bevor er sein Hemd aufknöpfte.

„Was machst du da?"

„Dachtest du, ich habe dich hierhergebracht, um dir die Bäume zu zeigen? Wir sind hier, um dich nackt zu sehen", sagte er mit einem teuflischen Grinsen.

Ich lachte unsicher, ob er es ernst meinte. Wie sich herausstellte, meinte er es ernst. Ich sah zu, wie Remy sich splitternackt auszog und dann kopfüber ins Wasser sprang. Ich war schockiert.

„Komm rein, das Wasser ist perfekt."

Ich schaute mich um, wo wir waren und fragte mich, ob Remy den Verstand verloren hatte.

„Scherzt du? Wir sind mitten im Nirgendwo. Ein Bär könnte uns fressen oder so."

„Ich glaube, du hast den wichtigsten Teil von dem übersehen, was du gerade gesagt hast. Wir sind mitten im Nirgendwo. Es gibt niemandem im Umkreis von Meilen", sagte er, während er im Wasser planschte.

„Genau, es ist also niemand da, der mich schreien hören könnte.“

„Genau. Es ist niemand da, der dich schreien hören könnte“, sagte er, endlich seine Pointe machend.

Mein Herz klopfte, als ich den Mann anschaute, den ich mein ganzes Leben begehrt hatte. Er war wunderschön. Mit seinen scharfen Wangenknochen und der gemeißelten Kieferlinie sah er aus, als wäre er aus Marmor gemacht.

„Kommst du zu mir?“, fragte Remy suggestiv.

„Ich sollte nicht“, sagte ich verwirrt.

„Aber willst du? Ich würde es sehr mögen, wenn du es tätest“, sagte er verführerisch.

Remys feurige Augen blickten in mich hinein. Es war, als hätte ich die Kontrolle verloren. Ich musste zu ihm gehen. Ich musste ihm nahe sein. Also stand ich auf und zog meine Kleidung aus.

„Dieses Wasser ist nicht perfekt. Es ist eiskalt!“, rief ich auf, als ich auftauchte.

„Dann lass mich dich aufwärmen“, sagte Remy und zog mich zu sich.

Er suchte einen Platz, an dem er stehen konnte, und zog mich in seine Arme. Sein nackter Körper presste gegen meinen. Ich konnte jeden Teil von ihm spüren, seine muskulöse Brust, seinen flachen Bauch und seinen zunehmend harten Schwanz.

„Ich, ähh, möchte dir keine falschen Vorstellungen geben“, sagte ich langsam, während ich die Kontrolle über meine Gedanken verlor.

„Und welche Vorstellung ist das?“, fragte er, seine Lippen dicht genug an meinem Ohr, um seinen heißen Atem zu spüren.

„Dass ich will, dass etwas zwischen uns passiert.“

„Ich würde niemals mehr tun, als das, was du willst. Was möchtest du, dass ich tue, Dillon?“, fragte er und schickte Schauer meinen Rücken hinunter.

In einem Augenblick fühlte ich mich erregt.

„Was möchtest du, dass ich tue, Dillon?“

Wären wir nicht im kalten Wasser gewesen, hätte ich geschwitzt.

„Ich will, dass du …“

„Was?“

„Küss mich“, sagte ich zitternd.

Er legte seine Wange an meine, unsere Kinnspitzen berührten sich. Es war genug für ihn, seine Lippen näher an die meinen zu bringen. Als ich seinen warmen Körper gegen mich drücken spürte, reagierte ich nicht. Ich wusste nicht warum, aber ich fühlte mich schüchtern. Es war, als wäre dies mein erstes Mal. Und ohne zu fragen, wurde er mein geduldiger Lehrer.

Sanft drängte er meine Lippen auseinander, und ich spürte seine Zunge an meiner. Es ließ mein Gehirn funkeln. Seine Zunge strich und drängte gegen meine und bat sie, sich der seinen anzuschließen. Als unsere beiden sich vereinten, war seine Macht über mich offensichtlich. Ich war sein, um mit mir zu tun, was er wollte, und ich wollte alles.

In unserem Kuss verloren, fühlte ich mich erneut erweckt durch sein hartes Glied, das gegen mich rieb. Es raubte mir den Willen. Als seine untere Hand um meinen Hintern griff, schlug mein Herz schneller. Ich brauchte mehr und bewegte meine Hüften, um ihm näher zu kommen.

„Was willst du sonst noch, dass ich tue?", fragte er wieder, mir ins Ohr flüsternd.

Ich antwortete nicht.

Er rieb sein Glied gegen mich und weckte das Verlangen in mir.

„Sag mir, was du willst", insistierte er und schwächte meinen Widerstand.

„Ich will …"

„Was willst du?"

„Ich will …", begann ich wieder, sofort betrunken von dem Gedanken.

„Sag es mir", forderte er. „Ich will es von dir hören."

„Ich will dich", sagte ich, wissend, dass es wahr war.

Sofort hob er mich in seinen Arm, und ich hielt mich an ihm fest. Mit meinen Armen um seinen Hals war meine Schüchternheit weg. Während er uns zum Wasserfall führte, küsste ich seine Lippen. Ich wusste nicht, wohin er mich brachte, aber solange ich bei ihm war, war es mir egal.

Als wir unter den Wasserfall traten, hüllte der Wasserfall uns ein. Das Gefühl war intensiv. Als wir da standen, spürte ich, wie seine Spitze meine Schenkel durchdrang. Sie suchte nach meiner Öffnung und ich wollte, dass sie sie fand. Als sie es tat, entspannte ich meine Beine und spürte, wie seine Eichel gegen mich drückte. Das machte mich verrückt.

Ich brauchte mehr und bewegte meine Hüfte, um ihn in mir zu spüren. Alles, was ich spürte, war der Druck. Ich ließ mein ganzes Gewicht auf seinen Schwanz sinken, ich flehte stumm darum, ihn in mir zu spüren. Er tat es nicht. Es war das Wasser. Die Reibung war zu groß.

Dann, mit meinem Hintern immer noch in seinem Arm, traten wir durch den Wasserfall auf seine Rückseite. Das Echo des Aufpralls sagte mir, dass wir uns in einer Höhle befanden. Das Wasser war hier flacher.

Remy trug mich aus dem Wasser und legte mich auf den weichen Boden des Ufers. Ich wollte unseren Kuss nicht beenden und hielt so lange wie möglich an ihm fest. Es war nicht lange. Und als die Verbindung unterbrochen war, griff er hinter meine Knie und hob meine Hüften in die Luft.

Das Gefühl von Remys Zunge an meiner Muschi war elektrisierend. Ich hatte noch nie so etwas gefühlt.

Unter seiner Berührung zuckte ich und mein Eingang öffnete sich für ihn. Und als die Spitze seiner Zunge das Innere meiner nassen Öffnung kitzelte, wussten wir beide, dass ich bereit war.

Sanft mit seinen Körper an meinen gleitend, legte er meine Ferse auf seine Schulter und beugte sich herunter, um meine Lippen zu küssen. Seine Zunge fand erneut den Weg in meinen Mund. Es war ein willkommenes Gefühl.

Als er meine Lippen teilte, berührte seine Spitze meine Öffnung. Ich umschlang seine Zunge mit meiner, und ein Karussell der Gedanken begann zu kreisen, als er zustieß.

Der Schmerz durchflutete mich. Seine Größe tat weh, bis er mit einem leisen Ploppgeräusch in mir war. Mein Inneres umklammerte seinen Schwanz.

Er drang langsam in mich ein, und ich erstarrte, fühlte jeden Zentimeter von ihm. Es fühlte sich so gut an, dass ich hätte weinen können. Mit seinem Schritt an mir, zog er sich langsam zurück. Mein Mann hatte nicht nur einen großen Umfang, sondern war auch lang. Es schien eine Ewigkeit zu dauern, bis seine Spitze andeutete, herauszukommen.

Als er es schließlich tat, positionierte er sich erneut über mir und stieß wieder hinein. Remy schlief mit mir. Ich war nicht bereit dafür, aber ich wollte nicht, dass er aufhörte. Er füllte mich vollständig aus. Meine Augen rollten vor Vergnügen zurück. Und als er meine

Brustwarzen im Takt seiner Bewegungen zusammenzog, verlor ich die Kontrolle.

„Ahhh", stöhnte ich und deutete ihm an, dass ich kurz davor war.

„Ja", stöhnte er mir zu und gab mir die Erlaubnis zu schreien.

„Ja! Ja!"

„Genau so. Ich will es hören", sagte er und stieß härter zu.

„Mehr, gib mir mehr."

Remy kam meinem Wunsch sofort nach. Ich hatte noch nie so viel Lust empfunden. Wenn er mich nicht festhielt, wäre ich davongeschwebt. Und als das Prickeln meinen Körper entflammte, tanzte es durch mich und setzte sich tief in mir fest.

„Ich komme gleich, ich komme gleich", schrie ich, während meine Zehen sich krümmten, als ob sie brechen wollten.

„Ahhh", schrie ich, als mein Körper sich schmerzvoll zusammenzog und sich dann in Ekstase ergoss.

Als ich mich hingab, hielt Remy mich noch fester. Es dauerte nicht lange, bis er erschöpft auf mir zusammenbrach. Mir ging es genauso.

Auch wenn die Berührung seiner Haut die empfindliche Stelle meiner Klitoris in eine Flut von Zuckungen versetzte, entspannte ich mich, als Remy mich umschlang. Alles fühlte sich so gut an, dass ich kaum klar denken konnte. Er war warm und bequem und es gab keinen anderen Ort auf der Welt, an dem ich lieber sein wollte. Ich wollte nie, dass das hier aufhört.

„Ich liebe dich", flüsterte Remy in mein Ohr.

„Ich liebe dich auch", flüsterte ich zurück.

„Ich will nie wieder von dir getrennt sein", sagte er mit herzzerreißender Emotion.

„Du bist der einzige Mann, den ich je wollte", gestand ich ihm, im Wissen, dass ich ihn nicht noch einmal verlassen könnte, auch wenn ich es versuchen würde.

Es fühlte sich an, als hätten wir für immer dort gelegen, aber schließlich mussten wir aufstehen. Im Wissen, dass wir uns abwaschen mussten, kehrten wir zum eiskalten Teich zurück. Als wir unter dem Wasserfall duschten, konnte ich meine Augen nicht von Remy abwenden. Er musste der schönste Mann der Welt sein und er gehörte mir. Ich war bereit, bis zum Tod um ihn zu kämpfen. Remy war mein Alles geworden.

Als wir Stunden nach unserer Abreise zur Pension zurückkehrten, fanden wir Cali und Hil auf der Rückseite des Decks, wie sie mit zwei Männern sprachen.

„Das sind meine Brüder, Titus und Claude", erzählte Cali uns zu unserer Überraschung.

Es war nicht so, dass sie nicht wie er aussahen. Sie taten es. Es war eher so, dass Claude schwarz war und dunkler als ich.

Als ich erneut nach der Familienähnlichkeit suchte, war sie unverkennbar. Wenn sie lächelten, verschluckten ihre tiefen Grübchen die ganze Aufmerksamkeit. Gott, waren die heiß.

„Ich dachte, sie könnten uns bei diesem Ding helfen, an dem du gearbeitet hast", sagte Cali zu Remys Überraschung.

„Warum denkst du das?" antwortete Remy, mit seinem Lächeln, das er verwendete, um seinen Ärger zu verbergen.

„Sie haben mir geholfen, Hil sicher zu halten, als …"

„Als ich sie holen kam?"

„Als wir fast von einer Bombe getötet wurden", sagte Cali genervt.

„Richtig. Und ich bin dankbar dafür. Aber ich bin sicher, diese feinen Herren haben Besseres zu tun, als … mir beim Umziehen zu helfen", sagte Remy in Codeworten.

„Das sind meine Brüder. Wenn ich sie bitte dir beim „Umzug" zu helfen, dann tun sie es. Und ich würde denken, dass du dankbar sein solltest, weil wir die Unterstützung brauchen."

„Wir brauchen keine Hilfe."

„Glaubst du, wir vier können das alleine schaffen?", sagte Cali, und machte sich über Remy lustig.

„Natürlich nicht“, sagte Remy defensiv. „Deswegen beauftragt man Profis.“

„Profis für … einen Umzug?“

„Ja.“

„Kennst du Profis, die dir beim Umzug helfen könnten?“

Remy war gerade dabei, seinen Charme zu nutzen, um das Gespräch zu beenden, als er innehielt. Sein Charme war verschwunden.

„Ich kenne jemanden, der helfen kann“, sagte Remy überrascht.

Er drehte sich zu mir.

„Ich kenne jemanden, der helfen kann“, sagte er strahlend.

„Wirklich? Wen?“, fragte ich, ohne zu ahnen, was als Nächstes passieren würde.

Kapitel 13

Remy

Ich trat durch die Türen des Gemeindezentrums und war beeindruckt vom regen Treiben im Inneren. Kinder flitzten von Raum zu Raum, während Freiwillige Nachhilfe gaben, Essen zubereiteten und Spenden verteilten. Dillon hatte hier etwas Wunderbares geschaffen.

Mit den Augen durchsuchte ich die Menge, bis sie an ihr hängen blieben. Dort stand sie, mein Herz setzte einen Schlag aus. Es war kaum zu glauben, dass sie endlich mir gehörte. Das Einzige, was uns noch daran hinderte, vollständig zusammen zu sein, war Armand, und ihn aus dem Bild zu bekommen, war der heutige Plan.

„He, du", sagte Dillon und näherte sich mit einem schüchternen Lächeln, das mich zum Schmelzen brachte.

„Der Ort sieht großartig aus. Du hast wirklich etwas Besonderes hier aufgebaut", sagte ich aufrichtig.

Dillons Wangen röteten sich bei meinem Kompliment. „Wir haben das beide geschafft. Ohne dich wäre nichts davon passiert."

Ich wollte protestieren, doch dann hielt ich inne. Dillon hatte recht – meine Rolle bei alldem konnte nicht geleugnet werden. Aber ihr Herz und ihre Vision waren es, die diesen Ort zum Leben erweckten.

„Sind alle hier?", fragte ich und wechselte das Thema.

Sie nickte. „Fast alle. Sie warten in meinem Büro. Nur zur Warnung, Cali ist noch angespannter als sonst."

„Okay, was hast du ihm gesagt?", scherzte ich.

„Nichts!", erklärte sie, mit ihren wunderbaren, milchschokoladenfarbenen Augen, die meine Verteidigung durchbrachen.

„Du hast nicht zufällig erwähnt, dass es um duellierende Banjos geht, oder? Denn das behalte ich für mich in Reserve."

„Ich verstehe die Anspielung nicht", sagte Dillon und sah mich verwirrt an.

„Es gibt eine Szene in diesem Klassiker namens 'Beim Sterben ist jeder der Erste', in der zwei Hinterwäldler einen Kerl kidnappen und ihn zwingen wie ein Schwein zu quieken. Quiek wie ein Schwein! Quiek wie ein Schwein!", zitierte ich in meinem besten Landei-Akzent.

„Remy, er ist nur hier, um zu helfen. Kannst du zu ihm wenigstens nett sein, solange er noch sein Leben für uns riskiert?"

Ich senkte den Kopf und wusste, dass die Liebe meines Lebens recht hatte. „Bei Cali kann ich einfach nicht anders. Es ist so einfach, ihn aufzuziehen."

„Versuch es. Für mich. Bitte", bat Dillon, um sicherzustellen, dass ich es tun würde.

„Alles für dich", erwiderte ich, bevor ich ihre Schultern umfasste und sie küsste. Es war viel zu lange her, dass ich das getan hatte.

„Sollen wir das jetzt tun?", fragte Dillon, als ich sie losließ.

„Es gibt keinen besseren Zeitpunkt als jetzt", sagte ich, bevor ich sie zu ihrem Büro führte.

Beim Betreten sah ich mich um. Cali lief nervös auf und ab, während Hil und Dillons FBI-Freund Jimmy auf dem Sofa saßen.

„Wo ist dein professioneller Freund?", fragte Hil und sah mich als Einzige an.

„Ja, wo ist dieser Meisterverbrecher, von dem du immer schwärmst?", schnauzte Cali.

Meine Augen huschten zu Jimmy.

„Meisterverbrecher bei Brettspielen, meinst du wohl", stellte ich klar.

„Bei Brettspielen?", Cali verstand nicht, warum ich das gesagt hatte.

„Ja. Das habe ich dir doch gesagt, erinnere dich. Es gibt niemanden, den ich kenne, der ihm bei ‚Cluedo‘ das Wasser reichen könnte.“

„Wovon redest du?“, fragte er verwirrt.

Jimmy fiel Cali ins Wort. „Schau, es ist mir völlig egal, in welchen Spielen er gut ist. Die einzige Frage ist, kann er uns dabei helfen, Armand hinter Gitter zu bringen?“

„Ist das die offizielle Haltung des FBI?“, fragte ich angespannt.

„Oh“, sagte Cali, bevor er wieder zu gehen begann.

„Alles, worum sich das Büro kümmert, ist, den größten Verbrecherboss von New York hinter Gitter zu bringen.“

Cali hielt an, starrte Jimmy schweigend an.

Ich erwiderte: „Gut. Das sollten wir uns merken“, gerade rechtzeitig, als meine Trumpfkarte hineinkam.

„Entschuldigung, dass ich zu spät bin“, sagte eine französische Stimme und zog unsere Aufmerksamkeit auf sich. „Es war schwierig, einen Parkplatz zu finden, ohne dass ich ermordet werde“, scherzte er mit einem Lächeln.

Mein modischer Cousin kam herein und sah sich um. „Ah, Amerikaner“, sagte er und tat unser zusammengewürfeltes Team sofort ab.

„Wer zur Hölle ist das hier?“, knurrte Cali und er konnte augenblicklich alles an ihm nicht leiden.

Ich grinste. „Der beste Spielemacher, den du je treffen wirst.“

Lucien zog eine Augenbraue hoch. „Was ist das, ‚Spielemacher‘?“

„Lucien, ich möchte dir Jimmy vorstellen. Er arbeitet für das FBI.“

Ein Funke der Erkenntnis schoss über das Gesicht meines Cousins. „Ah, Spielemacher, wie, wie sagt man, bei Videospielen? Ja, natürlich“, sagte er und schüttelte Jimmys Hand.

Jimmy sah uns unbeeindruckt von unserer List an. „Sollen wir jetzt weitermachen?“

„Ja, wir sollten“, sagte Lucien und setzte sich neben mich. „Was genau sollen wir hier wieder tun?“

Jimmy sah mich genervt an. „Er weiß es nicht?“

„Natürlich nicht,“ sagte Cali und fing noch nervöser an, hin und her zu laufen.

„Er weiß es!“, klärte ich auf. „Aber ich werde es noch einmal sagen, damit wir alle auf dem gleichen Stand sind. Wir sind hier, um die Bücher von Armand zu stehlen.“

„Bücher?“, fragte Lucien verwirrt.

„Buchhaltungsbücher“, ergänzte Jimmy. „Eine FBI-Quelle hat uns mitgeteilt, dass er zwei Buchführungen führt. Eine ist korrekt. Die andere ist für den Fiskus. Wenn wir beide zu fassen bekommen, können wir ihn wegen Steuerhinterziehung hinter Gitter bringen.“

Hil lachte. „Nach allem, was er getan hat, wird er wegen Steuerhinterziehung einsetzen?"

„Sofern ihr uns nicht eine Liste mit allen Personen bringen könnt, die er umgebracht hat und mit welchen Mordwaffen er das getan hat, ist Steuerhinterziehung das Einzige, was wir haben", sagte Jimmy zu Hil.

„Dann also Steuerhinterziehung", sagte ich mit einem Lächeln. „Aber das Problem ist, dass wir nicht wissen, wo er die Bücher aufbewahrt."

„Tatsächlich wissen wir, wo er sie aufbewahrt", korrigierte mich Jimmy. „Sie sind in dem Safe, wo immer er ist. Er ist nie länger als acht Stunden von ihnen getrennt."

„Das hilft uns", stellte ich fest.

„Wenn du es als Hilfe betrachtest, dass sie immer von bewaffneten Wachmännern geschützt sind", klärte Jimmy auf.

„Ich erinnere mich an sie", sagte Cali und griff unbewusst nach seiner Schusswunde.

„Tun wir alle", fügte Hil hinzu.

Jimmy sah uns verwirrt an.

„Wir alle hatten schon einmal Probleme mit Armand", erklärte ich Jimmy.

„Verstehe. Und nun heiratest du seine Tochter?"

„Nicht wenn ich es verhindern kann", sagte ich und nahm Dillons Hand.

Jimmys Augen huschten zu unseren verschlungenen Fingern und dann wieder zu meinen Augen in Erkenntnis. Luciens Augen taten dasselbe.

„Ich verstehe", sagte Jimmy zu Dillon, als ob er die Zusammenhänge erfasst hätte.

„Ja", bestätigte Dillon.

„Also gut. Was machen wir?", fragte Jimmy uns alle.

Wir sahen uns alle an, bis unsere Blicke auf Lucien ruhten, der in Gedanken versunken war.

„Macht euch keine Gedanken um mich. Macht weiter", sagte Lucien abweisend.

„Gibt es etwas, das du mit der Gruppe teilen möchtest?", fragte ich meinen Cousin besorgt.

„Über das hier? Nein. Über die Planung der Verlobungsfeier meines Cousins, vielleicht", antwortete er mit einem schelmischen Grinsen.

„Verlobungsfeier?"

„Du dachtest doch nicht, dass ich, dein Trauzeuge, diesen bedeutenden Anlass verstreichen lassen würde, ohne dir eine Verlobungsfeier zu organisieren, oder?", fragte er beleidigt.

Ich wollte ihm gerade erklären, dass ich nicht vorhatte zu heiraten, als er weiter sprach.

„Das einzige Problem ist, dass ich aus Frankreich zu Besuch bin. Für die Anzahl der Leute, die die Familie der Braut einladen würde, könnte ich nie genug Platz finden. Und dann ist da noch die Sicherheit. Wenn nur jemand einen geeigneten Ort hätte, an dem wir eine Party veranstalten könnten“, schloss er mit einem wissenden Grinsen.

Jimmy starrte Lucien an. „Das könnte funktionieren“, sagte er verblüfft.

„Genial!“, sagte ich und begann zu glauben, dass wir das schaffen könnten.

„Wie sagt man, ‚Spielemacher‘?“, witzelte Lucien.

„Egal“, sagte Cali, endlich locker genug, um sich zu setzen.

„Ich nehme an, du wirst mir nicht erzählen, wo du die letzten anderthalb Wochen gewesen bist“, fragte Eris mich, als wir uns im Le Bernardin gegenüber setzten.

Ich nahm mein Getränk und trank einen Schluck. „Wenn ich nur die Zeit hätte“, antwortete ich und stellte sicher, dass sie die Anspielung verstand.

„Ich sehe, du bist die Uhr losgeworden.“

„Ich mochte die Spur nicht, die sie hinterlassen hat“, sagte ich und berührte mein Handgelenk.

Eris sah mich wissend an. „Ich könnte leugnen, dass ich weiß, wovon du sprichst.“

„Könntest du, aber warum sollten wir unsere Intelligenz beleidigen.“

„Es war nicht meine Idee“, sagte Eris leise.

„Wirklich?“, fragte ich zweifelnd.

„Glaubst du wirklich, ich wüsste etwas darüber, wie man einen Tracker in eine durchsichtige Uhr einbaut?"

„Nein. Aber ich bin sicher, du könntest jemanden finden, der es herausfinden könnte."

Eris antwortete nicht. Mit schuldigem Gesichtsausdruck schaute sie weg, um dann entschlossener zurückzublicken.

„Remy, warum müssen wir uns gegenüberstehen?"

„Weil das, was du willst, nicht das ist, was ich will und du eine Psychopathin bist."

„Das bin ich nicht", sagte sie verletzlich.

„Was definitiv nicht das ist, was eine Psychopathin sagen würde", sagte ich und nahm einen weiteren Schluck.

„Hör zu, Remy, ich möchte genauso sehr mit dir verheiratet sein, wie du mit mir", sagte sie und ließ die Fassade fallen.

„Wenn das der Fall ist, dann lassen wir es sein. Lassen wir es einfach sein, vergessen wir, dass dies jemals passiert ist."

„Also, was würdest du vorziehen, dass mein Vater jeden tötet, den du kennst?"

„Du hast recht. Du bist definitiv keine Psychopathin. Was habe ich mir dabei gedacht?"

„Liege ich falsch? Siehst du ein Szenario, in dem mein Vater dies geschehen lässt und dir gleichzeitig dein

Geschäft oder dein Leben lässt? Sag mir, siehst du das? Siehst du so etwas vorkommen?“

Ich dachte darüber nach. Sie hatte recht und ich wusste es.

„Das habe ich mir das gedacht. Und siehst du ein Szenario, in dem ich nicht an irgendeinen Prinzen verkauft werde, der nichts für mich übrig hat?“

Ich dachte auch darüber nach.

„Also, was ich tue, tue ich, um zu überleben. Und es tut mir leid, dass du zufällig die beste meiner wirklich schrecklichen Optionen bist, aber du bist es. Also wirst du lernen, damit zu leben, und du wirst es tun, ohne mich für den Rest meines Lebens schlecht fühlen zu lassen.

„Auch ich habe Glück verdient, weißt du. Und wenn du uns eine echte Chance gibst, ist es vielleicht nicht das, was jeder von uns will, aber vielleicht gibt es eine Möglichkeit, dass wir trotzdem glücklich sein könnten“, sagte sie aufrichtig.

Ich senkte meinen Kopf und überlegte, was sie gesagt hatte. Sie lag nicht falsch. Sie steckte in einer ebenso beschissenen Situation wie ich. Wir waren beide gefangen. Da gab es nichts zu leugnen.

Ich seufzte resigniert.

„Deswegen habe ich uns hierhergebracht.“

„Was?“, fragte Eris verwirrt.

„Du hast gefragt, wo ich in den letzten Tagen gewesen bin. Es war ein Ort, an dem ich meine Gedanken ordnen konnte. Du hast recht. Du hattest recht.

Dein Vater verschwindet nicht. Ob ich es mag oder nicht, dies ist meine neue Realität. Entweder akzeptiere ich sie oder sterbe im Kampf dagegen. Und wie du, bin ich ein Überlebender."

„Was bedeutet das?", fragte sie ängstlich.

„Das bedeutet, du gewinnst. Ich werde nicht mehr dagegen ankämpfen. Irgendwo gibt es einen Weg zum Glück und ich werde ihn einschlagen."

„Wirklich?", fragte sie misstrauisch.

„Ja", sagte ich resigniert.

„Das ist gut", sagte Eris zweifelnd.

„Es ist, wie es ist." Ich drehte mich zur Tür. „Ach ja. Und übrigens, da ist jemand, den ich dir vorstellen möchte."

Ich winkte, um Luciens Aufmerksamkeit zu erregen.

„Wer ist das?"

„Das ist Lucien. Er wird mein Trauzeuge sein."

Als Lucien sich unserem Tisch näherte, stand ich auf, küsste ihn auf beide Wangen und wies ihm einen Stuhl zu.

„Eris, das ist mein Cousin, Lucien. Lucien, das ist meine Verlobte, Eris", sagte ich und setzte mich.

Lucien sah sie an, als hätte er gerade Christus gesehen.

„Remy, du hast mir nicht gesagt, wie schön sie ist."

Eris, gebannt von meinem charmanten Cousin, schmolz unter seinem Blick.

„Das vergisst er gerne“, sagte sie und reichte ihm die Hand.

Nachdem er sie geküsst hatte, als wäre sie der Papst, sagte ich: „Okay, das reicht jetzt.“

Lucien sah mich an. „Spüre ich da ein bisschen Eifersucht?“

Ich wandte mich an Eris. „Beachte nicht, was er sagt. Er hat schon immer eine Schwäche für alles gehabt, was mir gehört.“

„Gehöre ich dir?“, fragte Eris interessiert.

„Das wirst du“, antwortete ich.

„Ich verstehe“, sagte sie amüsiert. „Das letzte Mal, als ich nachgeschaut habe, gehörte ich niemandem, und es ist mir eine Freude, dich kennenzulernen, Lucien“, sagte sie mit einem Lächeln.

„Die Freude ist ganz meinerseits.“

„Okay!“ Ich unterbrach, was immer gerade passierte.

„Du bist eifersüchtig! Wer hätte gedacht, dass dies alles war, was dazu nötig war?“, sagte Eris mit einem Lachen.

„Ja, na ja, wie ich schon sagte, ich kann einen Weg zum Glück sehen, und ich bin bereit, alles zu tun, um ihn zu verteidigen.“

„Ich mag dieses neuen Du", sagte Eris erfreut. „Und wenn es zwischen uns beiden nicht klappen sollte, vielleicht sollten wir drei es dann versuchen."

„Genug davon!", sagte ich und kämpfte gegen meine Wut an.

Eris lachte.

„Remy, entspann dich", sagte Lucien. „Ich freue mich einfach, die Frau kennenzulernen, mit der mein Lieblingscousin den Rest seines Lebens verbringen wird."

„Ja, das tust du sicher."

„Ja, das tue ich", sagte er unschuldig.

„Wie auch immer", sagte ich und wechselte das Thema. „Ich habe Lucien heute hierher eingeladen, weil er eine Idee hatte."

„Ja", nahm Lucien das Gespräch auf. „Da Remy nur einmal heiraten wird, würde ich ihm gerne eine Party schmeißen."

„Du meinst einen Junggesellenabschied?", fragte Eris.

„Nun, ja. Aber auch etwas Formelleres. Etwas, bei dem unsere beiden Familien die Gelegenheit hätten, sich besser kennenzulernen."

„Du meinst eine Verlobungsfeier?", hakte Eris nach.

„Ja! Wie sagt man? Eine Verlobungsfeier."

Eris sah mich an. „Und du bist damit einverstanden?"

„Das ist nicht meine Idee.“

Eris sah mich skeptisch an.

„Denkst du, deine Familie würde kommen?“

„Meinst du, weil dein Vater den Freund meines Bruders angeschossen hat und dann uneingeladen in die Beerdigung meines Vaters hereingeplatzt ist?“

„Was ist das?“, fragte Lucien. „Auf die Beerdigung deines Vaters hereingeplatzt…“

„Es ist nichts“, wimmelte Eris ab. „Schnee von gestern. Es geht darum, gemeinsam unsere neue Zukunft zu beginnen. Einen Neuanfang.“

„Ja, einen Neuanfang“, bestätigte Lucien enthusiastisch.

„Was meinst du, Remy? Würde deine Familie kommen?“

„Hätten wir eine Wahl?“

„Natürlich. Eine Verlobungsfeier sollte eine Feier sein. Wenn du wirklich glaubst, dass es einen Weg zum Glück gibt, dann könnte das ein Schritt auf diesem Weg sein.“

Ich überlegte, was Eris gesagt hatte. „Ich werde keine Verlobungsfeier ausrichten.“

„Du musst das auch nicht tun. Wir könnten irgendwo dafür mieten“, schlug Eris vor.

„Argh!“, stöhnte Lucien. „Ihr Amerikaner seid so unpersönlich.“

„Wie wäre es mit dem Anwesen meines Vaters auf Long Island? Es ist groß, aber doch persönlich. Und man kann direkt zum Strand hinuntergehen.“

„Ah, der Strand“, stellte Lucien interessiert fest. „Das klingt gut, oder?“

Ich zögerte. „Ich weiß nicht, ob ich dafür bereit wäre. Zwischen unseren beiden Familien ist viel passiert.“

„Das ist umso mehr Grund dafür, es zu tun. Bitte, Remy, ich habe über vieles hinweggesehen und das weißt du. Ich verdiene das. Gestehe mir das zu.“

Ich sah Eris ehrlich an. „Du hast recht, du verdienst das. Ich werde mit meiner Familie darüber sprechen. Alle werden da sein.“

„Oh, Remy, danke“, sagte sie und drückte meine Hand über den Tisch hinweg. „Ich bin so aufgeregt.“

„Ich auch“, sagte ich ihr, bevor ich mich an Lucien wandte, der mir zuzwinkerte.

Als das Abendessen beendet war, sagte ich Eris, dass ich mich ein wenig mit Lucien unterhalten wollte, da ich ja der Grund war, warum er in der Stadt war und hier niemanden kannte. Soweit ich sehen konnte, akzeptierte sie diese Ausrede, und sie wurde meine Standardausrede für unsere Zusammenkünfte zur Planung.

„Erinnere mich noch einmal daran, wie wir in den Safe kommen“, forderte Cali so angespannt wie immer.

„Erinnere mich daran, ob es deine Aufgabe ist, in den Safe zu kommen“, entgegnete ich.

„Nein, aber …“

„Dann konzentriere dich doch bitte einfach auf deinen Part des Plans und versuche, nichts zu vermasseln“, gab ich ziemlich genervt zurück.

„Gut, dann erinnere du mich daran“, sagte Jimmy in bedrohlicher Haltung. „Da das FBI diese kleine Unternehmung finanziert, hat die Behörde ein Recht darauf, Bescheid zu wissen.“

Mein Blick huschte zwischen Cali und Jimmy hin und her, die nun beide gegen mich standen. Ein Teil von mir wollte beiden einfach sagen, dass sie sich verpissen sollen, aber ich musste zugeben, dass Jimmys Spielzeuge Spaß machten.

„Sagen wir einfach, dass die Arbeit, die ich für meinen Vater geleistet habe, einzigartige Fähigkeiten erforderte.“

„Also wirst du den Safe knacken“, fragte Jimmy unverblümt.

Ich vertraute Jimmy nicht vollkommen, deshalb wollte ich das nicht direkt beantworten. „Wenn ich auf einen Safe treffe, wird er mich nicht davon abhalten, das zu bekommen, was ich will.“

Jimmys Augenbraue hob sich misstrauisch. „Sollen wir einen Notfallplan für mögliche Explosionen erstellen?“

„Nur, wenn wir auch planen, C4 in der Torte zu verstecken. Wird C4 in der Torte gelagert?"

Jimmy sah Cali, Hil und Lucien an. „Wird es?"

„Nein!", antwortete ich genervt. „Glaubst du nicht, dass wir das vorher hätten besprechen sollen? Denkst du, dass man zwei Tage vor dem Job aus dem Nichts auf die Idee kommt, eine Torte mit C4 zu backen?"

„Remy, darf ich kurz mit dir draußen sprechen?", sagte Dillon und lenkte meine Aufmerksamkeit auf sich.

Ich wandte mich lieber wieder Jimmy zu und machte ihn weiter lächerlich, aber es fiel mir schwer, Dillon nicht das zu geben, was sie wollte.

„Natürlich", sagte ich und warf Jimmy einen Seitenblick zu.

Als ich mit Dillon das Büro verließ und auf die Straße trat, wartete sie, bis die Tür geschlossen war, bevor sie sich zu mir umdrehte.

„Remy, was hast du da drinnen gerade gemacht?"

„Du hast es doch gehört. Ich habe eine Reihe von dummen Fragen beantwortet."

„Nein, das hast du nicht getan. Du hast die Leute angegriffen, die nur hier sind, um uns bei der Umsetzung eines gemeinsamen Lebens zu helfen."

„Dillon, sie behandeln mich, als wüsste ich nicht, was ich tue."

Dillon schüttelte traurig den Kopf. „Remy, sie behandeln dich so, als wüssten sie nicht, was sie tun sollen. Und sie wissen es nicht. Cali hat bisher am meisten getan, indem er dir dabei geholfen hat, Hil zu retten, als Armand sie entführt hat. Und Jimmy hat bis jetzt nur Büroarbeit geleistet. Du musst das im Hinterkopf behalten, wenn du mit ihnen redest."

„Aber …"

„Kein 'aber'. Ich weiß, dass du und Lucien schon ein Leben lang solche Sachen macht. Aber sonst niemand hier. Das musst du berücksichtigen. Wir haben alle wahnsinnige Angst, dass etwas schiefläuft. Armand hat Cali schon einmal angeschossen. Wir wissen, zu was er fähig ist. Hilf uns, deinem Plan zu vertrauen", bat Dillon mit weit aufgerissenen, weichen braunen Augen.

Als ich auf die Frau herabblickte, die ich liebte, wurde mir klar, dass ich ein Problem hatte. Für den Rest unseres gemeinsamen Lebens würde ich ihr nie etwas abschlagen können. Sie hatte mich um den kleinen Finger gewickelt.

„Du hast Recht. Ich werde tun, was ich kann. Ist alles okay bei uns?", fragte ich liebevoll und drückte ihre Schultern.

„Immer", erwiderte sie und blickte mit einem Funkeln in den Augen nach oben.

Als ich sie unter den Straßenlaternen küsste, wurde mir wieder bewusst, wie glücklich ich war, eine Frau wie Dillon an meiner Seite zu haben. Sie war alles, was ich nicht war. Sie half mir, die Person zu sein, die ich immer sein wollte.

Als ich zurück ins Zentrum und ins Büro ging, wandte ich mich an alle.

„Gut, wir gehen das noch einmal durch. Und wir fahren damit fort, bis sich jeder hier sicher ist, was er tun muss", sagte ich und blickte zu Dillon zurück.

Das Lächeln, das sie mir als Antwort schenkte, ließ mein Herz schmelzen.

„Morgen werde ich Eris vorschlagen, dass wir die Nacht bei Armand verbringen, damit wir nicht mit dem Samstagnachmittagsverkehr auf Long Island zu tun haben. Da ihr Vater nicht da sein wird, wird sie keinen Grund haben, nicht zuzustimmen. Sobald wir dort sind und ich sicher bin, dass Eris schläft, werde ich dieses praktische Spielzeug verwenden", sagte ich und hielt das hochmodernen Wanzensuchgerät hoch, den uns das FBI zur Verfügung gestellt hatte.

„Mit diesem Gerät werde ich die Wände von Armands Schlafzimmer und Büro auf seinen Metallsafe abtasten, den es leicht aufspüren sollte. Sobald ich ihn gefunden habe, werde ich ihn knacken."

„Aber die Bücher werden noch nicht darin sein", gab Jimmy zu bedenken.

„Das Haus wird auch noch nicht von Sicherheitsleuten wimmeln. Deshalb, falls es etwas länger dauert, die Kombination herauszufinden, kein Problem."

„Stimmt", stimmte Jimmy zu.

„Sobald ich ihn habe, gehe ich ins Bett. Am Morgen frühstücke ich mit Eris und warte, bis das Catering kommt."

„Da komme ich dann ins Spiel", warf Dillon ein.

„Richtig. Denn wenn Armands Sicherheitsteam auch nur einen Pfifferling wert ist, werden sie, bevor jemand kommt, eine Wanzenkontrolle durchführen. Sie können das nicht tun, sobald das Catering und die Organisatoren alles aufbauen. Es wird zu hektisch sein. Das bedeutet, du, Dillon, kannst als Teil der Partyplanungscrew dort sein und die Wanzen und Verstärker platzieren, die wir brauchen, um mit Jimmys Wagen zu kommunizieren, der eine Viertelmeile entfernt geparkt sein wird."

„Ich fühle mich immer noch unwohl dabei, dir nicht bei Problemen zur Hilfe eilen zu können", fügte Jimmy hinzu.

„Was könntest du tun? Mit gezogenen Waffen reinrennen? Du wirst erschossen, sobald du den Rasen betrittst und Armand wird lediglich einen Klaps auf den Hand für die Verteidigung seines Eigentums bekommen."

Jimmys Kiefer mahlte.

Ich blickte zurück zu Dillon, ihre Stimme in meinem Kopf. Sie musste nichts sagen, um mich dazu zu bringen, Jimmy beruhigend die Hand auf die Schulter zu legen.

„Hör zu, uns wird nichts passieren. Solange jeder tut, was er soll, werden wir alle ein- und ausgehen, bevor Armand merkt, dass etwas fehlt. Danach werden eure Leute das Buch auf seine Echtheit überprüfen. Sobald das erledigt ist, wird Armand verhaftet und das FBI überzeugt ihn davon, keinen von uns zu belangen“, sagte ich mit zusammengebissenen Zähnen.

„Ich sagte dir bereits, dies ist nicht der erste Mafia-Boss des FBI. Wir wissen, was wir tun. Er wird nicht dumm genug sein, dir nachzustellen, wenn wir mit ihm fertig sind.“

„Ich hoffe es“, antwortete ich ihm, obwohl ich ihm immer noch nicht vertraute.

Nachdem ich die Details des Plans wiederholt hatte, bis jeder damit zufrieden war, verabschiedete ich mich für die Nacht und fuhr mit Lucien nach Hause.

„Weißt du, sie tut dir gut“, sagte Lucien auf dem Weg zu meiner Wohnung.

„Dillon?“

„Ja, Dillon“, sagte er amüsiert. „Sie mäßigt dich.“

„Du denkst, ich muss gemäßigt werden?“

„Man weiß, dass du etwas intensiv sein kannst. Sehr zielstrebig. Du denkst nicht viel nach.“

„Ich verstehe. Willst du noch etwas hinzufügen, was mit mir nicht stimmt?“

„Du bist leicht reizbar?“, sagte er scherzhaft.

Ich lachte.

„Wenn du wüsstest, was ich gesehen habe … die Dinge, die ich getan habe", sagte ich mit einem Seufzer.

„Wir haben alle Dinge gesehen. Wir haben alle Dinge getan, die wir nicht wollten, und nun müssen wir einen Weg finden, damit umzugehen. Aber sie, sie beruhigt dein Gewässer."

„Das tut sie", gestand ich.

„Liebst du sie?", fragte er und wurde persönlicher als er es lange Zeit gewesen war.

„Das tue ich."

„Das zeigt sich", erwiderte Lucien lächelnd. „Es ist eine gute Sache."

„Das ist es", antwortete ich, wissend, wie glücklich ich bin.

„Nun, was diesen Plan betrifft. Glaubst du wirklich, dass diese Gruppe das schafft? Ich meine, Dillon ist gut für dich, aber kann sie die Wanzen anbringen."

„Dillon wird es schaffen."

„Und der große Kerl, der immer so aussieht, als würde er gleich durchdrehen, kannst du ihm vertrauen, dass er das, was er tun muss, zur gegebenen Zeit auch tun kann?"

„Lass mich dir etwas über ihn erzählen. Es gibt niemanden in diesem Raum, dem ich mehr vertraue."

„Ich war in diesem Raum."

„Aber du hast noch nie eine Kugel für mich eingesteckt."

Luciens Mund klappte auf. „Remy, ich liebe dich, aber ...“

„Mach dir keine Sorgen. Mir geht es genauso“, sagte ich abfällig. „Aber der Eine, Cali, er ist der Typ, mit dem du in die Schlacht ziehst.“

„Bist du dir da sicher?“

„Ich würde mein Leben darauf verwetten.“

„Und das wirst du“, erinnerte Lucien mich. „Du setzt dein Leben auf sie alle.“

„Mein Leben war noch nie in besseren Händen“, sagte ich und drehte mich zu ihm um mit einem Lächeln.

„Das muss schön sein“, sagte Lucien und richtete seinen Blick auf die Windschutzscheibe.

„Das ist es“, gab ich ihm Recht, bevor wir beide in Schweigen verfielen.

Am nächsten Tag überzeugte ich Eris davon, dass wir die folgende Nacht im Strandhaus verbringen sollten. Ich checkte noch einmal alles mit dem Team ab, bevor ich losfuhr.

„Ihr könnt das schaffen, Dillon. Ihr alle könnt das“, sagte ich ihr am Telefon, während ich zu Eris fuhr.

„Das ist es dann, oder? Entweder ziehen wir das durch oder ...“

„Es gibt kein ‘oder’. Wir werden das schaffen. Und sobald es vorbei ist, sind wir zusammen.“

„Ich liebe dich, Remy. Du musst wissen, dass das so ist.“

„Ich liebe dich auch, Dillon. Ich habe dich immer geliebt und werde immer bei dir sein", sagte ich ihr in dem Wissen, dass es wahr war.

Als ich vor Eris Haus anhielt, wusste ich, dass das Spiel angefangen hatte.

„Hallo", sagte sie und kam für einen Kuss zu mir.

Mein Instinkt war es, mich wegzudrehen, aber das tat ich nicht. Ich ließ sie meine Lippen küssen. Alles musste heute Abend perfekt funktionieren. Wir konnten uns keinen Streit erlauben. Das bedeutete, dass ich mehr tun musste, als ich eigentlich wollte.

„Wir fahren für das Wochenende", erinnerte ich sie, während ich die beiden Koffer ansah, die sie wollte, dass ich sie drei Stockwerke nach unten trage.

„Deshalb habe ich leicht gepackt", sagte sie ohne jegliche Ironie.

Mit dem beladenen Auto und auf dem Weg, ging ich noch einmal den Plan im Kopf durch. Es durften keine Fehler passieren. Es gab keinen Spielraum für Fehler.

Ich war mir nicht sicher, was Armand tun würde, wenn er uns erwischte, aber er würde uns nicht einfach laufen lassen. Er würde ein Exempel statuieren. Und wenn er meinem Vater auch nur ansatzweise ähnlich war, würde das Exempel leiden.

Zwar zögerte ich, als ich in Armands Auffahrt fuhr, doch als Eris ohne einen Gedanken an ihr Gepäck aus dem Wagen stieg, fand ich meinen Entschluss wieder. Sie erwartete, dass ich es für sie hereinbrachte, was ich tun würde. Aber könnte ich es ertragen, für den Rest meines Lebens die undankbare Rolle des Ehemannes einer verwöhnten reichen Frau zu spielen? Nicht, wenn Dillon auf mich wartete.

„Ich stelle sie hierhin", sagte ich und setzte ihre Koffer vor unserem Kleiderschrank ab.

„Wenn das dein Wunsch ist", sagte sie verführerisch posierend auf dem Bett, das wir teilen würden.

Ich sah sie an und wusste, was bald folgen würde. Bis jetzt war es mir gelungen, keinen Sex mit ihr zu haben, doch meine Ausreden wurden langsam dünn.

„Hat die Köchin gesagt, dass sie das Abendessen für uns vorbereitet hat?"

„Ja. Sie sagte, wir müssten es nur erwärmen", sagte sie und wippte verführerisch mit ihrer Brust, während sie leicht an ihrem Finger knabberte.

„Nun, ich bin ausgehungert. Soll ich dir auch etwas aufwärmen?"

„Ahh. Fein!" Sie gab nach und ließ sich auf das Bett fallen.

Ich ließ sie zurück und ging hinunter zur Küche, um mich an die Arbeiten zu machen. Ich wusste, was die Köchin für Eris zubereitet hatte, denn es war dasselbe, was sie jeden Abend aß, einen Grünkohlsalat mit gegrillter Hühnerbrust und gemischtem Obst zum Nachtisch.

Als ich den Kühlschrank öffnete, fand ich genau das. Ich nahm die Sachen heraus und stellte sie auf die Kücheninsel, drehte mich um und zog eine Phiole aus meiner Tasche. Ich goss den Inhalt über das Obst in beiden Schüsseln, mischte schnell den Trank und steckte die leere Phiole zurück in meine Tasche.

„Was hat die Köchin für uns gemacht?", fragte Eris und betrat die Küche hinter mir.

„Rat mal", sagte ich, sicher, dass sie es angefordert hatte.

Sie überblickte alles, was vor uns ausgebreitet wurde.

„Ich bin sicher, sie hat dir eine Lasagne oder so gemacht. Schau im Kühlschrank nach."

„Ich habe nachgesehen", sagte ich, in dem Wissen, dass die Köchin es getan hätte, wenn Eris danach gefragt hätte.

„Nun, das hier ist sowieso besser für dich", sagte sie und griff nach einer Flasche Wein und Gläsern.

„Ganz sicher", erwiderte ich, wohl wissend, dass ich das nicht ein Leben lang ertragen könnte.

Ich beobachtete sie beim Essen und versuchte, nicht zu starren. Als sie mit dem Salat fertig war, griff sie zum Obst.

„Das Obst ist wirklich süß", sagte sie und starrte in die Schüssel. „Es ist gut. Ich mag es."

„Ich auch", sagte ich und aß meine Portion nach ihr.

Mit dem ungehemmten Fließen des Weines gab Eris mir einen vielsagenden Blick.

„Denkst du, ich bin hübsch?"

Ich sah sie an. Es gab keinen Zweifel, dass sie es war.

„Du bist eine der hübschesten Frauen, die ich je getroffen habe", sagte ich ehrlich.

„Dann warum willst du nicht mit mir schlafen? Ist es, weil du schwul bist?"

„Und wenn ich es wäre?", fragte ich und träumte davon, einen Ausweg zu finden.

Eris lachte. „Ich habe Geschichten gehört. Ich weiß, dass du nicht schwul bist. Aber was ist es?", sagte sie das, während sich der Alkohol spürbar machte.

„Vielleicht habe ich nur auf den richtigen Moment gewartet", schlug ich vor und füllte sie plötzlich mit Hoffnung.

„Und wann ist der?"

„Vielleicht ist es die Nacht vor unserer Verlobungsparty in einem Strandhaus, das wir ganz für uns allein haben."

„Oh ja", sagte sie aufgeregt.

„Ja", erwiderte ich mit einem Lächeln.

„Möchtest du mich küssen?", fragte sie mit trunkenem Zögern.

„Vielleicht würde ich das", sagte ich und sah sie an.

„Warum tust du es dann nicht?“, fragte sie schüchtern.

„Warum kommst du denn nicht hierher?“

Eris stand von ihrem Hocker auf der anderen Seite der Kücheninsel auf und beugte sich sofort vor.

„Was ist los?“, fragte ich unschuldig.

„Nichts, es ist nur mein Magen“, sagte sie und richtete sich auf und versuchte es erneut. „Oh“, sagte sie und hielt inne. „Entschuldigung.“

Erythrit ist ein kalorienfreier Zuckeralkohol, der in Desserts eingesetzt wird, um deren Kaloriengehalt zu senken. Vor ein paar Monaten hatte sie einen neuen Proteinsnack ausprobiert, der ihr nicht gut bekam. Der Hauptbestandteil? Erythrit, das auch in granulierter Form im Backsortiment erhältlich ist.

„Was ist los, Liebes? Fühlst du dich nicht gut?“, rief ich, während ich das Geschirr abspülte.

„Mir geht’s gut. Ich treffe dich im Schlafzimmer“, rief sie zurück.

„Und wie du das wirst“, murmelte ich leise.

Ohne Hemd im Bett liegend, wartete ich auf meine Verlobte. Als sie ankam, sah sie nicht so selbstsicher aus wie sonst.

„Ich fühle mich nicht gut“, sagte sie und hielt Abstand.

„Was ist es? Ist es dein Magen?“, fragte ich fürsorglich.

„Ja.“

„Sind es Blähungen?“

„Ich habe keine Blähungen“, sagte sie defensiv.

„Was ist es dann?“

„Nichts.“

Ich lächelte verführerisch. „Warum kommst du dann nicht zu mir?“

Sie machte einen Schritt auf mich zu und furzte. „Oh!“ Es war so süß, dass ich sie fast für menschlich hielt. Schnell trat sie zurück und sagte: „Nicht heute Abend.“

„Was meinst du mit ‚nicht heute Abend‘?“

„Einfach, nicht heute Abend.“

„Aber ich hatte all diese Pläne, was ich mit dir machen wollte.“

„Nicht heute Abend!“

„Gut“, sagte ich enttäuscht. „Bevorzugst du es, wenn ich dir das Schlafzimmer überlasse? Es gibt andere Räume, in denen ich schlafen könnte.“

„Ja, mach das.“

„Wenn du darauf bestehst“, sagte ich, sammelte meine Tasche ein und verließ das Zimmer.

Kaum war ich im Flur, knallte die Schlafzimmertür hinter mir zu. Es folgte der längste Furz, den ich je gehört hatte. In ein paar Stunden würde sie wieder in Ordnung sein. Das hieß, bis dahin hatte ich Zeit, das zu finden, was ich suchte und zu tun, was ich tun musste.

Ich stellte meine Sachen im dritten Schlafzimmer ab, holte meinen Safesucher und machte mich an die Arbeit. Der Prozess war mühsam, aber ich tat es. Ich begann mit dem Hauptschlafzimmer und durchsuchte jeden Zentimeter der Wand. Als ich dort fertig war, durchsuchte ich das Hauptbadezimmer.

Ich wusste, dass die Chance, dass der Safe an einem dieser Orte war, gering war, aber dies war der beste Zeitpunkt, um es zu versuchen, während die Wirkung des Erythrits auf ihrem Höhepunkt war. Welche Ausrede hätte ich Eris geben können, wenn sie mich in Armands Schlafzimmer erwischte, zumal ich das Schloss knacken musste, um hineinzukommen?

Zum Glück musste ich das nicht. Und wenn sie mich in Armands Büro erwischte, könnte ich immer sagen, dass ich nach einem Buch suchte, das mir beim Einschlafen helfen sollte. Es war keine grandiose Ausrede, aber es würde funktionieren.

Ich öffnete Armands Bürotür im zweiten Stock, schlüpfte hinein und verriegelte sie hinter mir. Allein im Raum untersuchte ich ihn.

Die ersten Orte, die ich überprüfte, waren die Bilder an der Wand. Jimmys Gerät signalisierte, dass dahinter nichts war. Als Nächstes prüfte ich das wandlange Bücherregal. Auch dort war nichts. In seinem Bürostuhl sitzend, durchforstete ich seinen Schreibtisch. Immer noch nichts.

Ich war kurz davor zu erklären, dass Jimmys Gerät nicht funktionierte, als mir etwas auffiel. Das Büro hatte zwei Lüftungsschächte. Einen nahe der Decke. Der andere nahe dem Boden.

Für sich genommen, bedeutete dies nichts. Deckenlüftungen sind besser zum Kühlen, während Bodenlüftungen zum Heizen besser geeignet sind. Ich hätte es wahrscheinlich gar nicht bemerkt, wenn ich nicht gerade jeden Zentimeter des Schlafzimmers abgesucht hätte.

Als ich den Safesucher neben den Bodenventilator legte, schlug er sofort aus.

„Gefunden", sagte ich, befreite meine Hände und hebelte den Ventilator auf.

Dahinter befand sich ein handelsüblicher Wandtresor. Ich erkannte die Marke. Es hatte mich vor einigen Jahren ein Vermögen gekostet, den Entschlüsselungscode dafür zu erhalten. Das verdankte ich meinem Vater. Eines Tages sagte mein Vater plötzlich, dass es an der Zeit sei, dass ich lernte, einen Safe zu knacken. Es war eine Fähigkeit, die er hatte und die von mir erwartet wurde.

Das Problem war, dass ich dabei furchtbar schlecht war. Ich vermutete, dass es mit der zusätzlichen Technologie seit den Zeiten meines Vaters zu tun hatte, aber er weigerte sich, den Wandel anzuerkennen. Als ich ihn darauf ansprach, sagte er, ich würde Ausreden erfinden. Also tat ich, was jede kluge Person tun würde, ich kaufte die Firma, die den Tresor hergestellt hatte.

Das war mein erster legitimer Kauf. Es war dieser Kauf, der mich auf meinen neuen Weg brachte. Von ihnen erfuhr ich, dass jede Safe-Firma Hintertür-Codes einbaut, die jeden ihrer Safes öffnen können. Sie nennen es eine Notöffnung. Aber für den richtigen Preis konnte sie dir gehören.

Das einzige Problem mit der Marke des Safes vor mir war, dass ihre Notöffnung 16 Ziffern lang ist. Und um sicherzustellen, dass ihre Safes nicht leicht geknackt werden können, enthalten sie 49 Dummy-Kombinationen zu der einen funktionierenden. Es sah nach einer langen Nacht aus, und das war es auch.

„Endlich!", sagte ich drei Stunden später, als ich die richtige Kombination identifiziert hatte.

Als ich den Safe öffnete, fand ich außer etwa 50.000 $ nichts darin. Das überraschte mich. Als ich aufwuchs, war das Penthouse meiner Familie geradezu mit Geld übersät. Mein Vater konnte das Geld nicht schnell genug waschen. Was machte Armand anders, dass nur Kleingeld in seinem Safe lag?

Ich schob das Rätsel beiseite, notierte mir die Kombination des Safes und schloss ihn wieder. Nachdem ich alles so zurückgelassen hatte, wie es war, als ich den Raum betrat, verschloss ich das Büro wieder und machte mich auf den Weg zu meinem Zimmer.

Im Bett liegend, dachte ich über alles nach. Alles hing davon ab, ob Jimmy recht hatte, dass Armand seine Bücher bei sich trug. Wenn er sich geirrt hatte, waren wir alle am Ende. Wie war ich hierhergekommen?

Ich hatte lange so gelebt, als hätte ich keine Zukunft. Ich hatte akzeptiert, dass ich der Sohn meines Vaters war, dazu bestimmt, seinen blutigen Pfad zu folgen. Aber dann geschah ein Wunder, mein Vater wurde krank. So tragisch es auch war, es war das erste Mal, dass ich einen Ausweg sah.

In dieser Zeit wurde Dillon zu meiner Motivation. Da ich noch keine Grenzen überschritten hatte, konnte ich immer noch ein Mann werden, den sie lieben könnte. Es war wegen ihr, dass ich den Plan entwickelte, ein legitimes Leben zu führen. Und ich stand kurz davor, alles zu bekommen, was ich je wollte, bis Armand die Beerdigung meines Vaters unterbrach. Er konnte sich nicht einfach mit dem Reich meines Vaters begnügen. Er musste auch meins haben.

Das würde sein Untergang sein. Denn was er nicht bedacht hatte, war, wer ich sein würde, mit Dillon an meiner Seite. Dillon war mehr als meine Inspiration. Sie war mein Leitstern. Ich wusste nicht, was meine wahre Identität war, bis Dillon mich darüber nachdenken ließ.

Ja, ‚Akzeptiere dein wahres Selbst und du wirst belohnt werden' war das Sprichwort meines Vaters gewesen, aber ohne einen Spiegel ist es schwer, sich

selbst zu sehen. Mich durch Dillons Augen zu sehen, war
der Spiegel, den ich brauchte.

Ich war nicht, wer ich dachte, dass ich war. Ich
war jemand, der mehr als nur Lust verspürte. Ich war
eine Person, die mehr brauchte, als die Menschen, die ich
liebte, zu beschützen.

Natürlich waren das Teile von mir. Aber es war
nicht alles, was ich war. Dillon half mir, das zu
erkennen. Und als ich das einmal verstanden hatte, war
mir zum ersten Mal in meinem Leben klar, dass ich nicht
mein Vater war. Ich war einfach sein Sohn.

Das Aufwachsen mit meinem Vater hatte mich
geprägt. Aber es hatte mich nicht in einen anderen
Menschen verwandelt. Ich konnte immer noch nett und
weniger abweisend sein. Ich konnte immer noch ein
Mann sein, den Dillon lieben konnte.

Ich verdrängte meine Gedanken und ging den
Plan noch einmal durch und drehte mich dann zum
Schlafen um. Als ich am nächsten Morgen aufwachte,
war die Sonne noch am Aufgehen. Ich konnte nicht mehr
als vier Stunden geschlafen haben und fühlte mich
entsprechend. Mein Gehirn arbeitete langsamer als
gewöhnlich. Und da dies das einzige Werkzeug war, das
ich heute zum Überleben brauchte, war das nicht gut.

Ich versuchte, noch ein paar Minuten Schlaf zu
erhaschen, doch sobald ich meine Augen schloss, spielte
sich der Plan vor meinem geistigen Auge ab. Würde
Dillon es schaffen, sich beim Platzieren der Abhörgeräte

unauffällig zu verhalten? Würde Cali sich zusammenreißen können, wenn er dem Mann in die Augen blickt, der auf ihn geschossen und Hil entführt hat?

Darüber hinaus musste ich unbemerkt in Armands Büro ein- und aussteigen. Sein Sicherheitsteam würde überall sein. Das war Luciens Plan und mein Cousin war zweifellos ein Genie. Doch nun, am helllichten Tag und mit meinem nur halbfunktionierenden Gehirn, kam mir das Ganze unmöglich vor. Sollte ich alles absagen, bevor jemand, den ich liebte, verletzt wurde?

Ein leises Klopfen an meiner Schlafzimmertür unterbrach meine Gedanken.

„Ja?", fragte ich, mich fragend, ob das Hauspersonal früher angekommen war.

Eris nahm dies als ihre Einladung zum Eintreten. Sie war in ein durchsichtiges Nachthemd gekleidet, das mehr als nur ihren perfekten Körper zur Schau stellte. Sie durchquerte das Zimmer und kletterte zu mir ins Bett. Sie machte sich zu meinem kleinen Löffelchen und legte meinen Arm um ihre schlanke Figur.

Kaum hatte sie das getan, spannte ich mich an. Es ärgerte mich, dass sie es war, die sich an mich schmiegte und nicht Dillon. Doch wir lagen schweigend beieinander, bis meine Anspannung sie dazu brachte zu flüstern: „Willst du das wirklich durchziehen?"

Sie meinte unsere Verlobungsfeier. Aber es war genau die Frage, die ich mir auch in Hinblick auf den Raub stellte. Ihr Körper anstelle von Dillons zu spüren, gab mir die Antwort auf meine Frage. Und die Vorstellung, dass es für den Rest meines Lebens so sein könnte, war ich sicher.

„Ja, das will ich wirklich", antwortete ich und hoffte, dass sie die Anspannung in meiner Stimme nicht bemerkte.

Eris lächelte, sichtlich zufrieden mit meiner Antwort.

Je länger ich neben ihr lag, desto mehr erneuerte sich meine Kraft. Mit neuer Konzentration ging ich im Kopf jeden Teil des Plans durch.

Pünktlich erschien Armands Sicherheitsteam. Als wir sie unten herumhantieren hörten, zogen Eris und ich uns an und gingen in die Küche. Mit einer Tasse Kaffee in der Hand, tranken wir auf der hinteren Terrasse.

Die Sicherheitskräfte brauchten über eine Stunde, um jeden Raum zu durchsuchen. Während sie es taten, beobachtete ich sie genau, während Eris sich in der Aussicht auf den Pool und den Strand dahinter verlor.

Als die Männer in Anzügen keine versteckten Kameras oder Mikrofone fanden, kamen sie zu einer kurzen Besprechung zusammen und gingen dann. Danach kamen die Küchenmitarbeiter und Caterer. Sie diskutierten die Logistik und suchten den Raum ebenso intensiv ab wie Armands Sicherheit. Direkt danach kamen die Eventplaner und Ihr Team.

Sobald ich Dillon in ihrem dürftigen Kostüm sah, setzte mein Herz einen Schlag aus. Es wäre nicht genug, wenn Eris sie entdeckte. Die Art, wie Dillon sich bewegte, war zu deutlich wiedererkennbar.

„Mir ist gerade eine Idee gekommen", sagte ich und zog Eris' Aufmerksamkeit auf mich.

„Und welche wäre das?"

„Es ist unsere Verlobungsfeier, nicht wahr?"

„Das letzte Mal, als ich nachgeschaut habe, war es das", knurrte Eris.

„Wir sollten unsere Kleidung aufeinander abstimmen."

Es überraschte mich, wie sehr Eris' Gesicht aufleuchtete.

„Wirklich?"

„Wir sind doch ein Paar, oder?"

„Ja", sagte Eris erfreut. „Siehst du, deshalb habe ich zwei Koffer mitgebracht."

„Das ist logisch. Gute Vorplanung", sagte ich mit einem Lächeln.

Eris konnte nicht glücklicher mit sich selbst sein.

„Sollen wir vergleichen, was wir mitgebracht haben?", fragte ich.

„Jetzt?"

„Warum nicht?"

„Okay, lass uns gehen", sagte sie fröhlich.

„Geh du voran", sagte ich, um sie aufzufordern aufzustehen.

Als sie sich umdrehte und in die andere Richtung blickte, schaute ich wieder zu Dillon. Ich machte mir Sorgen um sie. Was, wenn Eris Armand von ihr erzählt hätte und Armand früh kam, und wusste, wie Dillon aussah?

Es war ein Fehler, sie in diese Art von Gefahr zu bringen. Nichts war es wert, ihre Sicherheit zu riskieren, aber jetzt konnte ich nichts mehr dagegen tun.

Eris Parade an Kleideroptionen schien endlos. Das war gut, denn so blieb sie in unserem Zimmer, wo sie Dillon sicher nicht entdecken würde. Aber ehrlich gesagt, wie viele Kleider konnte eine Frau besitzen?

Als ich nicht mehr konnte und sicher war, dass Dillon sicher weg war, schlug ich vor, was wir tragen sollten und brachte den Albtraum zu einem Ende.

„Okay, gib mir etwas Zeit, um mich anzuziehen."

„Ich dachte, du wärest angezogen", sagte ich aufrichtig.

Eris sah mich an, als wäre ich ein naives Kind. „Es ist unsere Verlobungsfeier. Ich muss mir noch das Gesicht machen, du Dummerchen."

„Stimmt. Nun, ich werde dich dann draußen sehen."

„Nicht wenn ich dich zuerst sehe", sagte sie, während sie im Badezimmer verschwand.

Während ich mich anzog und mit meinen Fingern durch mein Haar strich, warf ich einen schnellen Blick in den Spiegel und verließ das Zimmer. Ich fühlte mich zuversichtlich. Als ich gerade die Treppe hinunterging, um in der Küche nach dem Rechten zu sehen, sah ich zwei Dinge, die ich nicht sehen wollte.

Durch die offene Haustür sah ich, wie Armand vorfuhr. Und durch die Glastür, die zur hinteren Terrasse führte, sah ich, wie Dillon verzweifelt versuchte, meine Aufmerksamkeit zu erregen. Als sie diese hatte, winkte sie mich nach draußen.

„Du solltest eigentlich schon weg sein", sagte ich zu ihr, als ich sie in einen abgelegenen Teil des Hinterhofs zog.

„Ich weiß. Ich weiß", sagte Dillon unter Panik.

„Gut, Dillon, beruhige dich. Sag mir, was los ist."

„Es ist die Ausrüstung. Sie funktioniert nicht. Ich habe alles genauso gemacht, wie Jimmy es mir gesagt hat, als ich sie platziert habe, aber er bekommt kein Signal."

„Verdammt!", fluchte ich und versuchte herauszufinden, was ich tun sollte.

Mein Herz pochte. Jimmys Aufzeichnung war unser Plan B. Wenn alles schiefging, würde er es hören und die Kavallerie rufen, so viel das auch bringen würde.

Es war auch eine zweite Option, falls ich die Kontobücher nicht bekommen könnte. Ich sollte Armand an einen Ort bringen, wo ich wusste, dass ein Abhörgerät platziert war und dann über Geschäftliches reden. Ohne die Aufzeichnung hatten wir nicht nur eine Chance, sondern wenn etwas schiefging, waren wir auf uns selbst gestellt.

„Jimmy denkt, dass Armands Männer etwas eingebaut haben, das ein Radiosignal stören kann." „Von so etwas habe ich noch nie gehört", sagte ich ihr.

„Ich auch nicht. Aber Jimmy sagt, dass es solche Dinge gibt. Wer ist das?"

„Wer?", fragte ich, in Gedanken versunken.

„Oben?"

Ich drehte mich zu Dillon um und folgte ihrem Blick. Hinter mir sah ich ein Gesicht im Fenster im zweiten Stock. Die Person starrte uns an, bis sie sich schnell abwandte. Ich zählte die Fenster, ich wusste genau, wer es war.

„Scheiße!"

„Wer war das?", fragte Dillon ängstlich.

„Eris. Du musst hier schnellstens weg."

„Und die Aufnahme?"

„Die brauchen wir nicht. Ich hole die Geschäftsbücher und wir werden klarkommen."

„Bist du dir sicher?"

„Ja. Geh. Und auf dem Weg hinaus, sammle so
viele der Wanzen ein, die du versteckt hast, wie du
kannst. Wir wollen nicht, dass jemand zufällig etwas
findet und alles auffliegt.“

„Okay.“

„Und, Dillon, sobald du hier weg bist, möchte
ich, dass du so weit weg von diesem Ort bist, wie
möglich. Gehe irgendwohin, wo niemand dich finden
kann, nicht einmal ich.“

„Warum?“, fragte sie mit Angst in den Augen.

„Mach es einfach. Ich werde dich kontaktieren,
sobald ich kann. Aber wenn du nichts von mir hörst,
möchte ich, dass du verschwindest und nicht
zurückblickst.“

„Remy?“, sagte sie, erschreckt.

„Bitte, Dillon. Ich liebe dich. Und du musst jetzt
gehen.“

Sie starrte mich an, sie wollte nicht gehen. Ich
wollte sie küssen. Es fiel mir schwer, es nicht zu tun,
aber ich wusste, dass ich es nicht durfte. Zu viele Dinge
waren bereits schiefgelaufen.

Als Dillon ging, zog sie ihre Kappe tiefer ins
Gesicht und riss einige Geräte aus den Blumentöpfen, als
sie ging. War das das letzte Bild, das ich je von ihr sehen
würde? Ich konnte jetzt nicht darüber nachdenken. Das
Einzige, was zählte, war, dass sie hier sicher rauskam.

Als ich zurück ins Haus und ins Wohnzimmer
ging, sah ich, dass Armand nicht die einzige Person war,

die angekommen war. Lucien führte mit ihm ein angeregtes Gespräch. Ich konnte nur erahnen, worüber sie sprachen. Ich musste Armand ablenken, während Dillon entkam, also ging ich auf sie zu.

„Dein baldiger Stiefvater", sagte Lucien aufgeregt, als ich näher kam.

„Ja, wir haben uns getroffen. Lucien, das ist Armand." Ich wandte mich an Armand. „Lucien ist mein Cousin von der französischen Seite meiner Familie."

„Und sein Trauzeuge", fügte Lucien begeistert hinzu.

„Die französische Seite deiner Familie?", fragte Armand und sah Lucien wissend an. „Ich habe Dinge gehört."

„Ich hoffe, alles Gute", antwortete Lucien. „Warst du mit Remys Vater befreundet?"

Armand sah mich an und lächelte. „Wir waren geschätzte Kollegen", antwortete er selbstgefällig.

„Ah", sagte Lucien, bevor er innehielt. „Ahhh!", wiederholte er, als ob er plötzlich seine Bedeutung verstanden hätte. „Also, du heiratest in das Familienunternehmen ein", sagte Lucien zu mir, legte eine Hand auf meine Schulter und klopfte mir auf den Bauch. „Guter Mann! Guter Mann."

„Und ihr beide seid wie verwandt?", fragte Armand Lucien.

Während Lucien erklärte, sah ich auf und sah Dillon zum Veranstaltungsplaner-Van kriechen und dann die Straße entlang. Ich war sicher, dass Sicherheitsleute auf der Zufahrtsstraße hierher sein würden. Aber sie waren da, um Menschen am Eindringen zu hindern, nicht am Herauskommen.

Jetzt, da Dillon sicher war, konzentrierte ich mich auf den anderen Teil unseres Plans. Lucien musste Armand auf dem Weg hinein erwischt haben, denn unter seinem Arm war eine Ledertasche. Es musste der Ort sein, an dem er die Geschäftsbücher aufbewahrte.

„Lucien, darf ich dich einen Moment entführen?", fragte ich und unterbrach ihr Gespräch. Ich wandte mich an Armand. „Es sind Trauzeugenangelegenheiten."

„Natürlich", sagte Armand und wandte sich den Treppen zu. „Es war eine Freude, dich kennenzulernen. Wir reden später weiter. Vielleicht gibt es Möglichkeiten, wie unsere beiden Unternehmen zusammenarbeiten könnten."

„Reizvolle Aussicht", sagte Lucien mit einem Lächeln. „Ich werde später auf dich zukommen", sagte er zu Armand, als er die Treppe hinaufging. „Das war interessant", murmelte Lucien, als Armand weg war.

„Ihr beiden schien gut zurechtzukommen", sagte ich unbeeindruckt.

„Ich habe viel Übung darin, mit Männern wie ihm umzugehen. Es ist nicht schwer zu verstehen, was Typen wie er hören wollen."

„Gut, du wirst dies hier nicht hören wollen. Nicht nur, dass Armands Männer etwas eingeschaltet haben, das das Funksignal unserer Wanzen blockiert, sondern ich bin mir ziemlich sicher, dass Eris mich dabei gesehen hat, wie ich mit Dillon gesprochen habe."

„Scheiße!"

„Genau, Scheiße."

„Was tun wir jetzt?"

„Bist du nicht der Spielemacher?", fragte ich sarkastisch.

„Hast du nicht gehört? Das bin ich in Videospielen, nicht in völligen Chaosshows wie dieser."

Ich lachte wissend: „Sollen wir es abblasen?"

„Aufgeben? Bist du verrückt? Diese Chaosshow hat noch nicht einmal begonnen."

Ich lachte. „Ich musste nur hören, dass du es sagst."

„Es ist gesagt. Jetzt tanzen wir."

„Was?"

Lucien tänzelte mit den Füße und sah mich an.

„Oh, Stepptanz!"

„Ja, das. Wir steppen."

Ich sah ihn mit einem Lächeln an. „Dann geht es los."

„Los geht's", sagte er mir, bevor er mich verließ, um einen Gast zu begrüßen, den ich noch nie getroffen hatte.

Es dauerte nicht lange, bis das offene Wohnzimmer sich mit Menschen füllte, die ich nicht kannte. Es war eine Erleichterung, als ich ein paar vertraute Gesichter sah. Und bevor ich den Raum durchqueren konnte, um mit ihnen zu sprechen, hatte Cali bereits seinen zweiten Drink begonnen.

„Vielleicht willst du ein bisschen langsamer machen, Champ“, sagte ich Cali intensiv anstarrend.

„Nenn mich nicht Champ“, erwiderte er mit einer Schärfe, die er noch nie hatte.

„Okay“, sagte ich und sah besorgt zu Hil.

Meine Schwester zuckte entschuldigend mit den Schultern.

„Und wie geht es dir, Mutter?“, fragte ich und küsste sie auf die Wange.

„Ich bin hier. Das muss genug sein“, antwortete sie streng.

„Ich verstehe“, sagte ich, nahm das Getränk aus Calis Hand und trank es aus.

„Hey!“, rief er verärgert, bevor er uns verließ, um sich einen weiteren zu holen.

„Ich glaube nicht, dass du ihn heute stressen solltest“, sagte Hil zu mir, die Stirn gerunzelt.

„Oder vielleicht solltest du deinen Hinterwäldler von einem Freund besser im Griff haben.“

„Remy!“, tadelte meine Mutter.

„Entspann dich, Mutter. Hil weiß, dass ich nur scherze. Heute ist schon schwer genug, ohne ein bisschen Dampf ablassen zu können."

Hil lehnte sich zu mir rüber. „Ich sage nur, dass er gerade nicht in der besten Verfassung ist."

„Wer ist das schon, kleine Schwester? Wer ist das schon?", fragte ich und ließ die beiden zurück.

Als Armand zur Party zurückkehrte, um sich unter die Gäste zu mischen, suchte ich nach Gelegenheiten zu gehen. Doch was immer beunruhigender wurde, war, dass meine Verlobte noch immer nicht aufgetaucht war. Das konnte nicht gut sein. Es war nicht zu leugnen, dass Eris es liebte, einen großen Auftritt hinzulegen, aber es war schon mehr als eine Stunde vergangen, seit sie mich mit Dillon reden sah. Ich musste glauben, dass ihre Abwesenheit kein Zufall war.

„Also, wo ist meine Tochter?", fragte Armand, als er mich alleine fand.

Ich starrte in seine Augen, um herauszufinden, was er wusste. Hatte Eris ihm erzählt, was sie gesehen hatte? Waren bereits Männer auf der Suche nach Dillon, um ihr Leben zu beenden? Ich war gerade dabei, den gesamten Plan abzublasen, als Eris die Treppe herunter kam – ein herrlicher Anblick für müde Augen.

„Sie ist direkt dort", sagte ich zu Armand und lenkte seine Aufmerksamkeit auf Eris.

Als alle Blicke auf sie gerichtet waren, klatschte ich, was alle zum Applaudieren brachte. Eris hielt inne, errötete und winkte allen zu.

„Mein Verlobter", sagte sie und deutete auf mich.

Als alle Augen auf mich gerichtet waren, ging ich zur Treppe und nahm Eris' Hand. Das Publikum applaudierte weiterhin. Der Einzige, der das nicht tat, war Cali.

Wie viele Drinks hatte er zu diesem Zeitpunkt schon gehabt? Ich hatte bei fünf aufgehört zu zählen. Das war nicht gut, aber ich konnte mich nur um ein Problem zu einer Zeit kümmern.

Ich nahm Eris an der Hand und führte sie in die Menge. Als ich mich zu ihr umdrehte, weigerte sie sich, mich anzusehen. Ja, sie hatte Dillon erkannt. Daran bestand kein Zweifel mehr. Nun war nur noch die Frage, wann diese Pulverfass explodieren würde.

Ich ließ Eris bei einer Mischung aus lokalen Politikern und Armands hochrangigen Vollstreckern und arbeitete mich zu Hil, Cali und meiner Mutter durch.

„Ich glaube, wir haben ein Problem", sagte ich leise zu Hil und Cali.

„Ich glaube, du hast ein Problem", sagte Cali, nun nicht mehr nüchtern.

„Ach ja? Ist es, dass eine Hinterwäldlerin meine Schwester vögelt?" schnauzte ich zurück.

„Verpiss dich mit deinem Hinterwäldler-Scheiß“, sagte Cali und zog die Aufmerksamkeit der Leute um uns auf sich.

„Cali, du bist etwas laut“, sagte ich und griff nach seiner Schulter, um das Gespräch unter uns zu halten.

„Fass mich nicht an“, sagte er und schlug meine Hand weg. „Du glaubst immer, du kannst sagen, was du willst, tun, was du willst. Nun, ich habe genug davon“, brüllte er nahezu.

„Beruhige dich, Cali!“, bestand ich und spürte, wie alle Augen auf uns gerichtet waren.

„Warum? Weil du es sagst? Dann lass mich dir sagen, was ich sage. Ich sage, dass, wenn du mich noch einmal Hinterwäldler nennst, wir hier und jetzt ein Problem haben werden.“

Ich konnte kaum glauben, was ich gerade hörte. Ich sah Hil belustigt an. Sofort wusste meine Schwester, was als Nächstes kommen würde.

„Tu es nicht, Remy“, flehte Hil.

Ich wandte mich zu Cali, bereit für den nächsten Schritt. Ich stieß gewaltsam gegen seine Brust und sagte: „Hör mir zu, du inzestuöser, banjospielender Hinterwäldler …“

Das war der Moment, in dem Cali die Fassung verlor. Als er versuchte, mich zu packen, als ob er eine Chance gegen mich hätte, schlug ich mit meiner Hand unter sein Kinn und drohte, ihn aufzubrechen wie eine

Pez-Bonbondose. Wir rangen hin und her, bis Lucien herbeigeeilt kam und uns trennte.

Während ich auf meine Chance wartete, meine Faust auf Calis Kiefer landen zu lassen, näherte sich Armand.

„Gibt es hier ein Problem?", sagte er, sichtlich wütend, dass wir am großen Tag seiner Tochter stritten.

„Ob es ein Problem gibt?", sagte Cali und wandte sich an Armand. „Ja, es gibt ein verdammtes Problem."

„Beachten Sie ihn nicht. Er ist einfach betrunken", sagte Hil und stellte sich zwischen Cali und Armand.

Cali schob Hil sofort aus dem Weg und kam Armand gefährlich nahe. „Sie wollen wissen, was das verdammte Problem ist?"

„Ich warne dich, achte auf deine nächsten Worte", sagte Armand.

„Cali!", rief Hil.

„Du hast auf mich geschossen. Das ist das verdammte Problem."

Armand sah aus, als wollte er Cali in zwei Teile reißen.

„Ich denke, es ist an der Zeit, dass du den Mund hältst", drohte Armand.

„Schau mir in die Augen. Sehe ich aus, als hätte ich Angst vor dir? Siehst du etwas Bekanntes? Löse ich Erinnerungen in deinem scheißverrückten Gehirn aus?"

Während ich zusehen musste, wie Cali völlig ausrastete, zog ich mich zurück. Seine Aufgabe in unserem Plan war es, eine Ablenkung zu schaffen. Alle Augen mussten auf ihn gerichtet sein. Er hatte mir nicht verraten, wie er das machen wollte, was mich beunruhigte. Aber er hatte es geschafft. Das war meine Chance.

Während Armands Leute langsam auf Cali zugingen, schlüpfte ich an ihnen vorbei und die Treppe hinauf. Mit dem Flur für mich allein, beeilte ich mich, zu Armands Büro zu kommen. Nachdem ich das Schloss schnell geknackt hatte, schlüpfte ich hinein. Ich hatte ungefähr 30 Sekunden, bevor Armands Leute Cali vor die Tür zerrten und ihn verprügelten. Bis dahin musste ich wieder unten sein.

Ich öffnete das Bodengitter, das den Safe enthüllte, zog mein Handy heraus. Den Sicherheitscode abrufend, gab ich diesen ein. Nach einem Moment sprang der Safe auf. Ich fand die beiden Bücher, genauso wie Jimmy es gesagt hatte, nahm sie heraus und blätterte sie durch.

Ich konnte es nicht fassen. Das war es. Und gerade als ich sie schließen wollte, öffnete sich die Bürotür und jemand trat ein.

„Eris?“, fragte ich, während ich in ihre kalten, ausdruckslosen Augen starrte.

„Was machst du da?“, fragte sie, als ob sie es bereits wusste.

„Es ist nicht so, wie es aussieht.“

„Es scheint, als hättest du, Dillon, dein Cousin und dein Witz von Schwager diese Verlobungsparty organisiert, um die Buchhaltungsunterlagen meines Vaters zu stehlen.”

Ich blickte sprachlos auf die Bücher in meinen Händen.

„Würdest du mir glauben, wenn ich sage, ich habe mich auf dem Weg zur Toilette verlaufen?“, sagte ich und suchte nach meinem Lächeln.

„Du Arschloch! Du hast mich glauben lassen, dass du dich bessern würdest“, sagte sie laut.

Ich sprang schnell hoch und schloss die Tür hinter ihr.

„Sieh mal, du kannst mich nicht besitzen. Verstehst du? Ich bin kein Eigentum, das du und Armand einfach herumkommandieren könnt“, sagte ich und ließ den Charme fallen.

„Nun, wir werden sehen, was mein Vater dazu zu sagen hat“, sagte sie und versuchte, mich zur Seite zu schieben und zur Tür zu gelangen.

„Ich gebe dir einen Ausweg“, sagte ich, und meine Stimme dröhnte.

„Was?“, fragte sie, über meine Wut verblüfft.

„Diese hier“, sagte ich und hielt die Bücher hoch. „Das ist deine Freiheit. Du willst mich nicht heiraten. Du kennst mich nicht einmal. Alles, was ich für dich bin, ist das Beste aus einer Reihe von tragisch schrecklichen

Optionen. Du bist nur hier, weil du, genau wie ich, gefangen bist. Ich nehme diese hier und du hast deine Freiheit.

„Du könntest jemanden treffen, der tatsächlich etwas für dich empfindet. Und du könntest das Leben führen, das du so verzweifelt willst. Du könntest glücklich sein.

„Denk darüber nach. Wie würde es sich anfühlen, zum ersten Mal in deinem Leben glücklich zu sein? Sag mir, Eris, wie würde es sich anfühlen?"

Eris sah mich schweigend an. Der Moment zog sich so lange hin, dass ich dachte, alles sei verloren.

„Es würde sich gut anfühlen", antwortete sie schließlich und löste eine Welle der Erleichterung in mir aus.

„Dann geh zurück zur Party. Lass mich das hier in die Hand nehmen. Und erlaube mir, Armand die Gerechtigkeit zuzuführen, die er verdient."

„Das kannst du nicht tun", sagte sie und ließ mein Herz sinken.

„Ich weiß, dass mein Vater eine schreckliche Person ist. Ich weiß, dass er alles verdient, was du ihm zufügen willst. Aber, er ist immer noch mein Vater."

„Dein Vater, der dich behandelt wie Vieh."

„Mit dir zusammen zu sein, wäre kein Fluch gewesen."

„Aber ich liebe eine andere Frau, Eris. Ich liebe
sie von ganzem Herzen. Und ich könnte dich niemals
lieben“, sagte ich sanft.

Eris senkte den Kopf.

„Aber du kannst jemanden finden, der dich lieben
wird. Eben nur nicht mich.“

„Ich glaube dir. Aber du darfst meinen Vater
trotzdem nicht ins Gefängnis stecken. Du kannst tun, was
immer du musst, um uns beide voneinander zu trennen.
Aber wenn du meinen Vater ins Gefängnis steckst, hätte
ich nichts mehr. Das würde ich nicht überleben“, sagte
sie verletzlich.

Als ich die Aufrichtigkeit in ihren Augen sah,
wurde mir klar, dass ich dies nicht in Betracht gezogen
hatte. Ich wollte Armand zerstören, für das, was er den
Menschen angetan hatte, die mir am Herzen lagen. Aber
was würde das Ausreißen seiner dicken, tiefen Wurzeln
mit dem hinterlassenen Boden anstellen?

„Vertraue mir“, sagte ich ihr, obwohl ich wusste,
dass sie keinen Grund dazu hatte.

„Wie kann ich das tun? Du hast mich bei jeder
Gelegenheit verraten.“

„Was ich getan habe, war für die Frau zu
kämpfen, die ich liebe. Stell dich nicht mehr zwischen
uns und lass mich dein Freund sein.“

Eris sah mich ausdruckslos an.

„Eris, so oder so, ich werde hier mit diesen
Büchern weggehen.“

„Weil du alles für die Menschen tun würdest, die du liebst?“

„Genau. Und, was ich von dir verlange, ist, dass du mir vertraust und jemand wirst, den ich einen Freund nennen kann.“

„Okay“, gab sie schließlich nach und trat langsam von mir und der Tür weg.

„Danke“, sagte ich aufrichtig, sie in einem neuen Licht sehend.

Ich sammelte mich, klemmte die Bücher unter den Arm und verließ das Zimmer. Ich erwartete halb, dass Eris ihren Vater rufen würde, sobald ich die Treppe betrat, aber das tat sie nicht.

Und Cali machte seine Sache besser, als ich mir hätte träumen lassen. Er stand nun direkt vor der geöffneten Haustür, und Armands Männer umzingelten ihn. Hil sah so aus, als würde sie gleich weinen. Und meine Mutter stand schockiert da.

Mit Armand immer noch fokussiert auf das betrunkene Landei, der auf der schicken Verlobungsparty seiner Tochter eine Szene machte, eilte Lucien zu mir, um die Bücher abzuholen.

„Planänderung. Du musst diese hier nehmen, hier rauskommen und niemandem etwas sagen, bis du von mir hörst. Verstanden?“

„Verstanden“, sagte Lucien, nahm die Bücher von mir und eilte durch die hintere Tür zum Strand.

Als er außer Sicht war, richtete ich meine Aufmerksamkeit auf den letzten Teil unseres Plans, Armand daran zu hindern, Cali zu töten. Ich drängte mich durch die gebannte Menge, schlüpfte zwischen die Männer, die Cali umkreisten, und stellte mich vor ihn. Ich hob meine Hände.

„Okay, alle mal entspannen. Der Hinterwäldler ist ein Arschloch, aber er ist auch sehr betrunken. Sag ihnen, wie betrunken du bist, Cali", sagte ich und sah auf den wilden Mann hinter mir.

Er sah mich wütend an. Für einen Moment glaubte ich fast, dass das hier kein Schauspiel war.

„Ich sagte, sag ihnen, wie betrunken du bist, Cali."

Er fing sich wieder und antwortete: „Sehr betrunken."

Ich drehte mich wieder zur Menge und sagte: „Er ist etwas verwirrt von jedem Alkohol, der nicht aus einem Krug kommt."

Jemand vor uns lachte.

„Schau, er ist eine Peinlichkeit für mich. Er ist eine Peinlichkeit für meine Mutter. Aber, was soll ich sagen? Meine Schwester liebt ihn. Also, wenn ich etwas passieren lasse, höre ich den Rest meines Lebens nichts anderes mehr. Lassen wir dies mit einer Entschuldigung enden und schicken ihn heim, um seinen Rausch auszuschlafen."

Als alle beruhigter aussahen, drehte ich mich um.
„Cali?"

„Ja, wo bleibt meine verdammte
Entschuldigung?", schrie er Armand an.

„Okay, genug von dir", sagte ich, drehte Cali um
und geleitete ihn hinaus.

„Ich will meine verdammte Entschuldigung",
schrie Cali über meine Schulter.

„Die Vorstellung ist vorbei", flüsterte ich Cali zu.
„Krieg dich wieder ein, DiCaprio."

Das schien in seinem betrunkenen Gehirn
anzukommen. Er sah mir in die Augen, bevor er sich
umdrehte. Cali schmollte weiter, als Hil, meine Mutter
und ich ihn wegführten.

Niemand stellte Fragen, als ich Cali in seinen
Truck schleppte. Auch sagten sie nichts, als ich mit ihnen
einstieg und sie davonfuhr. Alle wussten, dass wir aus
Manhattan kamen. Niemand erwartete, dass Hil oder
meine Mutter Autofahren konnten.

Als wir von der Zufahrtsstraße, die zum
Strandhaus führte, weg waren, dauerte es nicht lange, bis
ein Van mit verdunkelten Fenstern hinter uns auftauchte.

„Jimmy?", fragte Hil und starrte durch die
Heckscheibe.

„Jimmy", stimmte ich zu und beobachtete den
Van durch den Rückspiegel.

„Waren sie da?", fragte Hil und fühlte sich frei zu
sprechen.

„Was war wo?“, fragte meine Mutter, immer noch im Dunkeln über alles.

Ich schaute über die Sitzbank des Trucks zu meiner Mutter.

„Hil will wissen, wofür Cali gerade sein Leben riskiert hat.“

„Und, wofür hat er das?“, fragte sie erneut.

„Für meine Freiheit, bei Dillon zu sein.“

„Was?“, fragte meine Mutter verwirrt.

Ich lächelte.

„War es also da?“, wiederholte Hil.

„Ich bin mir noch nicht sicher“, antwortete ich und erinnerte mich an die flehenden Augen von Eris.

Wir vier fuhren schweigend zurück zu meiner Mutter in die Stadt. Als wir dort ankamen, war der arme Cali noch betrunkener.

„Wie viele Drinks hatte er?“, fragte ich Hil, als wir ihn auf das Jugendbett meines Bruders legten.

„Er war nervös“, gab Hil zu.

„Also was? Acht? Neun?“

„Wahrscheinlich. Zehn?“, antwortete Hil und stellte den Mülleimer neben das Bett.

Während ich Cali ansah, der kurz davor war, bewusstlos zu werden, fühlte ich mit ihm.

„Hil, ich werde das nur einmal sagen. Und wenn du es wiederholst, streite ich ab, dass ich es gesagt habe. Aber Cali ist ein wirklich großartiger Kerl. Du hast verdammt viel Glück, ihn zu haben.“

Hil lächelte. „Das weiß ich."

„Gute Arbeit, Schwester", sagte ich, bevor ich meine Arme um meine Schwester legte.

„Du auch, Remy", antwortete sie und löste mehr Emotionen in mir aus, als ich erwartet hatte.

Ich überließ es Hil, sich um ihren Mann zu kümmern, und ging ins Wohnzimmer. Jimmy wartete dort mit meiner Mutter.

„Mutter, hättest du etwas dagegen, wenn Jimmy und ich allein reden?"

„Natürlich nicht. Möchten Sie noch einen Drink", fragte sie Jimmy.

„Nein, mir geht es gut, danke", antwortete er und hielt sein Glas Limonade hoch.

Als sie weg war, machte ich mir einen starken Drink und setzte mich hin.

„Lass mich nicht in Ungewissheit", bestand Jimmy. „Hast du sie bekommen?"

Ich nahm einen Schluck und hielt den Alkohol in meinem Mund, ließ ihn meine Wangen verbrennen. Dann schluckte ich und sagte: „Sozusagen."

„Sozusagen? Was soll das heißen?"

Als mein Gespräch mit Jimmy beendet war, wusste ich, dass ich noch ein weiteres Gespräch führen musste. Also stieg ich in das nun freie Auto meines Vaters und fuhr zurück nach Long Island. Der Sicherheitsbeamte am Ende von Armands Straße sah verärgert aus. Er funkte, dass ich da war und erhielt die

Erlaubnis, mich hereinzulassen. Mein Herz schlug schneller.

Ich erwartete, dass Armand auf mich wartete, als ich die Tür öffnete. Das tat er nicht. Als ich das nun verdunkelte, leere Haus betrat, suchte ich Blickkontakt mit Eris, die da war, um mich zu begrüßen.

„Wo ist er?"

„Oben in seinem Zimmer", sagte sie und fügte nichts weiter hinzu.

Ich rannte die Treppe hoch und überquerte den Flur zum Schlafzimmer. Mit der Tür weit offen, ging ich hinein. Als ich den Raum absuchte, fand ich Armand auf dem Balkon. Er starrte auf den unbeleuchteten Strand. Wissend, dass dies der Moment war, trat ich zu ihm.

„Du hast sie, oder?", fragte er, ohne mich anzusehen.

„Ja, das habe ich", sagte ich beiläufig.

„Wie wusstest du, dass sie dort sind?"

„Das FBI baut seit Jahren einen Fall gegen dich auf."

„Also haben sie es dir erzählt."

„Ich kenne jemanden", gab ich zu und starrte mit ihm auf den Strand hinaus.

„Also, was machen wir jetzt? Soll ich dir in die Kniescheiben schießen, bis du sie mir zurückgibst? Soll ich deine Familie bedrohen?"

„Ich würde es nicht empfehlen."

„Warum nicht?"

„Weil das FBI im Moment nur eines der Bücher hat.“

„Welches?“, fragte er und drehte sich zu mir um.

„Das saubere natürlich.“

„Und was, du willst mich erpressen?“

„Es ist ein Zug, den ich ‘Der Armand’ nenne“, sagte ich mit einem Lächeln.

Er schmunzelte.

„Ich lasse mich nicht so leicht erpressen wie du.“

„Ich kann mir vorstellen, dass du das nicht tust. Aber ich möchte dich daran erinnern, dass du im Moment alles hast. Tu nichts Dummes und daran wird sich auch nichts ändern.“

„Also, du wirst Eris immer noch heiraten?“

„Oh, verdammt nein! Tatsächlich, du bist raus aus meinem Leben.“

„Also, du glaubst, du kannst meine Tochter so behandeln und davonkommen?“

„Warum sollte ich das nicht glauben? Du tust es.“

„Ich bin ihr Vater.“

„Und ihr Fluch.“

Armand lachte. „Vielleicht.“

„Hör zu, lass uns mit dem Mist aufhören. Du gibst einen Dreck auf deine Tochter. Das Einzige, was dir wichtig ist, ist immer schon ein und dasselbe gewesen, dein Imperium.“

„Du stellst mich als bösen Mann dar“, sagte Armand mit einem Lächeln.

Ich lachte.

„Aber hier sind die guten Nachrichten. Ich werde dir dein Imperium lassen. Die einzige Bedingung ist, dass du aus meinem Leben verschwindest. Und während du schon dabei bist, hör auf, Eris zu verheiraten, als ob wir im 17. Jahrhundert leben.“

„Spüre ich da einen weichen Punkt für sie?“

„Was du fühlst, ist Empathie. Sie verdient nicht, was du ihr antust.“

„Ich tue es für sie.“

„Du tust es für dich. Mach dir nichts vor.“

Armand lächelte. „Vielleicht tue ich das. Ich sage dir, es ist schwierig, sie als wertvoll zu betrachten, wenn man so viele hat.“

Ich wusste nicht genau, worauf Armand anspielte, aber es war mir egal.

„Also, sag mir, haben wir einen Deal? Oder soll ich dir den Grund nehmen, morgens aufzustehen?“

Armand sah mich an.

„Dein Vater wäre stolz.“

Ich wusste nicht, wie ich darauf reagieren sollte.

„Haben wir einen Deal oder nicht?“

„Ja, den haben wir.“

„Und du lässt Eris den Mann heiraten, den sie will?“

„So sehr wie jeder andere Vater auch“, sagte er und sah mich mit einem Grinsen an.

„Fair genug“, sagte ich, wissend, dass ich den besten Deal hatte, den ich bekommen konnte. „Jetzt hoffe ich, dich nie wieder zu sehen“, sagte ich ihm, bevor ich ihm den Rücken zukehrte und ging.

Kapitel 14

Dillon

Mein Bein zuckte nervös, während ich auf dem abgewetzten Sofa in meiner Wohnung in New Jersey saß. Ich starrte auf mein Telefon, aber es klingelte einfach nicht. Es waren Stunden vergangen, seit ich auf Remys Anweisung hin das Strandhaus verlassen hatte und seitdem hatte ich kein Wort von ihm gehört.

Während ich auf seinen Anruf wartete, schossen tausende Alptraumszenarien durch meinen Kopf. War noch etwas mit dem Plan schiefgelaufen? Hatte Armand herausgefunden, was wir vorhatten? War Remy verletzt? War er tot?

Als mein Telefon klingelte und die Stille brach, zuckte ich fast aus der Haut. Der schrille Ton hallte an den leeren Wänden wider. Hastig nahm ich das Telefon zur Hand, wobei meine Hände zitterten.

„Hallo?", antwortete ich zögernd.

„Dillon, ich bin's", sagte Remy in einem Ton, der meine angespannten Nerven sofort beruhigte.

„Remy!", rief ich. „Dir geht es gut! Ich habe mir solche Sorgen gemacht. Ich wusste nicht, was passiert ist oder—"

„Alles ist in Ordnung", beruhigte er mich. „Wo bist du? Ich muss dich sehen."

„Ist es sicher zu sprechen? Wie würde ich erkennen, ob jemand dich zwingt, das zu sagen?"

Remy war für einen Moment still.

„Erinnerst du dich an die Zeit, als du in der Wohnung meiner Familie warst und ich dich dabei erwischt habe, wie du nackt getanzt und dich dabei angefasst hast?"

Hitze schoss mir so schnell ins Gesicht, wie ein Nudist nach seinem Reißverschluss greift.

„Ich habe mich nicht angefasst?", protestierte ich, und wünschte, es wäre nicht wahr.

„Okay. Egal. Sag mir, wo du bist. Ich muss dich sehen."

„Ich bin zurück in meiner Wohnung in New Jersey."

Gerade als ich es sagte, klopfte jemand an meiner Tür.

„Oh mein Gott, Remy. Jemand klopft an meiner Tür."

„Wirklich? Du solltest wahrscheinlich aufmachen."

„Aber was, wenn …"

„Du wirst es wirklich aufmachen wollen."

Ich stand auf und hielt das Telefon weiterhin an mein Ohr. Langsam ging ich zur Tür, spähte vorsichtig durch den Spion.

„Remy", sagte ich, riss die Tür auf und warf mich in seine Arme. „Wie wusstest du, dass ich hier bin?"

„Ich sagte dir, du sollst irgendwohin gehen, wo dich niemand suchen würde."

„Und niemand geht nach Jersey?", fragte ich sarkastisch.

„Nicht gerne", scherzte er.

Ich lachte und boxte ihm in den Arm.

„Du bist hierhergekommen."

„Das zeigt nur, wie sehr ich in dich verliebt bin", sagte Remy lächelnd.

„Du liebst mich so sehr, dass du bereit bist, nach Jersey zu kommen."

„Es ist ein Liebeslied, das sich von selbst schreibt."

Ich lachte. „Aber ernsthaft, Remy, was ist passiert?", fragte ich ihn, während ich ihn ins Innere und auf mein Sofa führte.

„Es ist vorbei", sagte er, während er mir tief in die Augen sah.

„Wirklich? Geht Armand ins Gefängnis?"

Remy hielt inne. „Nun ja ..."

„Was?" fragte ich und spürte, wie mein Enthusiasmus nachließ.

„Was ich dir mit Sicherheit sagen kann ist, dass es nichts gibt, das uns daran hindert, zusammen zu sein.“

„Eris?“

„Sie ist jetzt auf unserer Seite?“

„Und Armand?“

„Er hat zugestimmt, uns in Ruhe zu lassen, im Austausch dafür, dass ich seine Welt nicht zerstöre.“

„Also, du hast ihn erpresst?“

„So ziemlich“, sagte Remy stolz.

„Und wie fühlt sich Jimmy dabei, Armand nicht hinter Gitter bringen zu können?“

„Er mag es nicht, aber er glaubt, es liegt daran, dass er uns fehlerhafte Informationen gegeben hat. Ich habe ihm gesagt, dass nur das bereinigte Hauptbuch im Safe war und ich habe Vorkehrungen getroffen, um es ihm zu geben.“

„Aber, du hast dort beide Hauptbücher gefunden?“

„Das habe ich.“

„Gibt es einen Grund, warum du Jimmy nicht beide gegeben hast?“

„Weil es eines gibt, das ich weiß, und zwar ist es in diesem Leben besser Freunde als Feinde zu haben.“

„Was meinst du damit?“ fragte ich verwirrt.

„Es ist eine lange Geschichte und ich habe ein Leben lang Zeit, sie dir zu erzählen.“

„Also sagst du, es ist wirklich vorbei?“

„Das scheint es jedenfalls zu sein.“

„Und es gibt nichts, das uns hindert zusammen zu sein?", fragte ich und spürte, wie eine prickelnde Spannung in mir entstand.

„Davon gehe ich aus", sagte Remy und in seinen Augen funkelte es.

„Dann sollten wir vielleicht …"

Und in diesem Moment küsste er mich.

Remys Lippen waren wie Feuer auf meinen, entfachten ein Feuer, das mein gesamtes Wesen verzehrte. Seine Hände tasteten gierig über meinen Körper, während unser Kuss sich vertiefte und mein Herz drohte, aus meiner Brust zu springen.

Ich musste seine warme Haut an meiner spüren und zog an seinem Hemd. Ohne unseren Kuss zu unterbrechen, knöpfte er es auf und zog es aus. Meine Hände erkundeten die harten Muskeln auf seiner Brust und seinem Bauch. Das Gefühl ihrer Kontraktionen unter meinem Tasten ließ meine Muschi pulsieren.

Mit wachsender Dringlichkeit führte Remy mich rückwärts durch meine kleine Wohnung, bis meine Beine gegen den Rand des Bettes stießen. Ich stürzte auf die Matratze. Remys kräftiger Körper drängte mich nach unten. Seine Lippen küssten sich den Weg hinunter zu meinem Hals und entlang meines Schlüsselbeins, was in mir ein Verlangen nach mehr weckte.

Geschickte Finger machten meine Bluse mit wenigen Handgriffen auf und gaben meine schwere Brust frei. Remys Zunge spielte mit einer meiner

Brustwarzen, bevor er sie in seinen Mund nahm. Ich bäumte mich gegen ihn auf, als Lustschauer durch meinen Körper jagten.

Remys Hände glitten tiefer, öffneten meine Hose. Er schob einen seiner großen Finger zwischen meine Beine und strich über meinen Kitzler während er meine Brust weiterhin mit Hingabe verwöhnte. Ich war verloren in Ekstase, meine ganze Welt verengte sich auf Remys Berührungen.

Mit seinen Lippen, die tiefer wanderten, bebte mein Bauch. Ich schaute hinunter, als er meine Hose auszog, und beobachtete, wie er meine Beine spreizte und seine samtene Zunge gegen mich drückte.

„Oh Gott, Remy!", stöhnte ich und vergrub meine Finger in seinen seidigen Haaren.

Er verwöhnte mich gekonnt und brachte mich immer wieder an den Rand der Ekstase. Ich flehte ihn um Erleichterung an. Schließlich gab er nach und lehnte sich zurück. Als er zu mir aufschaute, zierte ein teuflisches Grinsen sein wunderschönes Gesicht.

Er glitt wieder hoch an meinem Körper und kniete über mir. Er packte meine Hüften und hob mich auf, als wäre ich federleicht, dann drehte er mich auf den Bauch. Er zog an meinen Hüften und hob mich auf alle Viere.

Wissend, was als Nächstes passieren würde, zitterte ich vor Vorfreude. Seine große, kräftige Hand reiste über die Kurven meines Rückens. An meinen

Schultern angekommen, folgte er dem Winkel hinunter zu meinem Arm. Als seine Hand auf der meinen ruhte, drückte sich seine Brust gegen meinen Rücken. Und während er mit seiner freien Hand meine Beine spreizte, spürte ich die dicke Spitze seines Schwanzes, wie sie an meinem Eingang stieß.

Pitschnass versenkte er sich mit einem mächtigen Stoß bis zum Anschlag in mir. So sehr sich meine Öffnung nach ihm gesehnt hatte, es schmerzte. Eine Welle schmerzhafter Lust überkam mich und ich stöhnte.

Ich hatte vergessen, wie groß er war. Und als er sich ganz sanft zurückzog und wieder in meine Tiefen eindrang, wackelten meine Beine. Ich verlor mich selbst.

„Ja, Remy, bitte … härter!", hörte ich mich selbst sagen.

Er kam meinem Wunsch sofort nach. Mit tiefen Stößen nahm er mich gnadenlos. Als das Geräusch unserer klatschenden Körpern widerhallte, stöhnte ich. Das war eine neue Seite von Remy. Es weckte etwas in mir.

„Härter", bettelte ich, bis der Bettrahmen heftig unter uns ratterte.

Mein Kopf wirbelte in einem Nebel überwältigender Empfindungen. Die ganze Welt verengte sich auf Remys dicken Schwanz, der in mich stieß. Er eroberte mich vollständig. Ich würde nicht lange durchhalten.

Mit einer leichten Änderung seines Winkels traf er meinen G-Punkt. Ein elektrisierendes Gefühl durchfuhr mich. Es katapultierte mich über den Rand.

Als mein Höhepunkt explodierte, zerriss er mich wie eine Bombe. Sterne zogen sich über meinen Blick. Meine zuckende Muschi umklammerte Remys dicken Schwanz. Es reichte aus, um Remy zusammen mit mir über den Rand zu treiben.

Mit gewölbtem Rücken stöhnte er vor Lust und füllte mich mit allem, was er hatte. Leer und erschöpft, kollabierte Remy auf mir. Als sein Gewicht meine geschwächten Kräfte überstieg, sank ich auf die Matratze.

Zusammen waren wir ein Knäuel von verschwitzten Gliedern. Wir beide keuchten nach Luft und er rollte neben mich. Während er sanfte Küsse auf meine Schulter legte, streichelte ich über seine empfindliche Haut.

„Ich liebe dich", murmelte er und kuschelte sich an mich. „Und ich werde dich immer beschützen."

Mein Herz schwoll an, übervoll mit Emotionen. Das war erst der Anfang für uns, aber ich wusste bereits, dass ich ihn niemals gehen lassen würde. Es fühlte sich an, als hätte es ein ganzes Leben gedauert, uns zu finden. Jetzt waren wir da, zusammen.

„Ich liebe dich auch", antwortete ich und kroch in seine Arme.

„Ich werde dich nie wieder loslassen“, sagte er und zog mich fester an sich.

Ich glaubte ihm. Remy war alles, was ich je wollte und was ich je brauchte. Er gehörte genauso zu mir wie ich zu ihm. Und während ich dort lag, umhüllt von seinem tröstend warmen Atem, wusste ich, dass wir beide glücklich und zufrieden leben würden. Bis ans Ende unserer Tage.

Epilog

Cali

Als ich am Morgen nach Remys Verlobungsfeier aufwachte, fühlte ich mich beschissen. Wenn man bedachte, wie viel ich getrunken hatte, war ich überrascht, dass ich überhaupt aufgewacht war. Ich hatte noch nie so viel getrunken und wusste, dass ich es letzte Nacht nicht hätte tun sollen.

Hil dachte, dass es bei meinem Trinken um flüssigen Mut ging. In gewisser Weise hatte sie recht. Aber es war nicht der Mut, sich so zu verhalten, wie es Remys Plan erforderte. Es ging viel tiefer.

Monate zuvor hatte Armand Hil entführt. Er hatte das Bedürfnis verspürt, jemanden zu erschießen, bevor er Hil gehen ließ, also ließ ich ihn mich anschießen. Obwohl es am Bein war, hasste ich ihn dafür. Wenn ich es gekonnt hätte, hätte ich ihm den Kopf abgerissen für das, was er Hil und mir angetan hatte.

Aber das war, bevor ich nach Hause zurückkehrte und wieder Kontakt zu meinen neu gefundenen Brüdern knüpfte. Bei unserem nächsten gemeinsamen Anruf teilte Claude überraschende Neuigkeiten mit. Monatelang hatten wir versucht, von unseren Müttern alles über den gemeinsamen Vater herauszufinden. Es stellte sich heraus, dass Claude seinen Namen bekommen hatte.

Als ich ihn las, fragte Claude, ob ich ihn erkannt hätte. Ich sagte ihm, dass ich es hatte. Aber das stimmte nicht. Ich hatte ihn erkannt.

Der Name unseres Vaters war Armand Clément. Der Mann, der mich angeschossen hatte, war mein Vater. Die Frau, zu deren Heirat Remy gezwungen wurde, war meine Schwester. Und weil ich Hil liebte, hatte ich zugestimmt, meinen Vater für den Rest seines Lebens ins Gefängnis zu bringen.

Ich hatte viel zu verarbeiten. Das Trinken war die einzige Möglichkeit, damit klarzukommen. Und da wir nicht alle tot waren, musste ich davon ausgehen, dass der Plan funktioniert hatte. Mein Vater wurde inzwischen verhaftet und vom FBI festgehalten.

Hatte ich einen Fehler gemacht? Ich hatte keinen Zweifel daran, dass Armand ein schrecklicher, gefährlicher Mann war. Aber wenn man bedachte, dass er nicht nur das Herz meiner sehr klugen Mutter gewonnen hatte, sondern das Gleiche auch den Müttern meiner Brüder angetan hatte, bedeutete das nicht, dass er einst mehr zu bieten hatte? War diese Seite von ihm für immer verloren? Hätte er seine Meinung geändert, wenn ich ihm gesagt hätte, wer ich war?

Jetzt war es zu spät, aber wenn ich es noch einmal machen müsste, hätte ich es anders gemacht. Wenn er nicht für den Rest seines Lebens eingesperrt gewesen wäre, hätte ich meinen Brüdern gesagt, wer er war. Anstatt ihn abzuschreiben, hätte ich meine Brüder gebeten, mir zu helfen, mit ihm in Kontakt zu treten.

Gemeinsam hätten wir ihn vielleicht verändern können. Remy hatte den Eindruck erweckt, er sei nicht mehr zu retten, aber es gab immer eine Chance, nicht wahr?

Jedenfalls hätte ich das getan, wenn Armand nicht bereits in FBI-Gewahrsam gewesen wäre. Aber als ich sah, wie bequem Hil neben mir schlief, war ich mir sicher, dass die Gefahr für ihr Leben gebannt war.

Aber wenn die Dinge anders wären ... Wenn ich eine zweite Chance hätte, mit meinem Vater in Kontakt zu treten, würde sich das Leben aller daheim sicher für immer verändern. Wenn ich nur diese zweite Chance hätte.

*****

Vorschau:
Genießen Sie diese Vorschau 'Mein mürrischer Footballer-Boss':

Mein mürrischer Footballer-Boss
(Mann / Frau-Romantik)
Von
Alex (MF) McAnders

Urheberrecht 2021 McAnders Publishing
All Rights Reserved

Cali, ein wortkarger Collegefootballer, hat mehr als genug zu tun, um auch noch der Gastgeber des Kleinstadt-Airbnb seiner Familie zu werden, doch als seine Mutter bei einem Autounfall verletzt wird, springt er ein. Wie gut, dass Hil, ein kurviges Mädchen mit einer unwiderstehlichen optimistischen Einstellung, auftaucht, um zu helfen.

Ist sie da, weil ihre gefährliche Vergangenheit den Unfall seiner Mutter verursacht hat? Oder weil es passierte, während sie auf der Reise war, um ihre Unschuld zu verlieren, und der gestandene Footballer mit den umwerfendsten Grübchen der heißeste Kerl ist, den sie je gesehen hat?

Zusammen zu arbeiten mag Calis kaltes Herz zum Schmelzen bringen, doch er hat auch seine ganz eigenen Geheimnisse. Werden diese Geheimnisse den Footballer mit dem überaus starken Beschützerinstinkt umbringen, wenn das, was den Unfall verursacht hat, wieder zuschlägt?

Aus unterschiedlichen Welten zu stammen ist möglicherweise nicht der einzige Grund, der das Paar in dieser knisternden, wendungsreichen Griesgram/Sonnenschein-Romanze von seinem Happy End fernhält.

*****

Mein mürrischer Footballer-Boss

Sie fasste nach unten und ergriff meine Hand. Ihre warme Haut an meiner schickte ein Prickeln durch mich hindurch. Ich wollte sie. Ich war in meinem ganzen Leben noch nie erregter gewesen. Doch ich wollte sie auch respektieren. Ich wollte nichts tun, für das sie noch nicht bereit war.

Darum hielt ich mein Verlangen in Schach. Es brach mich beinahe, aber ich schaffte es. Ich hielt noch immer ihre Hand und wir betraten das Zimmer. Es war seltsam, Hils Sachen in meinen vertrauten Räumlichkeiten verteilt zu sehen. Ich mochte es. Ich hätte nicht einmal ansatzweise ahnen können wie sehr.

„Musst du morgen früh zurück auf den Campus?“, fragte Hil, während sie sich in der Nähe ihrer Reisetasche herumdrückte.

„Ja. Aber ich werde zeitig zurück sein, um Mama beim Einrichten zu helfen.“

„Ich werde Waffeln machen.“

„Das fände ich schön. Ich denke, Mama würde sich auch darüber freuen“, erwiderte ich und fing an mich zu entspannen. „Wir sollten wahrscheinlich langsam ins Bett. Ich denke, morgen wird ein langer Tag.“

„Natürlich“, antwortete sie nervös.

Ihre Nervosität ließ mich sie nur noch mehr wollen. Ich wollte sie halten und mich um sie kümmern. Ich wollte sie beschützen. Und ob ich es nun zugab oder nicht, ich wollte mich langsam in sie schieben und dabei ihrem sanften Stöhnen lauschen.

Ich drehte mich weg, als sich bei mir etwas zu regen anfing. Ich wusste nicht, wie ich das machen sollte. Ich musste mich zusammennehmen, um nicht quer durchs Zimmer zu rennen, sie in meine Arme zu nehmen und auf das Bett zu werfen.

„Was ist los?“, fragte sie und umfasste meinen Bizeps mit ihren Fingern sanft von hinten.

Ich konnte ihre Körperwärme spüren. Mein Herz hämmerte, brauchte sie. Wusste sie, was sie da mit mir anstellte? Sie konnte nicht ahnen, was es womöglich entfesseln könnte.

Lesen Sie jetzt mehr

Vorschau:
Genießen Sie diese Vorschau 'Mein Tutor':

Mein Tutor
(Mann / Frau-Romantik)
Von
Alex (MF) McAnders

CAGES PROBLEM: Er muss seinen Kurs bestehen oder er wird kein Football spielen, nicht in den Draft kommen oder der NFL-Star werden, der er werden soll.

HARLEQUINS PROBLEM: Menschen

Glücklicherweise ist Cage großartig mit Leuten. Jeder liebt ihn, sobald er oder sie ihn trifft, inklusive Harlequin. Und Quin ist das klügste Mädchen im Kurs.

Also wo liegt das Problem? Cage, der absolut
hinreißende Quarterback, hat eine Freundin. Und Quin,
die alles Mögliche auf der Welt versteht, steigt bei Typen
nicht durch, bei Beziehungen noch weniger oder, wie du
weißt … bei Leuten.

Doch als die beiden sich darauf einigen, den anderen in
dem Bereich Nachhilfe zu geben, in dem sie gut sind,
fliegen mehr als nur ein paar Funken. Diese Funken
bringen sie nach ‚Snowy Falls‘, eine Kleinstadt, die den
beiden sogar noch mehr Probleme bereitet in dieser
erotischen Sportromanze.

Anbetungswürdige Kerle, Geschichte mit Wendungen,
knisternde sexuelle Spannung. Für Leser, die College-
Sportromanzen von Ilsa Madden-Mills lieben.

*Anmerkung: Dieses Buch ist Teil der ‚Liebe ist Liebe
Sammlung‘ des Autors, das heißt, dass es als spritzige
Romanze in ‚Mein Tutor‘, wohltuende Romanze in
‚Keine Dates mit meinem Tutor‘, erotische
Wolfsgestaltwandler Romanze in ‚Sohn der
Bestie‘ und M/M Romanze in ‚Ernsthafte
Schwierigkeiten‘ erhältlich ist.*

*****

Mein Tutor

Mit der ohrenbetäubenden Stille, die uns umgab, und
seinem Duft, der mich umwehte, hielt ich es einfach
nicht mehr aus. Cage war so nah, dass es Folter
gleichkam, ihn nicht anzufassen. Ich musste wenigstens
den schönen Körper sehen, dessen Hitze mich
verschlang. Also bewegte ich mich, als sei es das

Natürlichste der Welt und rollte mich herum auf meine Seite.

Von Schatten umgeben öffnete ich meine Augen. Er lag auf seiner Seite mit dem Gesicht zu mir. Seine Augen waren geschlossen. Vielleicht schlief er. Wenn er es täte, hieße das, dass ich ihn ungehindert ansehen könnte. Ich könnte jeden Umriss seines kantigen, männlichen Gesichts betrachten.

Cage war der hinreißendste Mann, den ich je gesehen hatte. Seine welligen Haare, die sanft über seiner Stirn lagen, seine breiten Schultern, die unbedeckt waren, seine leicht behaarte Brust, ich wollte ihn unbedingt berühren. Die Wärme seiner Haut an meiner zu spüren, würde genug sein, um für den Rest meines Lebens davon zu zehren.

Ich musste näher bei ihm sein und bewegte meine Hand auf das Bett zwischen uns. Ich war weniger als einen Fuß von seinem schlafenden Körper entfernt und traute mich nicht näher heran. Ich wollte. Oh Gott, wie sehr ich wollte, aber ich wusste, dass ich nicht konnte … bis Cage, als würde er spüren, dass ich dort war, seine Hand zwischen uns bewegte, nur wenige Zentimeter von meiner entfernt.

Ich konnte seine Wärme auf mir spüren. Ich konnte kaum atmen. Mit leicht geöffneten Lippen und rasendem Herzen konnte ich es nicht aushalten. Ich musste ihm näher sein. Von ihm getrennt zu sein tat zu sehr weh.

Langsam bewegte ich meine Finger, streckte sie aus. Sie waren nicht lang genug. Er war genau da. Ich konnte sie praktisch spüren. Ich musste meine ganze Hand bewegen, wenn ich seine berühren wollte. Doch konnte ich das tun? Sollte ich das tun?

Mein Zwiespalt spielte keine Rolle, denn so als ob er es auch brauchte, überkreuzte seine starke Hand meine und bewegte sich auf sie. Er hatte es getan. Es hätte der Reflex einer schlafenden Person sein können, aber das dachte ich nicht. Er wollte meine Hand halten und ich wollte seine halten.

Also bewegte ich meine Finger vorsichtig und ließ seine Hand sich mit meiner verschränken. Als das geschah, positionierte ich meine Finger so, dass sie seine berührten. Es war alles, was ich mir erhofft hatte. Ich versuchte geräuschlos zu atmen, aber das war der erotischste Moment meines Lebens. Seine Berührung war ein wirbelnder Wind, der meinen warmen Körper umhüllte.

Ich war in Cage verliebt. Ich konnte es nicht länger leugnen. Und wie ich ihn so im Mondschein berührte, gab es keinen anderen Ort auf der ganzen Welt, an dem ich lieber gewesen wäre.
Lesen Sie jetzt mehr

*****